**本书受到上海市东方英才计划青年项目（QNJY2024093）的资助**

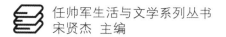
任帅军生活与文学系列丛书

宋贤杰 主编

# 见证亲情

任帅军 著

天津出版传媒集团

天津人民出版社

**图书在版编目（CIP）数据**

见证亲情 / 任帅军著. -- 天津 ： 天津人民出版社，2025. 3. -- （任帅军生活与文学系列丛书 / 宋贤杰主编）. -- ISBN 978-7-201-21006-3

Ⅰ. I251

中国国家版本馆 CIP 数据核字第 2025KW4546 号

**见证亲情**

JIANZHENG QINQING

| | | |
|---|---|---|
| 出 版 | 天津人民出版社 | |
| 出 版 人 | 刘锦泉 | |
| 地 址 | 天津市和平区西康路35号康岳大厦 | |
| 邮政编码 | 300051 | |
| 邮购电话 | （022）23332469 | |
| 电子信箱 | reader@tjrmcbs.com | |

| | | |
|---|---|---|
| 责任编辑 | 王佳欢 | |
| 封面设计 | 汤 磊 | |

| | | |
|---|---|---|
| 印 刷 | 天津新华印务有限公司 | |
| 经 销 | 新华书店 | |
| 开 本 | 710毫米×1000毫米 1/16 | |
| 印 张 | 22.75 | |
| 插 页 | 2 | |
| 字 数 | 250千字 | |
| 版次印次 | 2025年3月第1版 2025年3月第1次印刷 | |
| 定 价 | 98.00元 | |

# 总　序

我在2018年春与任帅军相识并开始交流。他是一个非常阳光，特别热爱生活的年轻人。对于上进的年轻人，我总是忍不住想要帮助他们做点儿事情。与帅军深入交往后，我才发现他喜欢写东西，还坚持不懈地写了十几年。我很佩服他，但同时也产生这些文学作品以后若能出版会很有价值的想法。想不到，多年以后，他把我当初的这个想法付诸实践，并热情地邀请我当他这套丛书的主编。我既惊又喜，对他有勇气出版这套丛书表示支持；但我感觉当不了这个主编，还得另请高人才能提升这套丛书的社会影响力。可是终究架不住帅军几番热情相劝，我只能出来"冒个泡"了。

呈现在读者面前的任帅军生活与文学系列丛书：《大学哲思》《守望人生》《见证亲情》《复旦心语》《诗性智慧》《龙门之跃》，集结了帅军老师从求学到工作期间对大学教育的若干思考，体现出他自强不息的人生奋斗历程。自觉构建全员全程全方位的育人大格局，离不开高校通识教育与校园文明建设的互动。本丛书围绕实现大学生成长成才的育人目标，从不同主题和文学体裁入手,思考高校通识教育的现实落脚点,呈现帅军对落实高校立德树人根本任务的一些想法和做法。

《大学哲思》是一部以"大学"为关键词,从若干大学故事的讲述中引发哲理思考的作品集。它有鲜明的创造特点和主题思想,集中体现在两个方面:第一,从学生到教师,作者对大学进行双重视角的审视。从学生视角看大学,大学被披上了一层温情的面纱。被誉为象牙塔的大学,为千万学子提供了求知和深造的机会,成为他们一生中最独特,也最难以忘怀的一段经历。随着审视的角度由学生到教师的转换,对大学的认识不经意间就发生了变化。由感性的情感表达,到理性的哲理思考,对大学内涵的探究也随之变得丰富宽广,学生情结也随之变成人文情怀,把大学作为一种追问人的存在的生活方式的认识就得以确立。第二,从北方到南方,作者对大学进行地域变动的审视。地域对一个人的影响是潜移默化的。北方大学的粗犷、直率,与南方大学的细腻、含蓄,自然是不一样的。南北差异反映到一个人的求学历程中,必然会在这个人的成长过程中留下深深的印痕。从对"学而优则仕"的追求,到对"自省、修身、审美人生"的认识,对大学的认知就经历了从外在到内在、从学习书本知识到认识自身的转变,从而达到了陶冶人、熏陶人的效果。对大学的认知不同,取得的收获就不同,《大学哲思》可以给人带来对大学不一样的认知和思考。

《守望人生》从对人生的思考切入,通过记录和反思,形成了守望人生的作品集。它的核心思想是,引导人通过认识自己展开和实现人生价值。首先,人是通过人生经历来认识自己的,这是人生在世的智慧。人生对于任何人来说都是独一无二的,但未必每个人都能够意识到人生的重要性。自省使人时刻保持清醒,在修身养性中人才能获得成熟的状态,在自我塑造中才能创造出人生的审美境界。人的一生会遇到各种问题和挑战，只有对人生保持一种清醒的认识，才会有意识地作出选择，通过所选择的行为塑造人生。其次，对人生的探寻需要与对爱的思考相结合。很多哲学和宗教观点都认为，人是通过爱活在这个世界上的，也是通过爱面对生活于其中的这个世界的。对人生进行发问，其实在很大程度上是对人生是否值得爱与被爱进行发问。在很多人看来，爱是人生最重要、最根本的问题。守望人生，就是在守望人生中的爱。爱与被爱，让人感到愉悦、满足和幸福，感到人生有目标、有意义，感到实现了人生价值。在爱中获得成长、在爱中活出人生，都是为了让人在这个世界上更好地活着。然而对人生的理解不同，人生的展开过程就不同，对人生的审美也随之不同。这就需要获得人生在世的智慧。守望人生中的智慧，是本作品集的一大特色。它告诉人们，人生既漫长又短暂，需要欣赏且珍惜。

《见证亲情》饱含了作者对亲情的思考，把人性中最动人的一面呈现出来，可以将之视为描写千万中国人生活百态的作品集。它想要表达两个主题：一是书写创伤，二是书写苦难。一方面，化创伤为前行的动力。在中国，男人在家庭里面大多是顶梁柱。男人的早逝意味着一个家庭的崩溃。遭遇变故的人，最能体会其中的伤痛。把受到的伤害体验写出来，把普通人受创的反应表达出来，不是为了往伤口上撒盐，而是为了揭开伤口的千疮百孔，让人能够直面挫败，正视人性。这是对生命、死亡的直视。创伤会对生活造成压抑，会使心理产生焦虑，对普通人来说，会造成身心方面的沉重打击。这就需要对创伤进行思考，使人有能力走出阴影。以创伤为创作主题，体现了对个体生命的悲悯和慈爱。另一方面，在苦难中见真情。对苦难的肯定和描写，不是为了博取同情，更不是惧怕苦难，而是展示身处苦难中的人，如何守护人性中的良善,如何克服生活中的困难,如何改变无法撼动的现实。正视苦难,是将同情与悲悯的目光转向芸芸众生,从他们身上审视生命的脆弱、灵魂的无助,正视和反思自己身上的不足,进而改变自己,成为一个真正大写的人。

"复旦"二字,取自《尚书大传·虞夏传》里的名句"日月光华,旦复旦兮"。这句话的大意是,日月的光辉,日复一日,教促莘莘学子追求光明、自立勤奋、自力更生、自强不息。《复旦心语》这本作品集以复旦大学师生为关注对象,讲述他们在求知中追寻意义的一些故事。对于个体而言,每个人都在探索自己生命的意义,体会生命的价值。要想在求知中学有所成,就必须去追求,使自己每一天都有一些心灵的启示与智慧的增长,每一天都对这个世界有一些回馈和奉献。《礼记·大学》里的"苟日新,日日新,又日新"就是这个意思。记录在复旦大学求学的历程,不是将它作为可以炫耀的"资本",也不是将它作为人生的"装饰品",更不是将它作为求职的"敲门砖",而是将它作为悟生活之道的"精神场域"、求一技之长的"育人园地"、立人生志向的"心灵港湾"。这就是复旦大学对一个人的影响。它使人认识到,人就是应该具备一种敢于拼搏,不怕苦、不怕累、不怕付出的大无畏精神;具备一种追求真知、敢为人先的勇气;还要具有一种勇往直前、愈挫愈勇、百折不挠的信心。因此,可以将《复旦心语》看作记录作者在求知过程中表达一种精神上的熏陶、一种与真理为友的作品集。

诗歌从来就是能登大雅之堂的文学形式。首先,诗歌里的"雅"具有多重意境。首先,"雅"是志向的一种表达。诗歌的语言既是抽象的,用较为抽象的语言表达作者对大千世界的看法;又是具象的,生动形象地表达作者的丰富情感,让人一读就马上心领神会。《诗性智慧》用春·生、夏·长、秋·收、冬·藏、你·我·他、诗意生活来言志、来抒情,鲜明地展示出诗歌的这一特性。其次,"雅"是对光明的向往和对理想世界的追求。在普通人眼里,春夏秋冬只是四季的交替轮换。可是在这本作品集里,春夏秋冬被寄寓了不同的情感——春夏秋冬不是要表达作者对季节的适应,也不是要表达作者对季节的留恋,更不是要表达作者对季节的拥抱,而是要表达作者对季节的反思、对季节的冲破、对季节的塑造。就像英国浪漫主义诗人雪莱歌颂云雀,不是歌颂留恋家园的云雀,而是歌颂蔑视地面、云游苍穹的云雀。不管是云雀,还是春夏秋冬,都不纯然是自然界的事物,而是作者自我的一种理想表达或理想的自我形象,表达了作者对光明的向往和对理想世界的追求。最后,"雅"是对人间疾苦的观照。雅不是俗的对立面,是对俗的认知和超越。所谓"大雅即大俗",就是大众普遍接受了雅。本作品集对现实生活的关注,你·我·他和诗意生活从日常生活的真情实感中生发出诗意和爱,无不饱含了作者对现实的人的深情关怀和对人性真善美的不渝追求。因此,《诗性智慧》值得大家一读。

　　小说是文学写作中较难把握的一种体裁,它要求在创作上有清晰的主旨思想,在艺术表现手法上有独特的叙事模式,在语言特色上有鲜明的行文风格,在人物形象塑造上有代表性,等等。以《龙门之跃》命名的作品集中包含长篇小说《龙门之跃》和中篇小说《媳妇飞了》,力图呈现小说的基本要素。这两部小说都以改革开放以来农村社会的变迁为主题,揭示广大农村社会融入现代化的历史进程中所呈现的种种问题,以此引起社会的关注和人们的反思。在叙事模式上,这两部小说均采用"迷茫—引导—改变—受挫—感悟—成长"的叙事逻辑结构,把农村人的性格特征呈现出来。人物形象在极为复杂的特质中,呈现出立体饱满的感觉。故事中人物的命运并非都是线性的发展。虽然他们承受了诸多苦难,但能从他们身上感受到浑厚的生命力。小说的基调总体而言是昂扬向上的,体现了人文主义的情感关怀。这种对人的直视,并不刻意回避人性中的弱点和生活中的丑陋。对现实的不满反过来更加促使人反思自己的不足,达到对所谓命运的超越。由于作者独特的人生经历,无论是《龙门之跃》还是《媳妇飞了》,都离不开对命运抗争的描写和对生命意义的追问。正如希腊德尔菲神庙大门上镌刻的阿波罗神谕:"人啊,你不是神。认识你自己!"认识自己,可以从阅读这部作品的两个故事开始。

以上感悟,是我阅读任帅军老师的作品后的一些不太成熟的看法,还请各位专家同行批评指正。

上海大学为任帅军老师提供了新平台。来到这里,站在人生的新起点,我相信他会把握住当下,通过创造人生的新气象来获得人生的全新意义,并在享受当下的过程中感同身受地体验作为学者的生命意义。作为他人生路上的重要家人,我为本丛书的出版感到高兴,也希望他能获得更好的人生。

是为序。

宋贤杰

复旦大学

2025 年春

# 前　言

　　呈现在读者面前的丛书包括:《大学哲思》《守望人生》《见证亲情》《复旦心语》《诗性智慧》《龙门之跃》,是我从2007年开始写作,断断续续,一直持续到2024年春节,整理出来的六部书稿。

　　这么多年来,在用文字记录生活方面,我虽然一直坚持着,但是从未奢望将它们公开出版。本丛书主编宋贤杰教授在几年前提出了让我出书的建议,这令我备受启发。当我萌生这个想法后,时光流逝,出书的执念不仅没有跟着消逝,而且越来越强烈了。既然要鼓起勇气做这件事,索性就认真对待,把这些年的文字好好整理一下,争取早日与大家见面。我执意邀请宋教授作为这套丛书的主编,这也是对他热心提携我这个后辈的一点儿微不足道的回报。

　　要问我为什么会有写随笔的习惯,还得从我的求学经历开始说起。2007年的秋天,我来到上海大学攻读法学理论专业的硕士研究生。上海的生活打开了我的眼界,促使我不断地反思自己,反思我的家庭和以前的生活环境。于是,我将自己在求学阶段的所思所想记录了下来。我当时没有想到,这种随手记录的习惯,竟然持续了这么长的时间。

一开始,我只是对文学抱有好感,用文字来慰藉我脆弱的心灵,逐渐发展到这种"文字涂鸦"成为我的一种重要的生活方式,再到我用文字交了很多知心朋友,这些文字也成为我的心灵朋友,直到最后,我萌生了一个想法——想要给它们找一个理想的归宿。经过这么多年的积累,已经形成百万字的书稿。我把它们按照体裁和主题分门别类,共形成了六部作品。

散文形式的《大学哲思》,记录了我从2007年以来,在上海大学、杭州师范大学、复旦大学等地求学或工作期间,在高校学习和生活的所感所悟。这本书按照不同主题分为九个部分。"大学生活"记录了我对大学生活的认知和反思;"大学亲证"写出了我的求学感悟,以及我在求学的过程中形成的学生情结;"大学留痕"记录了我求学时的生活方式和生活习惯;"大学友人"里面的好友都不是千篇一律的人,都有各自鲜明的性格特征;"身边伟人"讲述了钱伟长如何走入我的生活世界,以及对我的影响;"上大岁月"讲述了我在硕士和博士阶段求学时,对上海大学的感情;"读书生活"里面的心得体会,记录了求学阶段对我产生很大影响的各类名著;"影中世界"里面的故事,陪伴了我孤独的求学旅程;"音随我动"里面的歌曲,陶冶了我的性情。凡有所学,皆成性格。我的性格养成的秘密,就隐藏在这些文字当中。

散文形式的《守望人生》,记录了我在高校求学期间展开和实现人生价值的若干思考。这本书按照不同主题分为十个部分。"志愿人生"讲述了我从本科开始一直到现在,从事志愿活动的切身感受;"为心而生"通过关注心灵与人生的关系,探讨一个人如何才能使人生获得力量的问题;"反思人生"告诉我们,人生之路充满坎坷,只有学会反思,才能真正获得人生的意义;

"人生冷暖"通过呈现人生中的酸甜苦辣咸,让每个人都能回首自己的人生;"人生价值"直面"人生在世"的核心问题;"人生故事"通过记录好友的人生片段,把我生命中的点滴温暖留存在故事里面;"人生哲理"就是要破解如何才能使人生、生命有滋有味的问题;"十二生肖中的人生"记录了我人生中的一个完整的十二年;"人与社会"把人放到社会中,又通过讨论一些社会问题来探寻人应当展现出来的一种追求姿态;"人在旅途"记录了我为数不多的旅游感受。人生需要守望,守望的本质是回答人如何才能更好地活着的问题。守望人生的智慧,就隐藏在这些文字当中。

散文形式的《见证亲情》,记录了我如何通过求学、拼搏和经营,一步一步地改变自己和家人的命运。这本书按照不同主题分为九个部分。"父亲"讲述了我父亲短暂的一生,他虽英年早逝,却给我们留下了宝贵的精神财富;"母亲"讲述了我的母亲承受了常人难以忍受的苦难,在极为困难的情况下为三个儿子成家立业努力拼搏的故事;"大弟"讲述了任帅勇在外打拼的故事;"小弟"讲述了任帅超略带传奇色彩的成长故事;"身边的亲情"是对老家亲情的一种记录和留念;"我的素描"讲述了独一无二的、特立独行的我的故事;"故里亲情"写的都是发生在老家的事情,是对往昔的追忆,也是对时代变迁的一种记录;"我的家乡"里有对家乡特色的描写,也在这种讲述中思考家乡的发展;"津津"记录了我儿子任薪泽的出生,带给我与妻子和家人的快乐和幸福。世间情感有千万,唯有亲情永相伴。我的成长离不开亲情的浇灌。亲情对我的影响,就隐藏在这些文字当中。

杂文形式的《复旦心语》,记录了我从2015年5月以来在复旦大学做博士后期间,这所学校对我的学术成长和生活感悟的影响。这本书按照不同主题分为六个部分:"新征程"开启求学路上的新篇章,"新努力"记录自强不息的奋斗点滴,"新体验"讲述了全新的精神感悟,"新伙伴"把与学生的交往娓娓道来,"新变化"记录了从求学到工作、从邯郸路校区到江湾校区的变化过程,"新憧憬"道出了对未来的美好愿景。从作为第三人称的"旦旦",讲述自己在做博士后期间的求学经历,以及从其中感受到的苦与乐;到作为第一人称的"我",把自己当作复旦大学的一分子,与这所学校产生了一种同频共振。叙事视角的转换,既展现出他者眼中的复旦大学,又表达了复旦人眼中的复旦大学。在多重视角的审视中,通过一所学校反映出高等学府的莘莘学子对求学的认知。复旦大学对我的影响,就隐藏在这些文字当中。

诗歌形式的《诗性智慧》,记录了我从大学教师和学生的视角,运用诗歌形式对社会现象进行的一些思考。本书分为六个部分:"春·生"寓意梦想的开始,取意春天是希望的季节;"夏·长"隐喻生命中的困惑,正如夏天的热让人焦躁不安;"秋·收"象征着人生的收获,像秋天那样寄语人生;"冬·藏"表达了生活中蛰伏的状态,就算是冬天的寒冷也要把它熬过去;"你·我·他"是在我、妻子、儿子的互动中生发出来的含情脉脉,家的温暖尽显其中;"诗意生活"是我在妻子孕期创作诗歌的情感记录,记录了我当时写诗的情绪和心境,可以从中一探我创作诗歌的真实情境。不管是运用五言绝句、七言律诗,还是现代体裁的诗歌,都是为了实现"诗以言志"的目的。诗歌是对人生志向的一种较为凝练的表达形式。"诗者志之所之也。在心为志,发言为诗。"(《毛诗·大序》)我的人生志向,就隐藏在这些文字当中。

长篇小说形式的《龙门之跃》,以王心恒求学生涯中的若干重要节点为故事情节展开的线索,实际上讲述了我的成长历程。因此,这部小说本质上是一部自传体小说。中篇小说形式的《媳妇飞了》,讲述了阿淳的父母为他讨老婆的故事,反映了农村地区的一些大龄男青年择偶难、结婚难的现象。

小说主要是通过故事情节和人物命运的描写反映社会生活,引发人们对社会问题的关注。之所以写这两部小说,是因为社会阶层流动问题、农村大龄剩男问题等长期占据了我的生活,是我在与这个社会相结合的过程中始终绕不开的话题。那么我是如何克服这些困难的,我自己与社会相结合的方式又是什么,答案就隐藏在这些文字当中。

我写出来的这六部作品,都有着特定时间和空间的"在场",即它们是在它们碰巧产生的地方的唯一存在形式,假如换一个时空,它们就不会存在了。这些作品的这种"唯一存在",决定了它们有在其存在的特定时空内自始至终所从属的历史。这个历史就是我在校园里的成长史。

虽然这些文字是在我的脑海里形成的,是我让它们成为文学作品,使它们借由各种机缘而获得生命。但是当它们形成以后,就具有了不一样的生命。更为准确地说,是和我一样的独立,而且是独特的生命。当它们散落在不同的读者之间、不同的文化之间,它们的生命就一次又一次地展示了出来,这就是这些作品的无数次生成的形式。我期待着这些作品,以及形成它们的机缘,能够在其他时空,能够在其他人身上,以另一种形式得到实现。

# 目录 CONTENTS

## ✳ 父 亲

我的父亲 ……………………………………………………………… 3

再读父亲 …………………………………………………………… 17

聆听父亲 …………………………………………………………… 20

父亲的好名声 ……………………………………………………… 22

父亲的大脾气 ……………………………………………………… 24

父亲的热心肠 ……………………………………………………… 26

父亲的爱好 ………………………………………………………… 29

父亲爱交际 ………………………………………………………… 32

父亲爱养狗 ………………………………………………………… 35

父亲盖房子 …………………………………………………… 38

父亲讲故事 …………………………………………………… 41

讲述父亲的故事 ……………………………………………… 44

父亲尽孝 ……………………………………………………… 47

父亲走后 ……………………………………………………… 49

教我练字的父亲 ……………………………………………… 51

父亲重视我们的教育 ………………………………………… 53

枯荣一生 ……………………………………………………… 56

## ✳ 母 亲

我的母亲 ……………………………………………………… 61

母亲的爱 ……………………………………………………… 66

母亲的笑 ……………………………………………………… 69

母亲做饭 ……………………………………………………… 71

母亲卖菜 ……………………………………………………… 73

母亲过节 ……………………………………………………… 76

母亲的双手 …………………………………………………… 78

母亲的毛巾 …………………………………………………… 81

母亲的胸怀 …………………………………………………… 84

母亲洗衣服 …………………………………………………… 87

母亲出远门 …………………………………………………… 89

母亲的苦楚 ·········································· 92

母亲的吃苦精神 ···································· 94

母亲的实干精神 ···································· 97

母亲的乐观性格 ···································· 99

母亲的生活信念 ···································· 102

母亲的庄稼人生活 ································ 105

母亲对我们的教育 ································ 109

母亲做事给我的启发 ···························· 112

母亲在"一条龙"服务队的生活 ················ 115

## ❋ 大 弟

心解大弟 ············································ 121

大弟与他的工作 ···································· 123

童年时期的简单快乐 ···························· 125

## ❋ 小 弟

小弟的故事 ·········································· 129

小弟成长记 ·········································· 133

小弟的孝心 ·········································· 136

小弟的职业 …………………………………………………… 139

小弟结婚记 …………………………………………………… 141

与小弟谈心 …………………………………………………… 144

小弟及他们仨 ………………………………………………… 147

脚踏实地的小弟 ……………………………………………… 149

靠双手打拼的小弟 …………………………………………… 151

母亲眼中的小弟 ……………………………………………… 153

## ✻ 身边的亲情

奶奶 …………………………………………………………… 159

姥爷 …………………………………………………………… 162

外婆的老寒腿 ………………………………………………… 168

想念大舅 ……………………………………………………… 171

四舅妈的理发店 ……………………………………………… 173

英军哥与他的服务队 ………………………………………… 176

## ✻ 我的素描

我的绰号史 …………………………………………………… 181

我的许多个第一 ……………………………………………… 184

## ✳ 故里亲情

打电话 …………………………………………………………… 189

家常事 …………………………………………………………… 192

捉金蝉 …………………………………………………………… 195

倒烟囱 …………………………………………………………… 197

冻肉 ……………………………………………………………… 199

过生日 …………………………………………………………… 202

老乡情 …………………………………………………………… 204

存车往事 ………………………………………………………… 207

家的温暖 ………………………………………………………… 210

回家过年 ………………………………………………………… 212

感恩父母 ………………………………………………………… 215

父母的苦难 ……………………………………………………… 217

家里的老照片 …………………………………………………… 219

热炕头的温暖 …………………………………………………… 222

院子里的梧桐树 ………………………………………………… 224

记忆中的铜火锅 ………………………………………………… 227

家门口的水井房 ………………………………………………… 230

永远的黄河牌彩电 ……………………………………………… 234

从院子里的蓄水池说起 ………………………………………… 238

写给父母亲和弟弟们的一封信 …… 241
走进农村人的教育视野 …… 243
打开农村人的精神追求 …… 246

## ✻ 我的家乡

河津见闻 …… 251
河津干板腔:从地域到文化 …… 254
樊村,如何找寻您昔日的辉煌? …… 257
来樊村看戏 …… 260
羊汤和胡卜 …… 263

## ✻ 津　津

“津”生有你(一) …… 269
“津”生有你(二) …… 273
“津”生有你(三) …… 277
“津”生有你(四) …… 281
“津”生有你(五) …… 284
“津”生有你(六) …… 287
“津”生有你(七) …… 290

"津"生有你（八）…………………………………………… 294

"津"生有你（九）…………………………………………… 297

"津"生有你（十）…………………………………………… 300

"津"生有你（十一）………………………………………… 303

"津"生有你（十二）………………………………………… 306

"津"生有你（十三）………………………………………… 310

"津"生有你（十四）………………………………………… 312

"津"生有你（十五）………………………………………… 315

"津"生有你（十六）………………………………………… 319

"津"生有你（十七）………………………………………… 322

"津"生有你（十八）………………………………………… 324

"津"生有你（十九）………………………………………… 327

"津"生有你（二十）………………………………………… 330

"津"生有你（二十一）……………………………………… 332

"津"生有你（二十二）……………………………………… 335

后　记……………………………………………………… 338

父　亲

# 我的父亲

孔子言曰："子欲养而亲不待。"

让我们兄弟三人无法承受的生命之轻的事实竟是父亲的匆忙辞世。

## （一）

听闻的乡亲以为是谁在造谣，纷纷表示不信。直到诉说之人将满脸堆上严肃，他们才明白已经发生的事实。

这个噩耗一直对我隐瞒，直到我看见了家门口的花圈和白幡。

就这么走了，匆匆忙忙没有留下任何遗言。我和大弟也未见上父亲最后一面。

父亲的丧事就像他的离去一样匆忙而简单。直到人去，物也空，我才明白对父亲的尽孝，就只剩下了每年的焚香叩拜。在其他人的眼中，父亲已经成为一种回忆。

这本应该是父亲的黄金时代。

## （二）

父亲遗有三子。老大在读硕士，老二大专毕业，老三完成了九年义务教育。

最近多年，老大一直在外求学。从大儿子上大学时起，他就铆足干劲儿，带着美好的憧憬经营会日渐好转的家境。

2003年，大儿上了大学。2006年，二儿到太原读书。2007年，大儿去上海读研。2008年，三儿初中毕业，开始学习手艺。岁月的更迭和儿子们漫漫无期的学业逐渐成为压在他身上的重负。

2006年，父亲做出了一个惊人的举动。家里用来给儿子们成家的两份宅基地被父亲卖掉了，这可是家里唯一值钱的财产。村里不少人长吁短叹，说父亲实在是不应该卖掉宅基地。日后的实践证明父亲的做法是正确的。用卖掉宅基地的钱把两个儿子送出农村去上大学，为儿子们今后的人生创造了改变命运的机会。

在儿子们学业上的投入，父亲的行为在村里不是多见。

## （三）

父亲生前对我影响最大的事情就是把我送进了高中。

1999年，全世界的人都在憧憬新千年的美好。我们五口之家也洋溢着对未来幸福生活的美好期盼。因为这一年，父亲让我们住进了新家。

新家的落成掏空了父亲最后的积蓄，也耗尽了父亲勃发的潜力。父亲把希望寄托在了我们身上。

就是在家里经济最拮据的这一年，父亲借钱把我送进了高中。就像赌博一样，父亲赌上了我的未来。当时的我对此一无所知，好像也不需要知道什么。

同龄人的继续求学点燃了我奋发学习的欲望。上了高中以后,我把我的周末、寒暑假、夜间部分休息时间和平时的娱乐时间都用在了学习上。现在想来,当时的我就像一匹永不停止奔跑的马一样,只知道向前,继续向前。

好几次周末,父亲带着麻花、方便面、家里腌制的咸菜和刚蒸出笼的馒头来学校看我。这让我感受到被父爱包围。就是在这样的关怀下,我没有辜负他的期望,顺利考上大学。我的求学之路是踏在父亲的脊梁之上。

在我即将高考的那一年,父亲专门到普救寺为我许了一个心愿,祝福我能够如愿以偿地考上大学。等待高考成绩的日子是漫长的。我整日坐卧不安地消磨时间,父亲则在为我能够继续求学忙碌奔波。成绩下来了,我上线了。但是我们一直等不来我的录取通知书,为了圆我的大学梦,父亲专门跑到太原打听我的情况。收到录取通知书的那一刻,我悬挂的那颗心终于放下了。

我的大学就这样好事多磨地开始了。和我就读高中一样,每一次改变我命运的入学都倾注了父亲无尽的心血。本来不用这样折腾他的,如果我再努力把分数考得高一点。父亲永远不会责备自己的孩子,他要用自己的行动感染孩子,激励我们努力学习。这种无私的爱现在依然是我前进的动力,只是父亲再也看不见我的进步。

父亲一直想着再去普救寺还愿。当他在普救寺为我点燃了一盏长明灯,他相信儿子的梦想定能成为现实。再次来到普救寺,父亲的心情相当愉悦。从他的讲述中,我感受到了父亲的淳朴、敦善。现在的我一想到成千上万的父母为了让自己的子女上高中、上大学不惜耗费巨资,子女能够明白父母的一片苦心吗?我的父亲没有那样的财力,他用许愿还愿的方式表达了对自己的孩子的呵护。这份爱融入我的漫漫求学之路,融入了我的生命。

永远不会忘记父亲和母亲送我上大学的那段时光。

带着为我筹集的学费，父亲和母亲把我送进山西农业大学。身处美丽的大学校园，父母和我的激动、自豪溢于言表。想不到父母和我外出的第一次竟然成了最后一次。

我到上海攻读硕士研究生，父亲一直想把我送到学校。在登上直达上海的火车后，父亲毅然在三门峡停了下来，中途返回了河津，为的是把路费省给我做生活费。本想暑期让父母到上海来一次，这个想法也成了奢望。

我给家里邮寄的《上海大学报》也成为父亲对上海大学唯一的直接接触。在这份报纸中，我的《养心》一文叙述了父亲为了我们这个五口之家的生计而废寝忘食的操劳奔波。好多同学对我说，文章写得很感人，给他们留下了深刻的印象，父亲的勤奋和吃苦耐劳的精神感染了他们。

能够在学业上有所成绩，这与父亲对我从小的教育分不开。在我读小学五年级的时候，父亲在一次出车回来给我带了两本作文书。当时的我怀着好奇之心看完这两本作文书，然后是对这两本书爱不释手。父亲的这一行为激发我对文学的热爱。直到今天我才发现，我的思想和生活中不能没有文学。文学成为我情感寄托的场所。

步入初中，父亲开始有意识地教育我要好好学习，要和学校里的好学生在一起玩。当时，学校里有一个学习成绩特别好的外村同学在学校里住。为了提高我的学习成绩，父亲专门把家里的西屋收拾出来，让我们学习和休息。

在备战中考的日子里，父亲每晚都会给我准备好夜宵。好几次是鸡腿、大炸虾等好吃的东西。父亲身上经常没钱，我知道这是父亲用省吃俭用节省下来的钱为我买的，为的是让我把营养加上去，"吃好、学好、考出好成绩"。

由于暴发了"非典",我的高考复习只好在家里进行。时光好像一下子回到了1999年——我备战中考的日子。父亲就像当时一样,把后勤工作安排得井井有条。在他的呵护下,我"飞"到了农大。四年后,我又"飞"到了上海。父亲一直以来的一个愿望就是希望我们"飞"出农村,在外面广阔的天地里实现人生的价值。我们只有实现父亲的心愿才能告慰他的在天之灵。

(四)

一个人不能长时间地孤独长跑。

在某些程度上,父亲孤独地走完了他的一生。父亲年幼时,正逢中国的"三年困难时期"。人们食不果腹,父亲从小就衣食匮乏。待到结婚之时,父亲和母亲就在队里废弃的井房成家。

父亲一生从事运输行业,先后开过小四轮、拖拉机、汽车和出租车。白手起家的他,借了钱跑运输,一个人跑遍了中国的大半河山。在我小的时候,父亲就经常带我和大弟到附近的地区观光游玩。父亲想在我们身上弥补他童年时失去的快乐。

我们兄弟三人的童年都是在父母膝下度过的。不管父亲出车回来多累,晚上睡觉前必须做的一件事情就是给我们洗澡。我们就是在父爱的"沐浴"下茁壮成长。

家里人尤其是父亲老拿"吃牛肉事件"寻我开心。在我们小的时候,父亲跑运输成为村里的有为青年。我们家是村里第一个有电视机、缝纫机等家电用品的家庭。父亲经常跑车回来给我们买牛肉吃。对于我们来说,当时吃牛肉就和吃饭一样,以至于有一次,老师叫我们写一篇作文,我写的就是吃牛肉。晚上回来睡觉,梦见吃牛肉,还说出吃牛肉的梦话,被父亲"泄露"出来成为家里的一个笑谈。

父亲给我们的童年带来了许多美好的回忆。

父亲的美好形象也留在了我的表兄表姐、堂弟堂妹的心中。

表姐常对我说,在她小的时候,父亲经常带她和表哥出去游玩。每次好吃的、好玩的,父亲都会让他们遍尝。有了我之后,表姐就愿意和我们待在一起。在照看我的同时,她也能够得到我父亲的关爱。我相信表姐言辞的真诚和恳切。家里有一个二十多年前的旧相框,里面摆放了许多张照片记录父亲带着表姐和表哥游玩西安兵马俑的美好回忆。

我一直很奇怪伯父的孙女怎么见了我父亲就要求我父亲搂抱。母亲告诉我,父亲喜欢小孩子,特别疼爱小孩子,对谁家的小孩都感到亲切,孩子们也喜欢他。

因此,邻里乡亲都说父亲"惜娃"(大意是疼爱孩子)。父亲是用自己的行动赢得了大人和孩子的口碑。

父亲也为周围的乡亲奉献了自己的一生。

因为跑运输,父亲安置了许多人的工作。他们跟着父亲跑运输,渡过了家里的难关。现在父辈的很多叔叔都还在跑运输。村里的许多宅房都是父亲在不计人力、物力和财力的情况下帮助建盖而成。回想当年父亲跑运输的时光,许多人都在感叹,家里的焦炭、黑炭等日用品都是通过父亲跑运输得来,这些"不用花钱"的生活必需品现在都要通过花大价钱才能买来。

父亲对待叔叔们很是友善。逢年过节,父亲会招待他们在家里吃饭,同时送去各种礼品。遇到家境拮据的,需要用钱,父亲总会毫不犹豫地拿出一部分积蓄接济他们,还不要求返还。因此,家里经常"门庭若市"。

通过跑运输,父亲手里周转过许多钱。通过跑运输,父亲让我们度过了美好的童年。通过跑运输，许多人记住了父亲。通过跑运输，父亲的人生价值得到了实现。

许多人都只看到了父亲做过的事，但他们不会去想父亲的内心感受，当然也体会不到父亲的感受。

父亲的一生忙碌而孤独。就像在他跑运输的旅途中孤独一样，父亲匆忙而孤独地走完了他的一生。

从小失去父母亲呵护的父亲，懂得生活的艰辛和自立的重要性。常听母亲提起父亲年轻时的奋斗历程。父亲敢于一个人上山装运和卸载石块。常年在外跑运输，父亲从来不喊苦叫累，带给我们的总是各地的趣闻逸事。

步入中年的父亲，总是沉默寡言。其实父亲已经不再年轻，经不起生活的过多折腾。而我们兄弟三人的人生才刚刚开始。对于父亲而言，这种负重在别人看来都不知道如何承受，父亲总是默默地承担着这份使命。没有这种亲身经历，不在这种现实境况中的人怎么能够感同身受？

对于困难，父亲从不轻言于人。自己一人孤独忍受，直到生命垂危之时都是如此。是父亲性格孤僻，不愿与人倾诉吗？是父亲碍于情面，不愿让人知道吗？父亲生性豪爽，历来有话就说，从不遮掩；父亲为人亲善，长于交流，迎难而上。

父亲的孤独是对自己人生的思考与总结。来到这个世界，面对生活的一切，每个人都在思考和学习。父亲面对的情形是，什么都得靠自己，所以他总是一个人作出决定自己命运的判断。这份孤独是需要勇气的。父亲敢于承担这份孤独，他对生活从来不愿失去信心。

父亲的孤独是对自己命运的确认与抗争。父亲从小就自立生活，这份孤独是许多人从来就不曾体会过的。父亲膝下三个儿子，这份孤独是许多人听而生畏、闻而变色的。父亲却坚强地接受一切。剩下的事情就是全靠自己的拼搏,这份孤独父亲用自己的行动承受。

父亲的孤独是对自己以往的总结与告别。不管以前多苦多累,总是自己的人生,父亲从来不在我们面前提及,也不诉说给他人。但父亲经常述说我们的童年故事,尽力完整我们的童年记忆。这份关爱已经成为我们永远的精神财富。

父亲的孤独是对家庭未来的期冀和憧憬。面对贫寒家境,父亲毫无怨言。虽然疾病缠身,父亲缄口不语。为了不让我们学习分心,父亲从来不让我们知道病情。为了不让我们生活拮据,父亲从来不让我们知道家境。父亲经常和我们交流的就是学习和工作的事情。父亲坚信,在不远的将来,我们定能让家人过上美好的生活。

(五)

伸向远方的父爱从来不会增添儿子们思想和生活的负担。

父亲拥有着坚强的一生。2003年,我开始远离养育我的家乡。在太谷求学的我渐渐地对家里发生的许多事情一无所知。2004年,父亲昏倒在街上不省人事,路人将他送往村里医院。因为病情严重,父亲即刻被转往地区人民医院。医务人员告诉母亲,父亲身患重病,以后只能在家安心休养,即便在这样的情况下,病人的身体状况都不容乐观。

花费巨额的医药费用,父亲暂时地脱离了危险。直到2007年,我大学毕业,在家里等待南下深造的日子,母亲才告诉了我父亲的情况。父亲不希望自己成为儿子的负担。

病情好转之后,父亲没有选择在家休养,而是马不停蹄地投入到紧张的工作之中。父亲明白,自己是这个家庭的发动机。只有自己不停地工作,才能维持家庭的正常运转。父亲是不敢停下来休息的,即使被严重透支的身体一次次地警告着他。

2007年,带着许多人的期盼,我来到了上海,继续我的学业。这个时候的父亲已经不是2003年送我读大学的父亲了。父亲拖着一身的重病千方百计为我筹集到了第一笔生活费用。父亲告诉我,他的身体已经彻底康复,叫我在上海不要操心家里,不要担心他的身体。我要在上海这个国际化大都市继续努力学习,实现自己的人生价值。

高消费、快节奏的上海不同于我以前去过的任何一个地方。这里的透明、开放吸引着全国各地的优秀人才,高质量的物质生活条件让来到上海的外地人纷纷落户安家。新上海人成为上海的一道亮丽风景。

父亲是想看看大上海,看看上海的外滩、东方明珠、人民广场、南京路步行街、豫园,看看我要生活三年的上海大学。这份渴望,父亲等待了一年多,但还是没有等到。

对于我,父亲会感到稍许欣慰。多年的求学,我没有辜负父亲的期望。由于参与国家资助项目,我有幸被选为山西省公费学习的两个学员之一,参加2005年在中国人民大学举办的一个国际经验交流研讨会。父亲表示大力支持。在我出发之前,父亲专程赶到学校,给我送来他半年的工资。他鼓励我在中国人民大学好好学习,多了解了解首都北京。

虽说父亲跑遍了中国的大半河山,但许多城市都只是沿途路过,而且他是没有到过北京和上海的。每当电话这头的我把上海的名胜古迹、风土人情向他娓娓道来之时,电话那头的父亲都会感到心满意足。好像是他而不是我生活在上海一样,父亲是极易被简单的快乐填满的人,尤其是儿子们带给他的快乐。

　　每年春节，我们都会把当地的特产带回老家让父母品尝。在农大的日子，我会把太谷的太谷饼、农大的灵芝孢子粉带回家里。嘴上埋怨我的父亲会唠叨着：买这么多花钱的东西干什么，家里什么都不缺，但我知道他心里很高兴。父亲吃到的上海的东西也就只有上海的大白兔奶糖和学生送我的一盒咖啡。

　　为了让我们能够充分感受到家的温暖，每年的春节父亲都会精心为我们准备香喷喷的火锅。父亲和小弟负责购料，我负责清洗蔬菜，父亲掌勺做火锅的底料。等到一切准备就绪，父亲插上电源，然后全家看着逐渐冒出热气的火锅，等待着即将到口的美味。这个时刻是最幸福的时刻。每年春节，我们都会迫不及待地向父亲"叫嚣"要吃火锅。

　　吃着火锅，父亲一本正经地对我们说：我们今后的日子会越过越红火。然后全家人都带着对未来的憧憬，慢慢地品味父亲所说的这句话。

　　再也吃不到父亲做的油泼面了。

　　父亲的油泼面是家里的一绝。每次出车回来，父亲都会亲自做一大盆的油泼面或作午餐或作晚餐。我们都争先恐后地抢着吃，因为实在是太好吃了。其实，父亲的油泼面的做法极为简单。按照吃饭的人数切定量的宽面条（宽面条的口感最好），把清洗干净的菠菜在滚烫的开水里烫一下即可。然后烧一勺辣红油浇在已经搅拌均匀的面条和菠菜上面，根据个人口味添加醋和盐。一盆香喷喷的油泼面就呈现在我们这些馋猫的眼前了。

　　吃着父亲的油泼面能够感觉到他性格中坚忍、活力的一面。

　　父亲最喜欢吃的是宽面条，每次吃饭都让母亲把面团做成宽的。父亲的人生就像他对面食的要求一样，希望越走越宽，越过越好。

　　常听母亲说起，父亲有一个习惯。我在大学期间，父亲会特别关注太谷的天气预报。我来到了上海,父亲又会特别关注上海的天气预报。每次在电话里,父亲都会很准确地说出我这里的天气情况,要我注意穿衣饮食。这是父亲对儿子的牵挂,这份感情是不分时间和地点的。

父亲熟悉儿子们的生活习性。和我通电话,父亲会让我注意身体,尤其是在吃饭上面,让我不要太过节省。父亲常对我说的一句话是:"身体是革命的本钱。"和大弟通电话,父亲会教育他学会仔细生活,花钱不要大手大脚,对待工作要认真负责。身边的三儿子得到了父亲日常的教导,每天按时上下班。我很是懂得生活的艰辛,把父母的教导内化为生活的习惯。常常让我想起村里人常说的一句话:穷人家的孩子早当家。

在平时的生活中,父亲很注重孩子良好习惯的养成。小时候,每天早晨天刚亮,父亲就会把我们叫醒,让我们和他一起出去晨练。如果我们赖在床上不动,他就会把我们的被子掀开。这时的我们会赶紧起来以免父亲动怒。随着我们逐渐长大,父亲鼓励我们学着骑自行车。

为了让我们会骑自行车,父亲给我们买的三辆自行车都成了我们家的功臣。等到我们完全长大以后,父亲又教我们学习驾驶摩托车。

父亲和我们不一样,他用过的东西很少会生锈坏掉。别人家买的摩托车,用了一年不是坏掉就是被偷了。而我们家里的摩托车父亲用了都快八年了,被他保养得就像新买的一样。人们都说父亲为人周密,很会珍爱和保护物品。

我们的许多生活习惯都是来自父亲的教导。

在学校里,我会天一亮就起床锻炼和学习,经常披星戴月回寝休息。父亲的勤快成为我们人生路上的一杆标尺。在生活中,我们兄弟待人都很热情,是父亲平时的热情待人潜移默化地影响了我们。在思想上,我们都能理解生活的艰辛,体会到父母的生活压力,父母每日的奔波劳累全都是为了儿女们能够健康地成长。

2008年,父亲又一次住进了运城市人民医院。在重机房工作的劳累让父亲的半身不听使唤,经过一个多月的住院针灸和输液,父亲才勉强恢复了不太正常的身体。父亲是知道自己的脑血栓和风湿性心脏病的。他也知道,自己应该在家里好好休养。可是,一旦他停下来,家里马上就会断了经济来源。而一旦他工作,病魔就会疯狂地对他发动反攻,然后又是一笔巨额的医药费用。父亲变得越来越沉默了。

父亲始终没有让我们知道他的病情。当时的我在上海做了一份兼职工作,手里有一点儿积蓄。我多次给家里打电话,问父亲:家里需要钱吗?父亲说不需要,家里不给我钱已经是很惭愧的事情了,怎么还能伸手向我要钱。父亲隐瞒了病情和家里的经济情况,说家里一切都好。让我好好学习,不要担心家人。

2009年春节回家,我明显地感觉到父亲的苍老。尽管父亲还像往常那样,为一年才回家一次的我们张罗过年。父亲是有这个心气的,可是身体的惨境使得他对许多事情都力不从心、无能为力。父亲把过年准备饭菜的任务分配给了小弟,这是他每年亲自要做的事情。父亲把整理房间和卫生大扫除的任务交给了我,这也是他每年要做的主要事情。父亲把劈柴备炭的任务交给了大弟,这些粗活平时都不需要我们来做。

父亲再也不能做任何重活,以免更加伤害身体。可是要强的父亲是不愿就这样停下来的。在我们离家返校、工作之后,父亲又开始上班了。这是用生命做赌注啊!父亲不愿拖累家庭,更不愿连累我们。

就在我们离开家后不久,父亲又一次病倒了。连续在家休息了多日,父亲始终没有把这个消息告诉我们。家里没钱给他看病，他就隐瞒自己的病情。母亲对他担心万分，求他去医院看病。他说没事，在家休息休息就好了。可是这一次，是真的病重。难道他自己不清楚吗？

就这样拖着、拖着，拖了一天又一天。直到4月7日，他拖不动的那一天。

（六）

父亲永远地离开了我们。

不会再有人像父亲那样为我们的出生欣喜若狂，

不会再有人像父亲那样为我们准备人生的开始，

不会再有人像父亲那样为我们的成长万分激动，

不会再有人像父亲那样为我们筹划人生的未来。

不会再有人像父亲那样为我们的长大满怀欣喜，

不会再有人像父亲那样为我们铺平人生的道路，

不会再有人像父亲那样为我们的生活增砖添瓦，

不会再有人像父亲那样为我们筑建生活的美好。

不会再有人像父亲那样为我们的改变出谋划策，

不会再有人像父亲那样为我们记录进步的点滴，

不会再有人像父亲那样为我们的付出毫无怨言，

不会再有人像父亲那样为我们贡献所有的一切。

不会再有人像父亲那样为我们的发展忙碌奔波，

不会再有人像父亲那样为我们指点未来的生活，

不会再有人像父亲那样为我们的前程耗尽心血，

不会再有人像父亲那样为我们铸就美好的明天。

父亲真的走了。这本是属于他的黄金时代。

他还应该享受三个儿子成人、成家的快乐,

他还应该享受三个儿子子孙满堂的快乐,

他还应该享受三个儿子事业有成的快乐,

他还应该享受三个儿子服侍、孝敬的快乐。

这些快乐,我们会倍加让母亲享受。

父亲,您一路走好!

# 再读父亲

　　父亲已经走了五个年头,我一刻也没有忘记父亲的容颜,反而更加想念他在世的日子。这些年,母亲一个人拉扯着我们兄弟三人。我每次回到家,母亲都会对着屋子说:帅帅回来了。我知道这是母亲告诉父亲,我回到家了。这句话总能掀起我内心的阵阵苦楚。这份苦楚更多的是我对母亲的感受和对父亲的愧疚。

　　以前我总是以为父亲在世的时候内心会很孤独。因为我一直认为父亲的一生忙碌而孤独。就像在他跑运输的旅途中的孤独一样,父亲匆忙而孤独地走完了他的一生。我在《父亲》一文中认为,父亲的这种孤独可能是他对自己人生的思考与总结,可能是他对自己命运的确认与抗争,可能是他对自己以往的怀念与告别,可能是他对家庭的期冀与憧憬。

　　多年过去了,我一直试图找回有他的日子。他若是参与了大弟的婚礼该会多么幸福,他若是见到了大弟的儿子该会多么幸福,他若是知道大弟有了一份正式的工作该会多么幸福,他若是知道小弟学习厨艺有了成绩该会多么幸福,他若是知道我一直没有放弃学业和追求该会多么幸福……父亲在世的日子没有看到这些,却把这些希望都留给了我们。这些希望冲淡了父亲在世的孤独,也在我们身上延续了父亲的使命。

因此我一直认为父亲就在我们身边。我们兄弟三人展开自己生命的过程就是父亲存在的证明。我们的许多生活习惯都是来自父亲的教导,这些生活习惯成为我们生命中习以为常的存在,恰恰反映了父亲对我们的深刻影响。

我们的生命就是父亲生命的延续和展开。我们在展开自己生命的过程中,父亲的生命就得到了实现。记得父亲和母亲送我读大学的情景,只是想不到这个父母和我外出的第一次竟然成了最后一次。父亲一直到去世都没有来过上海,这个想法竟成了一种奢望。直到去年母亲送我到上海攻读博士研究生,才算勉强了却父亲的心愿。当母亲把父亲的相片拿出来时,我们都泣不成声。虽然父亲已经不在人世,却一直在我们的心中。我只有通过努力实现自己的人生价值和意义,才能真正证明父亲的生命价值和意义。

在内心深处,我一直尝试解读父亲。父亲的为人处世、父亲的勤奋吃苦、父亲的沉默孤独、父亲的友善奉献、父亲的谆谆教诲……我一直尝试回忆父亲在我生命中存在的每一个画面。父亲送我读高中和读大学,父亲为我买的两本作文书,父亲为我们做的油泼面,父亲跑运输带我们出去玩,父亲为我们翻新住房……父亲在世的日子一直都在忙碌奔波,好像从来没有停止过疲惫的身影和匆忙的脚步。在父亲人生最美好的季节,他为了我们这个家不断地耕耘和播种,却从来没有想过收获。直到父亲播下的种子生根发芽,苗壮成长。在我看来,这些似乎在启示我们:父亲在继续展开自己的人生,只不过他把这种展开的方式和过程放到了我们兄弟三人的身上。

　　现在正是我们人生中最美好的季节。在人生的黄金时代,我们应该向父亲学习。父亲年少时生活虽然艰苦,却从不抱怨。他用自己的努力建立了一个家,并把我们兄弟三人抚养长大。我们现在要把父亲作为人生的榜样,用自己的努力建立一个属于自己的家。这是父亲对我们的期待,也是我们展现人生的最好证明。

　　再读父亲,总会有一样的愧疚;再读父亲,总会有一样的想念;再读父亲,总会有一样的遗憾;再读父亲,总会有一样的期待。父亲时常让我感受到家的温暖。我要把这种温暖传递给我的家人,用我的行动温暖他们的牵挂之心。

# 聆听父亲

在中国的家庭教育中,尤其是在广大农村地区,子女和父母之间经常缺乏有效的沟通和交流。子女们不懂得聆听父母们的心声,父母们也不知道该如何与子女们进行有效的心灵沟通。于是子女与父母之间就产生了严重的交流障碍,彼此无法真诚交流,造成了近在咫尺的亲人之间却在交流方面形同远在天边的陌生人。我与父亲之间就经过了不经常交流到开始交流再到渴望交流的情感历程。

小时候,我对父亲有一定程度的排斥和敌意。他经常在外跑运输,回到家也是走亲访友和帮人处理事情,难免疏于对家庭的照顾。他给我留下较为差劲的印象是,家里有时会听到他和母亲的吵架。他总是把外面的矛盾和纠纷引到家里,这是母亲和我们最为反感的地方。可是,他是一家之主,一切由他说了算,我们也没有任何办法。于是,我便很少和父亲交流。他也从来没有认真倾听过我们的想法和意见,这种情况一直持续了好多年。

自从上高中以后,我就开始懂事了,逐渐感受到了父亲的辛苦。他既要支撑我们这个大家庭,还要尽己所能地关心身边人。于是,我就尝试着和他交流。我会主动向他汇报我的学习情况,而他也开始向我讲述赚钱的不易。我这才发现,他是一个理想主义者。他总是热心肠地帮助别人,希望周围人都能够过得好一些。我既为父亲有这样的人生境界感到自豪,又为他的付出感到担忧。因为他的身体状况已经大不如前,再也不能像以前那样消耗自己了。

我考上大学以后,就彻底开始了独立自主的生活。我与父亲,乃至和家里其他人都较少交流了。忙碌的大学生活让我无暇顾及其他,反而在这个时候,我开始渴望与父亲进行心灵的交流。面对人生的种种选择,虽然这些都要由我自己作决定,可是我多么希望身边能有人给我提供一些指点。这时,我就想到了父亲。听着他的想法和建议,我心中就少了许多茫然。我很感慨,为什么我没能早点认真聆听我的父亲呢?

在我读研期间,父亲离开了我们。就在之前不久,我与他在电话里聊了很长时间。他给我讲述他对家庭的亏欠,我就宽慰他。我知道,他是一个责任感特别强的人。可是他能力有限,我们的人生还得靠我们自己打拼。我只是没有想到,他这么早便撒手人寰了。在接下来的日子里,通过别人讲述父亲的故事,我能继续聆听他的教诲。此时的我才发现,他在亲朋好友中有极好的名声。

对我而言,聆听父亲,就是试图走进他的内心世界,感受他的多彩人生。虽然父亲已经去世多年,每当想念他的时候,我就通过撰写小文章来纪念他。通过一篇篇小文章记录他在世时的一些小事情,在回忆他的过程中也是在继续聆听他的谆谆教导。我是在父亲生命中的最后时刻,才真正想要读懂他,这是我永远的人生遗憾。我多么希望,天底下的子女都能认真聆听自己的父母,让亲人之间的真情实感变成生命中最强有力的情感支撑。

# 父亲的好名声

　　一个人活一辈子，最后能落得一个好名声也很不容易。父亲的一生平凡而短暂，却在身后落得了一个好名声。这是父亲的生命财富，也是他留给我们的宝贵财富。

　　父亲为人好，在人情世故上面很热心。村里一有什么事情，他总会在第一时间赶到。不管这个事情他能否处理好，也不管帮助的人他认识与否，他都很上心。时间一长，找他的人就很多。家里经常人山人海的情景也是我小时候的一个深刻印象，说明他热心帮人忙的好名声早已在外。

　　父亲为人勤快，帮人忙时从不拖沓迟延。这或许就是他擅长做的事情，也是他的一项看家本领。有时候，我们正在家里吃饭。有人突然过来找他，他饭也不吃就跟着走了。对此，我们时常听到母亲的抱怨。从另一方面来看，也能证明父亲在乐于助人方面是一个极具热心肠的人。

　　我在家的时候，就时常听人讲述父亲的故事。他们讲述父亲曾经做过的一些事情，并通过这些事情表达对父亲的认可。我想，对父亲的种种认可也就是他拥有好名声的一种证明。虽然他从来不需要这种证明,他只想通过行动实践自己的美好想法。他希望周围人都能生活得好一些。正是因为他是这样想的,也是这样做的,也就自然而然地美名远播。

父亲离开我们之后,我们时常受到周围人的照顾。我一直在想,这是我们在享用父亲的好名声。因为他经常做善事,在人们心目中有了一定程度的认可,所以人们自然而然地也会对我们产生好感。听母亲说,家里经常来人给我介绍对象。他们都听说过父亲的好名声,认为我肯定也是一个不错的小伙子。我很感激父亲,他的好名声为我们创造了一个良好的生存环境。

父亲的好名声来之不易,我们平时就很注重自身的言行举止,在与人为善中遵循他的生活轨迹。我在想问题做事情时,总是想站在他的立场上考虑问题,尤其在处理家里的事情时更是如此。大弟和小弟深受父亲熏陶,在为人处世方面与父亲多有相似。母亲很重视维护父亲的好名声。她对我们说:"虽然你爸不在了,但是这份感情还在。"

因此我一直认为,父亲的好名声正是他生命展开过程中最值得挖掘的生活线索。在这条线索的指引下,我正在逐渐走入他的生活世界,同情他、理解他,甚至欣赏他了。

# 父亲的大脾气

我以前从来没有在脾气这个方面关注过父亲。最近小弟的一句话倒是提醒了我。在问到我的情感时,他突然说:"哥,你和咱爸一样,都是大脾气。"我不太清楚他这句话是什么意思,就专门上网查了一下何谓"大脾气"?我才知道,大脾气就是容易生气和发火之类的说法。

照这个解释来看,也确实如此。父亲生前在家就有着大脾气。他是一家之主,有着男人固有的尊严。不管做什么事情,他都是以通知的方式告诉母亲。我们也认为这样的做法不对,可是与他顶撞的下场就是被打被骂。尤其是我,就是不服气,经常与他顶嘴,所以我从小到大就挨了不少打。

想不到,我也有着父亲这样的大脾气,而我却没有这样的意识。自从父亲去世后,家里有什么事情母亲都会征求我的意见。我是以提建议的方式表达自己的看法,她多半也会采纳。要是遇到我认为做错了的事情,我也会发大火。虽然事后我原谅了他们,可是内心却也极为不悦。我想,这个就是我的大脾气。在这一点上,我和父亲是一样的。

在父亲的事业正如日中天的时候,他的大脾气也最为明显。他不爱听母亲的建议,而是由着自己的性子生活。我们家的日子当然过得不错,却也为日后的艰苦埋下了伏笔。

可就在父亲去世后,母亲却经常对我说:"你爸在的时候,家里吵吵闹闹的。现在他不在了,又觉得离不开他。"他的大脾气同时也说明了他秉性的率直。他做事情从来不藏着掖着,而是光明磊落的。就连母亲也不得不承认,他虽在小事情上做得不尽如人意,可在大事情上做得无可挑剔。这也是在他去世多年后,村里人依然记得他,不会忘记他的原因。

我经常在想,就是父亲的大脾气成就了他,也打击着他。没有这样的大脾气,父亲做不成一定的事业。可也正是因为这样的大脾气,让他饱受了人世间的苦难。

我决心要过一种不同的生活。虽然我和大弟都有着父亲那样的大脾气,但我们都知道要有意识地改变自己。尤其是大弟,他多次告诉我们,坚决不能像父亲那样活一辈子。这样的想法倒也无可厚非,毕竟每个人的生活都不一样。父亲走过的人生弯路,我们确实不应该重蹈覆辙。然而这样的大脾气恐怕也会一辈子跟随着我们。这也是父亲留给我们的宝贵人生财富。

# 父亲的热心肠

　　父亲有一副热心肠,这是父亲经常被人提及的原因。

　　父亲总是热心参与村里的各种事情。今天张三家有喜事了,邀请父亲忙活张罗。明天李四家有白事了,赔礼的活计就要找上父亲。后天王五家要盖房子,请父亲搬砖运沙。父亲常年在外跑运输,见多识广,遇到不同的人都会打交道。他这个人又长得有板有眼,事主家总是少不了要麻烦他,父亲总是不少助力。

　　在我印象中最深刻的一件事情是,父亲帮助邻村的一户人家调解矛盾纠纷。该户人家的宅基地上面被堆放了邻居家的杂物,于是双方就发生了口角上的争执。双方的矛盾越积越深,最后竟然闹得要对簿公堂。父亲好事,觉得该户人家的事情他可以处理,于是他就主动请缨,前往调解。这件事情前后共持续了好多年,最后在父亲的劝说下,两户人家摒弃前嫌,同在一个村子里和睦相处。

　　我们在村里亲戚较多,他们在日常生活中也免不了要麻烦父亲。父亲总是不遗余力地帮忙。四个舅舅和姨父,还有外婆娘家的弟弟盖房子,都找到了父亲。当时父亲跑运输,正是他人生中最有干劲的时候。父亲就开着车拉砖、拉石头、拉木料、拉水泥和沙土,马不停蹄地前后张罗。听母亲说,这些石材都要去很远的地方拉回来。有时饿了,他就随便啃一个馒头充饥。

父亲的热心肠是母亲又爱又恨的地方。她经常对我们说,父亲的一生就是为周围乡亲奉献自己的一生。因为跑运输,父亲安置了许多人的工作。他们跟着父亲跑运输,渡过了家里的难关。现在父辈的很多叔叔都还在跑运输。村里的许多房子都是父亲在不计人力、物力和财力的情况下帮助建盖而成。回想当年父亲跑运输的时光,许多人都在感叹,家里的焦炭、黑炭等家用燃料都是通过父亲跑运输得来的。这些在当时不必费劲就能得到的生活必需品现在都要耗费不小的人力、财力和物力才能买来。

在为人处世方面,父亲的热心肠就表现在与周围的人和睦相处。父亲对待叔叔们很是友善。逢年过节,父亲会招待他们来家里吃饭,同时送上各种礼品。父亲跑运输经常会带回一些当地的特产,父亲就会送给他们一些。有时候,他们家境拮据需要用钱,父亲会毫不犹豫地拿出一部分积蓄接济他们。父亲从来不主动要求他们返还借过的钱。他对母亲说:"人家现在经济困难,等他们有了钱以后,自然会还的。"

父亲的热心肠还体现在他的孝心上。奶奶在晚年的时候体弱多病,加上一个人在生活上不能自理,父亲就在闲暇之余照顾奶奶。要是外公和外婆生病了,父亲就开着车和四舅妈一道带他们去看病。外婆说她身上现在穿的这件衣服就是父亲在给她看病的时候买的。

四舅妈的儿子小时候体弱多病,父亲就和四舅妈等人跑遍了家乡的医院给他治病。这个孩子能够康复,都是他们始终不放弃希望的原因。

　　我经常把我们家爱吃火锅的原因归结为父亲拥有一副热心肠。为了让我们能够充分感受到家的温暖，每次我们回老家，父亲都会精心为我们准备火锅。大弟和小弟负责购料，母亲和我负责清洗蔬菜，父亲掌勺做火锅的底料。然后全家就等着冒出热气的火锅逐渐沸腾。这是我们家最幸福的时刻。吃着火锅，父亲一本正经地对我们说："我们今后的日子会越过越红火。"然后全家人都带着对未来的憧憬，慢慢地品味父亲所说的这句话。

　　正是因为父亲有着一副热心肠，村里人才记住了父亲。多年之后，每当有人提起父亲时，总是要说父亲当年热心帮助他们的一些事情。在我们的记忆中，他在帮人办事的时候，总是爽朗地笑着。这让我们都能感受到他的热心肠。现在每当我想起父亲的时候，总是首先想到他有着一副热心肠。这是我对父亲印象最深刻的地方，也是最值得我们学习的地方。

# 父亲的爱好

父亲的许多爱好很实用。

父亲喜欢修理家里的电器。我们家的洗衣机坏了、电视机出毛病了，父亲一般都自己修理。我时常感到好奇，难道父亲以前专门学过这方面的技艺。其实父亲无师自通，在长期摸索中他好像已经掌握了这些家电的"秘密"。洗衣机经常在什么地方出毛病，应该检查电视机的哪里，他观察一下就知道该做什么。我自然很佩服父亲，主要是佩服他的双手能把坏掉的东西都修好。

父亲的这一本领可能在很多家庭都是男性家长的看家本领。他们巧妙地处理着家庭里的各类问题，包括日常生活中的电器维修。在我小的时候，我自然认为这项本领很伟大。因为维修电器的工作大人一般不让小孩插手，这个比较危险，小孩子容易受到意外伤害。越是这样，我对父亲能够拥有这项本领就愈加崇拜。甚至我曾经一度认为父亲把维修家电当作自己在生活中的一大爱好。他时不时就检查一下这个东西，然后再看看那样东西。

如果他发现了什么问题，就像发现"新大陆"一样，开始兴奋地、认真地检修这些有问题的家电，直到一切又都恢复正常。

如果说父亲维修家电的爱好是我一厢情愿地理解，那么父亲爱讲故事就能够真正称得上是他的爱好。父亲经常给我们讲故事。他把在外出车发生的故事讲给我们听，村子里流传的故事讲给我们听，甚至是我们小时候的故事，我们都不记得了，他会把这些故事翻出来讲给我们听。很多时候，父亲讲的故事都很精彩。许多故事，我到现在都能清晰地回忆起来。例如晚上妖怪吃小孩的故事。他总是喜欢大肆渲染，以至于我们晚上都不敢出去乱跑。现在回想起来，当然会觉得父亲是借着讲故事教育我们。但是当时的我们可不这样认为，还以为父亲讲的故事真有那么一回事呢。

父亲不断地讲述着我们的故事，这类事情我一直都放进心里。直到现在，我还在脑海里不断地重现父亲当年讲我们故事的场景。父亲会讲"偷喝啤酒"的故事，这是有关大弟的故事。有一次大弟一个人在家的时候，偷偷地喝啤酒，最后醉倒在家里。父亲发现后吓了一跳，赶紧把他送往医院，结果医生轻描淡写地说，吃根冰棍儿就好了。果不其然，之后父亲经常把这事拿出来当故事讲。父亲的讲故事既让我们乐了一把，也经常把我们"玩"了一把。

没有父亲的日子，我们经常怀念他。母亲告诉我们，父亲喜欢给我们洗澡，尤其是在夏天。他取来母亲洗衣服的大盆，在里面放好水。我们一个个赤身裸体地坐到盆里面，父亲就一个一个地给我们搓澡。等我们都洗好睡觉去了，他才开始自己洗漱。不管在外出车回来多忙、多累，父亲都会把我们洗得干干净净。母亲说，父亲爱干净。在他的管理下，我们都健康地长大了。现在的我也是如此，我会把身边的东西都整理得井井有条，以至于没事了整理一下身边的杂物成了我的一大爱好。我想多年前的父亲也是如此吧。他把我们兄弟三人都洗得干干净净。在给我们洗澡的过程中，他已经体验到了幸福和快乐。

父亲可能还有许多爱好，只不过我不知道而已。在日常生活中，父亲把这些爱好融入我们的生活里，耳濡目染地影响着我们。直到我们长大以后才逐渐发现，父亲的很多爱好已经成为我们的爱好。我喜欢通过写随笔来讲故事，大弟喜欢摆弄家里的电器，小弟则非常爱干净。日常生活中的父亲特别注意自己的穿着和卫生。我们都习染了父亲性格中的某一部分，把父亲生活中的某一爱好和习惯自然而然地继承了下来。就像当年父亲在的时候一样，我们回家聚在一起还会不时地提到父亲讲的故事，还会再看看父亲修理过的"老古董"……在怀念父亲的时候我们发现，自己也成了父亲生命中的一部分。

# 父亲爱交际

父亲有许多爱好,爱交际是被经常提及的爱好。

父亲爱交际,说明他爱与人打交道。我们的童年记忆里就有这样的场景:他外出回来,总喜欢带着我们去亲朋好友家串门。这是我们小时候感到最开心的时刻。他和朋友们聊聊生活,我们和别的小朋友们愉快地玩耍。

父亲爱与人打交道,说明他好结交朋友。他经常请朋友来家里做客,甚至是刚认识不久的朋友,他都热情招呼。到了饭点,他就留这些朋友在家里吃饭。逢年过节,他更是在家里设宴款待他们。

父亲喜欢帮朋友处理生活中的难题。时间一长,了解他的人都愿意找他帮忙,他就热心地帮他们解决问题。对此,我们常听到母亲的抱怨:"家里一有人找你爸,他连饭都顾不上吃,就匆匆忙忙地走了。"不过母亲也认可父亲的能干。

有一件事情特别能反映他对朋友的热心帮助。一位朋友因为生活困难,需要找一个住的地方。父亲就让他住在我们家里,这一住就是一年多。

他从来不嫌这位朋友住在家里会产生诸多不便。许多年过去了，每次提及这个事情，母亲就笑着解释："你爸属猪，生下来就是任人'宰割'的。"虽然我们知道这是玩笑话。

父亲爱交际，还体现在他喜欢见世面。他经常说："只有与不同的人打交道，你才能见识到外面的世界。"他确实见过很多世面，不然叔叔们有问题怎么老是找他解决呢？母亲用"把我们家的门槛都踩烂了"来形容当时的场景。

自从父亲离开了我们，家里就再也没有出现门庭若市的景况。当时送他的朋友很多，好多人我都没见过面，也不认识。我只记得，有很多叔叔拉着我的手，不断讲述一些有关父亲的故事。父亲之前做过的一些事情没有被人忘记。正是在这些朋友们的一致好评中，我感受到了父亲生命的价值和意义。

现在家里如遇大事，需要人主事，母亲就请父亲的好朋友过来帮忙。他们就像为自己家办事情一样，尽心竭力地帮助我们。原叔叔就是父亲的一位好朋友。大弟和小弟结婚，他出了不少力。父亲的另一个朋友侯叔叔，在我读书期间一直帮助我……他们在我们家最困难的时候，伸出了援助之手。这份恩情值得我们铭记于心。

父亲还把爱交际的特点遗传给了我们。大弟就好请客吃饭。他从小到大，就喜欢交朋友。家里有事情了，他就叫村里的朋友过来帮忙。小弟更是和身边的伙计们打成了一片。我和大弟常年在外打拼，家里就经常受到小弟的朋友们的帮助。这让我们很受感动。

我一直在想，父亲为什么爱交际？或许，父亲在与朋友们交往的过程中，走入了朋友们的内心世界，而他们也在理解父亲的过程中理解自己。父亲体谅朋友们的难处,把他们的事情当成自己的事情。他们也努力为父亲做一些事情,借以缅怀曾经的好朋友。

愿有更多的人能够了解我的父亲,也愿更多的父亲能够走入自己孩子的心灵世界。

# 父亲爱养狗

狗是父亲最喜欢的动物。

小时候,家里经常养狗。在我的记忆里,父亲是在把家里的平房盖起来以后开始养狗的。当时的院子还没有围墙,也没有装上铁门。为了看家,父亲开始养起狗来了。家里的第一只狗是牧羊犬。这个品种的狗很听话,也通人性。不要看我当时的年纪小,我也能喂它。它一看见我,就摇着尾巴往我身上扑。我能够感受到这家伙的热情。于是,它就成了我小时候的玩伴。

父亲跑运输,经常彻夜不归。那个时候,幼小的我就感觉到这只狗是我们的保护者。院子里一有什么动静,它就会敏捷地观察着。如果发现什么不对劲的地方,它就开始咆哮了。这种咆哮一般都能吓跑让我们害怕的东西。如果它继续咆哮,母亲就会出来看看,到底发生了什么事情。我和大弟就跟着出来凑热闹。它一看见我们出来,反而叫得更起劲了。

父亲告诉我们:"狗是人类最忠实的朋友。"在与这只牧羊犬一起生活的日子里,我逐渐理解了这句话。狗喜欢吃肉,但是如果让它天天吃肉,一个普通农户家庭也养不起它。在我们都很少吃肉的日子里，它就跟着我们一起啃窝窝头。时间一长，它就瘦得只剩下皮包骨头了。父亲看着心疼，就去集市买二两肉回来。把煮肉的汤水泡上窝窝头给它吃。即使如此，它也很开心。俗话说，"狗不嫌家贫"，果然如此。

我稍微大一点儿的时候，家里的经济状况好了一些。外地人在村里开了家鸡肉店。每次放学回来，我都看见那家店门口到处都是捆绑好的活鸡。到了晚上，父亲就让我提着桶，去他家弄一些准备丢弃的鸡内脏。这些都是牧羊犬的食物。看着我把一桶食物提回家，它就兴奋地跳着。只看见它脖子上的铁链子不停地晃荡着。当然了，一次性不能给它吃得太多。

只要父亲在家的日子，每天早晨，他都会带着它去外面转转。在田野里，父亲会松开它脖子上的链条，让它自己跑一跑。人都需要自由，我想，狗也是吧。这就是它的自由。这个时候是它最开心的时候。它在野地里尽情地跑着，但是又不会跑得很远。不一会儿，它又回到了父亲的身边。父亲就抚摸着它，重新给它绑好链条。一天的游玩就算结束了。

在这只牧羊犬之后，父亲也养过几条狗。可惜的是，我开始在学校里面住宿了，所以只有牧羊犬留在了我的情感深处。我上大学以后，看过一部电影《忠犬八公的故事》。里面就讲述了一只名叫"八公"的狗在车站等待它主人的故事。这部电影打动了我，我又想起了家里的那只牧羊犬。虽然它的一生没有上演这么感人的故事，却也尽职尽责地看家护院。在我们成长的过程中，给我们带来了许多欢乐。

最近，我又看了一部有关狗的感人电影《零下八度》。八条雪橇犬在救人之后被迫遭遗弃，不畏南极的严寒冰雪，努力同残酷的大自然作斗争来集体求生故事。在电影里，狗儿们的忠诚、互助、聪明等优良品德都充分地展现了出来。随着剧情的跌宕起伏,它们到底会有怎样的命运？我们悬着的心晃荡得更加厉害……

人类总是能从"最忠实的朋友"那里发现真善美,它们也总是能给我们带来生命中的感动。我相信父亲爱养狗,也是这个原因吧。

# 父亲盖房子

生活在城市要买房子,生活在农村要盖房子。盖房子是父亲一生中的头等大事。他总共盖过三次房子。

父亲和母亲结婚的时候,生活条件很是艰苦。他们结婚以后,因为没有新居,就向生产队申请住在水井房。我就是在水井房里出生的。听母亲说,自从我出生以后,父亲浑身都是干劲,他要为母亲和我建一个像样的家。之后,父亲就开始盖房子。

父亲第一次盖的是平房。这间平房就盖在水井房的旁边。盖房子的时候我还小,基本上没有什么记忆。我是在这间平房里开始记事的。这间平房见证了我的成长,也充满了我对童年的回忆。直到今天,它依然是我怀念童年的情感源泉。

大弟和小弟相继在这间平房出生。小时候,我和大弟经常爬到房子上面玩耍。在被父母责骂之后,还是会偷偷地爬上去。因为平房的上面藏有我们许多的小秘密。在屋顶,我们营造了一个属于自己的世界。每次都是母亲喊我们下来吃饭,我们才恋恋不舍地离开。

父亲第二次盖的是西屋。相比较平房,西屋就盖得精致一些。盖西屋的时候,正在流行往墙壁上面贴瓷砖。父亲就给西屋的外墙贴上了好看的瓷砖。这些瓷砖的贴图讲述了许多故事,有龙凤呈祥、双龙戏珠、仙鹤拜寿、鸳鸯戏水等。我就特别喜欢这些瓷砖和瓷砖里的故事。

盖西屋的时候,父亲本来是想盖二层小楼房的。楼房盖了一半,就没钱了。父亲只好把此事暂时搁下。想不到以后,再也没有动工整修过。现在母亲就住在西屋。我和小弟回家,也是住在西屋。母亲对我们说:"西屋就不再翻修了。你们以后有了钱,都在上班的地方买房子吧。"

父亲第三次盖的是我们兄弟三人结婚用的瓦房。这两套瓦房盖起来,耗尽了父亲的心血。留给我最深刻的记忆是,瓦房盖好了,要安装后窗的遮雨棚时,父亲就站在高高的梯子上敲敲打打。扶着梯子的我看到他的后背淌着一道道汗水,眼里的泪水就止不住地往下流。父亲为盖好瓦房,耗尽了勃发的潜力和最后的积蓄。

瓦房也见证了我们兄弟三人的打拼和成长。我和大弟都在外求学和工作,小弟在老家闯事业。不管我们在外面多么辛苦,回到瓦房的家里,总会感到心中洋溢着无限的温暖。母亲常对我们说:"你爸还是很有本事的。在我们村,这两套瓦房用来结婚,还是能够拿出手的。"就像母亲说的那样,瓦房成了母亲和我们兄弟三人的安身立命之所。

大弟就在其中的一套瓦房里成了家。他的岳父岳母说,父亲盖的瓦房大气、漂亮,不像他们家的房子都是低矮的平房。在大弟结婚之前,母亲就把瓦房进行装修和粉刷。瓦房又重新焕发了光彩,把大弟的媳妇迎了进来。现在小弟马上也要结婚了,母亲盼望着把小弟的婚事也在瓦房里办了。瓦房承载着父亲和母亲的人生使命,也见证了我们长大成人。

父亲还买了两座宅基地,打算以后盖成房子。遗憾的是,父亲盖了瓦房以后,就再也没有能力打理这两座宅基地了。当时,我们兄弟三人都在读书。为了供我们上学,父亲做出了一个惊人的举动。他把这两座宅基地卖掉了,这可是家里唯一值钱的财产。村里不少人长吁短叹,说他不应该卖掉宅基地。日后的实践证明父亲的做法是正确的。他用这笔钱供我和大弟上大学,为我们今后的人生铺平了道路。

父亲一生的打拼,都凝结为这三次盖房子。他从白手起家,到给母亲和我们兄弟三人提供安身立命的场所,再到他生命的最后一刻,安详地睡在了他盖好的房子里。父亲完成了生命中的头等大事。他用盖房子的人生经历告诉我们,一个人没有房子不可怕,可怕的是连盖房子或买房子的勇气都没有。我相信,不管我们走到哪里,我们兄弟三人都会像父亲一样,能为母亲提供一个遮风挡雨的地方。

# 父亲讲故事

　　小时候,我们经常听父亲讲故事。

　　父亲会讲三类故事。第一类故事是讲别人家的孩子如何好好学习,这是专门针对我们兄弟三人讲的故事。我们小时候的成绩都不好,父亲就经常通过讲故事的方式教育我们。一般情况下,他总是拿村里学习成绩好的孩子作对比。

　　我家附近有一户邻居。他家的孩子学习成绩特别好。父亲就给我讲述这个孩子如何学习的故事。父亲去他家做客,见这个孩子在一个房间看书。父亲就过去瞧他看的什么书。结果父亲发现,他在看四大名著。这对父亲产生了很大触动。回到家里,父亲就给我们讲这个事情。"人家的孩子这么小就在看这么经典的书,怪不得学习成绩这么好!"我能够感受到,父亲说这句话的时候,情绪有些激动。这个孩子与我年龄相仿,父亲就对我说:"你要结交爱学习的孩子做朋友。"当天,父亲就让我找邻家孩子交流。在他家里,我看到许多我没有读过的书。为了给他创造一个好的学习环境,有一个房间供他专门学习。父亲听说以后，就把家里的一间屋子打扫出来，专门供我学习。之后，我才正式走上学习的道路。

吃饭的时候，父亲会讲一些家里的故事教育我们。这是父亲讲的第二类故事。这类故事的题材涉猎广泛。有时候，我们也会成为这类故事的主角。比如，父亲总喜欢讲"吃牛肉的故事"。直到现在，我才明白父亲为什么爱讲这个故事。他是想通过这个故事告诉我，一个人不能整天老想着吃喝玩乐，要把心思用到学习上面。每次教育大弟，父亲就讲"偷喝啤酒的故事"。这件事之后，大弟再也没有偷喝过啤酒。

小弟以前也让父亲头疼。上学期间，他经常逃课。有一次，他和几个小伙伴翻墙出去玩。学校的围墙上面都嵌满玻璃。他翻墙的时候不小心把手给扎破了。学校就给父亲打电话。父亲气急败坏地跑过去处理这件事。只见小弟的双手满是血，父亲就带着他去医院包扎伤口。过了几天，小弟的伤口愈合了，父亲才开始动起真格的。听母亲说，父亲把小弟毒打了一顿。之后，小弟再也不敢逃学了。每次提起他"逃学的故事"，我们都会想起父亲。正是因为父亲管得严，小弟才没有走上歪路。

父亲喜欢讲妖魔鬼怪的故事，这是他讲的第三类故事。夏天的傍晚，我们在院子里乘凉时，父亲就开始给我们讲这类故事。与《聊斋志异》的故事类似，父亲讲的妖魔鬼怪，都是我们当地的传说。我们在家里听这些故事，只是觉得有趣。如果我们在外面听父亲讲鬼怪的故事，就会害怕。晚上父亲带着我们，在一起捉知了时，就喜欢讲鬼怪故事。他说："妖怪专门吃不听话的小孩。晚上小孩子哭闹的时候，妖怪要是听见就过来了。"父亲还指着大树说："妖怪一般就藏在大树后面。"我和大弟就心惊胆战地看着大树。当大树的影子晃动时，还以为妖怪出来了。我们就躲在父亲身后。

其实,树林里根本就没有什么妖怪。父亲编出妖怪的故事教育我们,让我们从小就要听话。这些故事对我产生了很深的影响。直到现在,我还是喜欢妖魔鬼怪的故事。这些故事充满了想象,让我感受着大千世界的多彩风光。怪不得蒲松龄在创作《聊斋志异》时,设立茶馆,通过听顾客们讲妖魔鬼怪的故事,来搜集写作素材。父亲讲的一些故事,也成了我的写作素材。在写这些故事的时候,我能够感受到父亲对我们的爱。对我而言,父亲是一个爱讲故事的人。就是因为这个原因,我才喜欢上了写故事。这也是我不断追忆父亲的原因。

# 讲述父亲的故事

常听人讲述父亲的故事。每次听的时候都觉得新鲜,心中总会生出丝丝感动。不同的人讲述着不一样的故事,说明父亲给他们留下了不一样的印象。我们之所以能够经常听到别人讲述父亲的故事,是因为父亲留在了他们的心中。

邻居婶子没事经常来我家做客,与母亲闲聊之余总不免谈起父亲。她最常说的关于父亲的一句话是:"建设哥是一个能干的人,不管是在外面做人,还是在家里做事。"这次她谈到了父亲如何参与村里的红白喜事。她说,父亲总是热心参与村里的各种事情。

母亲接着婶子的话继续说着。父亲不仅在外面是一个能干的人,家里的各种家务活也是他在做。家里的电器坏了,父亲自己动手修理。家里需要添补东西了,他就会准备齐全。遇到哪里需要收拾一下,不用母亲开口,父亲便会整理得井井有条。逢年过节如果父亲在的话,外出购物、烧菜做饭一类的活都是父亲包揽的,根本不用我们像现在这样操心。

　　大弟给我讲了父亲送他去太原读书的故事。为了供他读书,父亲把家里的两座宅基地卖掉。他第一次出远门,父亲不放心,亲自送他到学校。在太原,父亲给我和大弟两个人各买了一部手机,方便我们给家里打电话。为了让大弟尽快熟悉学校环境,父亲自己找到学校的领导,希望老师们都重视大弟。我在想当时的大弟该是多么的自豪啊。父亲是有这个心气的,也对我们充满了信心。父亲把大弟安顿好后,才折返到山西农大看我。他用自己的行动帮助我们,希望我们都能在广阔天地有一番人生作为。

　　父亲虽然疼爱孩子,但是绝不溺爱孩子。关于父亲,小弟有一件记忆犹新的故事。他在上初中的时候不好好学习,逃课到网吧上网。他被父亲逮住之后,父亲生气极了,把他吊起来,用很长的针在他的屁股上扎了好几下。母亲每次想起这件事情都说父亲做得有些残忍。小弟之后就长了记性,再也不去网吧玩游戏了。当小弟走到社会上,就开始兢兢业业地打拼事业。他之所以成长得很快,与父亲对他的严厉教育有很大的关系。有一次,小弟对父母说:"钱是多么重要的一个东西啊!"他那年才15岁,那个阶段我们家经济最拮据的时期。如果家里有钱,他就不会过早地辍学。

　　村里有父亲的好友不时地看望我们。一位叔叔在大年初一专程来我家向父亲的灵位磕了一个头。他向我们嘘寒问暖之后,聊起了父亲跑运输的故事。当时家里跑运输的时候雇有司机。这位叔叔就是当时父亲雇来的司机。为了让他们吃好喝好住好,父亲专门为司机盖了西屋。每次出车之前,他都让母亲蒸上好多馒头和大饼,生怕他们路上饿了,找不到饭店可以充饥。逢年过节,父亲除了给他们发放各种福利,还在家里设宴邀请他们。这位叔叔给我们讲述着许多年前有关父亲的故事,其中的片段场景立马浮现在我的脑海,把我拉回童年的记忆。最后他语重心长地对我说:"大帅,你是你们家的顶梁柱！你爸不在之后，就全靠你了！"

听着他们讲述父亲的故事，我的内心犹如打翻了五味瓶，什么滋味都有。父亲的人缘好，让大家一直记着他，在我的心中掀起了阵阵欢喜和崇敬之情。父亲身前受过的苦难又不停地徘徊在我的内心，这份酸楚又不知道该如何安放。父亲已经去世多年了，母亲就一个人生活，显示了对父亲决绝的爱情和忠贞。这些都让我感动，又让我心酸。我想，有关父亲的故事，母亲知道的更多。她总是一个人自言自语地回忆或再现父亲在世时的场景。这些故事曾经陪伴着他们走过了人生中最美好的一段岁月，也会继续陪伴着母亲讲述过往的一切。而我们从有关父亲的故事中学到了如何为人处世，怎样笑对生活。我们也将继续听别人讲述父亲的故事，在这些故事中用心生活。

# 父亲尽孝

父亲的孝子之心一直让我难以忘怀。

一想到他如何尽孝,我的脑海里就立即浮现出他帮长辈们做事情的场景。他帮忙最多的还是同村的亲戚朋友们。当然,他也会帮忙做一些与自己没有任何关系,也不是同村亲朋好友的事情。母亲就经常跟我抱怨:"你爸有时候太热心肠了!"可是我倒认为,他的行为正好说明他是一个懂得感恩,回报社会的人。

在我们很小的时候,爷爷就去世了。当时,爷爷这边大家庭的负担很重。父亲就觉得要把这个担子挑起来。他当时工作很拼命,为的是早日让大家都能过上好日子。在他打拼的日子里,我们兄弟三人陆续开始上学了。他开始感受到了另一种压力。此时,他的身体状况已经不如从前。家里的经济也开始有些拮据了。他除了要维持我们小家庭的日常生活,还要照顾身体羸弱的奶奶。奶奶住在大伯家的院子里,他一有空就过去干活。直到把奶奶日常所需的一切都准备妥当,他才会放心。

那是我们家生活最为艰难的几年光景。父亲被查出风湿性心脏病和脑血栓。为了给他看病，家里已经负债累累。与此同时父亲还是不遗余力地照顾老人。外公和外婆生病了，四舅妈就叫他帮忙，他就开车为老人安排住院看病。虽然父亲已经离开多年，直到现在，外婆家里一有什么事情，四舅妈还找母亲商量。

在父亲去世前一年，大伯匆匆走了。这对父亲打击很大。他当时的病情就很严重。为了最后再送亲哥哥一程，他带病料理大伯的丧事。连续忙碌的那阵子，他的身体当然也吃不消。他就硬挺着。让我们万万没有想到的是，在接下来的一年时间里，他的病情突然恶化，最后竟然也匆匆忙忙离开了我们。

父亲的孝心和孝行对我们兄弟三人影响很大。虽然我们常年不在家，逢年过节回去的时候，我们总要去陪陪奶奶，还有外公外婆。只有当我们与老人家在一起的时候，才能真切地感受到父亲曾经做过的一切。要不是感同身受，我们是不可能切身体会到他的不容易。我们现在的孝行就是想延续他曾经的孝心。

父亲至诚至孝的行为赢得了村里人的普遍赞誉。有一次回家过年，与一位叔叔聊天就聊到了父亲。叔叔马上对我说："你爸是个大孝子。他生前为老人付出了很多。要不是这样，凭你爸的本事，你们家会比现在这个样子要强很多。"叔叔的无心快语却让我沉思。父亲虽然有时候疏于照顾我们这个小家，但是他把人生最美好的青春年华奉献给了大家。只要他认为自己活得有价值，有意义，他的一生就活得无怨无悔。

现在对于我们来说，最重要的事情是沿着父亲的足迹，将他的孝心和孝行内化到我们的日常生活当中。只有如此，我们才能在追忆这些往事的时候更好地缅怀父亲，并继承他的人生理想，让身边的人活得更好。

# 父亲走后

我常常思念父亲。

他生前病重，就立即遭到了冷遇。家里不仅很少有人来串门，偶尔有什么麻烦事，也无人知晓。尤其是他弥留人生的最后时刻，母亲才无助地告诉了我们。人在落难之时，方显出世态炎凉。没过多久，他就离开了人世。

父亲走后，想念他的日子才正式开始。

家里失去了顶梁柱，我们承受着生离死别的苦痛。他生前竭尽全力地为我们而奔波，为身边的亲朋好友而活。在他走后，一切都归于平静。人们照常过着自己的生活，他的历史也被平淡无奇所淹没。谁也不会活在别人的历史里面，自然也就无暇顾及我们的存在了。

虽然我们兄弟三人不谙世事，却也能感受到无人问津的滋味。父亲就是我们家的"势"。失去了这个"势"，这个家自然就被"遗忘"了。

人在情感上最脆弱的时候，才最能知道"家"意味着什么。对我们而言，没有父亲的家就像一个庙堂里没有了神，让人感觉空空荡荡的，找不到精神的依托。我们对父亲的爱自然就转移到了母亲的身上。母亲抹着眼泪，嘴里不停地怨恨着父亲，抱怨他狠心地撇下我们就走了。其实，我们都知道她也舍不得父亲。没有父亲的日子，母亲就要一个人艰难地撑起我们这个家了。

带着伤痛，我们兄弟三人又去奔波各自的前程了。只不过，我们都特别在意老家的亲人。父亲走后，我们就是他生命的延续。不管工作多么忙碌，我和大弟经常给母亲打电话。小弟更是隔三岔五地回家看看。在我们眼中，家庭比工作更加重要。虽然母亲常对我们说，工作比家里要重要得多了。她让我们不要操心家里的事，安心在外面工作。可是我们知道，我们所努力的一切，都是为了能让她过得好一点。我们要把对父亲的亏欠，弥补到她的身上。

我们越是在乎这个家，就越是想念父亲。流逝的岁月虽逐渐模糊了我对父亲的记忆，却日益增加了我对他的情感。每当听到村里人无意间提到父亲，我的心就像被什么东西刺了一下，有一种温暖，更多的是一些悲伤。人们对他的偶然思念，也会在我的心田泛起阵阵涟漪。

就这样过了一年又一年。在他未走完的人生路上，我们正在勇敢地往下走。父亲若是知悉，定会在天堂稍感些许欣慰。

# 教我练字的父亲

　　翻开父亲的记事本，映入眼帘的是父亲的一手好字。这让我颇感惊讶。

　　我没有想到，父亲竟然能写一手好字。记事本的账目都被工工整整地记录下来。这些漂亮的字就像有一种魔力，让我忍不住地一直看下去。账目的内容倒成了其次，这些字成了我主要欣赏的内容。

　　早就听母亲说过，父亲能写一手好字。他会把收支的明细都记录到账目上。这样时间长了，有一些收支记不得了，翻开记事本也能查到。我一直无缘得见父亲的记事本。直到有一天，母亲查阅他的记事本核对一些事情时，我才发现母亲所言甚是。

　　父亲正好出生在中国"三年困难时期"。他小时候连饭都吃不饱，更不可能接受到正规的学校教育。正是这样，他才羡慕那些能够上学念书的人。当时爷爷在村委会工作，他就跟着爷爷在村委会学习。他的一手好字大概就是在这里练成的吧。

　　对我而言，记忆很深刻的一件事情是，我小的时候，父亲就要我好好练毛笔字和钢笔字。他在这方面管得严,我每天都必须练够一个小时,不然肯定要挨批评的。当时的我一直不解,他为什么一定要我练字。直到现在,我才明白父亲的良苦用心。

能写一手好字,对于现在的我是多么重要啊。随着电脑时代的到来,越来越多的人都不太写字了,更不用说能够写出一手好字。每次要填写表格的时候,我都在心中感谢父亲。正是因为他对我严格要求,我才不至于在各类表格上随便涂鸦。

父亲的严格要求,不仅在于能让我写出一手工整的字,更在于树立了我在学业上的钻研精神。我之所以能够一直认真完成学业,全靠父亲的用心教诲。我把用心写字的这种精神用在了学业上面,自然就不会荒废学业。可是当时的我却没有这种意识。

有意思的是,父亲要求我用心练字,却从来不手把手地教我。他让我反复临摹字帖,所以我一直不知道他能写出一手好字来。现在回过头来再想这件事情,我才发现,父亲是想让我自己领悟练字的诀窍。我把这种独立自主的精神用到学习上面,一直读到了博士。

从小练字的我在这方面也获得了一定的认可。记得我读大学的时候,学院举办过一次书法比赛。我当时参加了,并获得"书法特长奖"。奖品是中国著名书画家盛寿藻先生的一幅字画,上面题写"知足常乐"。这对我来说是一个巨大的鼓励。没有父亲的教导,我也不可能获赠这幅字画。

因此我应该感谢我的父亲。在我懵懂无知的时候,他就让我好好练字。练字不仅锻炼了我的意志,而且使我更加用心学习。随着时间的推移,我发现自己越来越像一个文艺青年,喜欢写作、读书、听音乐、看电影和欣赏字画等。我想,这直接得益于父亲在这方面对我的教诲吧。

# 父亲重视我们的教育

　　这些年,我们兄弟三人为改变命运所做的努力大都与父亲对我们的教育有关。父亲特别重视对我们的教育。他经常主动去学校找老师,了解我们的学习情况。母亲就常说:"你爸重视教育。就是家里再穷,他也舍得为你们上学花钱。"父亲是这样想的,也是这样做的。这集中体现在他支持我们上大学,从而改变了我和大弟的命运。

　　我在中考失利后,面临人生的第一个十字路口。当时,父亲和母亲对我未来的规划不太一样。母亲想让我直接就业,可以从事厨师行业。而父亲则征求我的意见。我当然想继续读高中。于是,父亲全力支持我,我特别感激他。作为对家里的回报,我在高中用心读书,终于考上了大学。之后,我就没有放松前进的脚步,一直在求学的道路上这样走过来。

　　大弟能上大学,应该特别感谢父亲。他考大学失利后,哀求着父亲让他继续读书。为了成全他,父亲先后多次跑到省城联系学校,直到送他上大学。父亲知道上大学能够改变我们的命运。因此,即使在我中考和大弟高考失利后,他依然努力为我们上学而奔波。我们没有辜负他的期望,都通过教育改变了命运。

父亲特别疼爱小弟,但是在教育问题上却对他严苛,甚至有点儿残忍的感觉。小弟在学校逃学,父亲得知后特别愤怒。他把小弟从学校领回家。听母亲说,父亲吊着小弟打他,还用针刺他的屁股,直到小弟求饶,并承诺说"再也不敢逃学"为止。我和大弟都知道父亲特别疼爱小弟,但是我们也没有想到,父亲会这样打他。可见,小弟逃学确实惹怒了父亲。

父亲不仅重视我们在学校受到的教育,还特别重视对我们进行日常生活教育。他在我们上大学之前,要培养我们如何与人打交道的能力。从饭桌上敬酒到如何找工作,他细致入微地给我们传授在外面生活的基本技能。他说:"你们现在要离开我们了,接下来你们要自力更生!父母对你们的教育只能做到这一步了,以后都得靠自己!"他说得很对。

大弟在大学里考了驾照。他对我说:"要不是当初咱爸教我开车,我不会这么轻松地拿到驾照。"有了驾照以后,他不仅找工作更容易了,而且工作起来也更加便利了。我想,父亲教我们开车,也是对我们进行日常生活教育的一项重要内容。只不过,这项内容在当今社会的重要性日益凸显。可惜的是,不管父亲如何教我,我就是学不会开车。这可能与我胆小的性格,以及迟钝的反应力有关吧。

父亲也特别重视我们找工作的事情。在我本科毕业临近时,他为我找工作的事情忙东忙西。他曾经带我到省城找工作,又带我到老家找工作。虽然我最后选择读研究生,但是父亲的这些努力让我终生难忘。他希望我读完大学,能够有一份好工作。这说明,他不仅重视我们的教育,还重视我们受教育后的结果。室友的父亲也是如此。叔叔每次在电话里,都会询问我室友工作的事情。找工作是人生的大事。父亲操心我们的工作,正是从宏观上对我们人生发展的关心。

父亲已经去世多年,然而他曾经对我们的教育,现在依然深深地影响着我们。每当我们怀念父亲时,母亲都会说:"你爸比我更重视你们的教育。不管家里多么困难,他都告诉我,不要跟你们说。他把钱攒下来,支持你们上学。"正是因为父亲重视我们的教育,我们才能通过教育改变命运。因此我们应该感谢父亲,他是我们人生中的第一任老师!

# 枯荣一生

草木会随着季节的变化,枯了又荣,荣了又枯。人又何尝不是这样?

父亲的一生就像那不断枯荣的草木,让我感受到他活着时的精彩人生,时而又让我感受着他去世以后我们家的生活无助。

从我记事时,就隐约感觉到父亲是一个能干的人。在那个舍不得吃肉的年代,我们家经常有肉吃。尤其是年关临近,他会买来许多肉,有猪肉、牛肉和羊肉。他让我们大快朵颐地吃肉。大弟在一次猛吃猛喝中,对肥肉产生了过敏反应。而我却养成了爱吃肉的习惯。我不但爱吃猪肉,还对牛肉念念不忘。曾有一段时间,我满脑子都是牛肉,甚至在写作文的时候,我都以牛肉为题材,还在梦中说着吃牛肉的呓语。家里人就以此为笑柄,偶尔翻出来愚弄我一番。如果把这件事放到现在来看,我才能体会到,在那个艰难困苦的岁月,我的幸福童年是活在父亲活力四射的荣光中。

在父亲干劲十足的那些年,我们家的生活真是一片欣欣向荣的景象。就像夏天的黄土高原上,各种植被旺盛地生长着,让人感受到生命的勃勃生机。他整个人就是别人眼中的一道风景。按照母亲的说法,来找他帮忙的人都快把我们家的门槛踩烂了。他的能干让他在外面赢得了好名声。我每次春节返乡,与村里人闲聊时,总能听到他的故事。人们在用这些故事回忆他。而我听着这些故事,在品味他的好名声时,感受着农村人质朴的美德。我还以为有些东西逝去了,就再也找不回来了。父亲的这些故事改变了我的悲观想法。

我们在逐渐地长大,他也如黄牛那般开始精力不济了。他不跑运输了,就把大卡车卖掉了,转到出租车行业。干了一段时间,他又把出租车卖掉了,去外地打工。母亲也不做全职的家庭主妇了。她开始跟着村里的"一条龙"服务队赚儿点小钱补贴家用。当时,我们兄弟三人都在上学,可想而知,家里的负担何等沉重。命运在这个时候,总会给一些家庭雪上加霜。父亲从这个时候开始重病。他在一次上班的路上突然不省人事,被好心人送往医院后,才被查出患有脑血栓。仅过了两三年的功夫,家里就债台高筑。他再也舍不得花钱看病了……

父亲弥留之际的故事,是母亲含泪讲给我听的。他口中不停地吐着白沫,身体猛烈地颤抖着,已经糊涂到了不省人事的地步。小弟从来没有见过这种场面。小弟被吓傻了,只会在一旁大哭。而我和大弟还在外面打拼,等赶到家时,父亲已经永远地离开了我们。支撑我们这个家的那根顶梁柱轰然坍塌了。这根"大柱"不仅给我们撑起了一个温暖的家,还留意和关心过他人的痛苦和生活。当他突然离开的时候,我们再也找不到停泊的港湾了。

没有父亲的日子,我们这个家开始发生不同以往的变化。大弟和小弟突然更加懂事了。大弟在太原,受过各种苦,但一直很坚强。他心里很清楚,以后的生活只能靠自己了。我们就这样熬了几年,直到大弟告诉母亲有了对象,想要结婚,我们才感觉到家里重新有了生机。不管再多艰难,母亲也要给他操办结婚大事。当他和他老婆的工作在结婚后不久都安排妥当,母亲才恢复了父亲在世时的精神头。紧接着,小弟也谈了对象。他用辛苦积攒的血汗钱结了婚。我不曾想到,已经土崩瓦解的家慢慢走出了绝望的困境。这真是"寒冰不能断流水,枯木也会再逢春!"

父亲曾是我们家的希望。我们的命运随着父亲事业的兴荣而平顺,又随着父亲的辞世而波折。然而,我们又是父亲生命的延续。当他的黄金时代一去不复返的时候,我们勇敢地接过了他交给我们的人生接力棒。在他没有走下去的路上,我们重新出发,决心要完成他的人生使命。就这样,我们熬过了生命中最寒冷的冬天。当我们用青春换来满院春光,不断为这个家喜添新枝时,我相信,父亲在天有灵,一定会感到欣慰。

母　亲

# 我的母亲

当我踏上即将远去的列车,母亲的眼泪夺眶而出。她用满是沧桑的那双手向我挥手告别。

母亲是我在这个世界上的精神支柱。

## (一)

母亲的双手承载着我的情感。母亲患有手部类风湿性疾病。一到冬天,她的手像皲裂的树皮,流出血来。我知道她的双手为什么总是爬满了口子,这是抚养我们兄弟三人的岁月见证。好多次深夜中醒来的我,看见母亲在火炉边烤火,我知道她手上的口子让她很是心烦意乱。我搓着她的手,问她为什么干活的时候总是气定神闲?她笑了。多年之后,我才懂得:生活的操劳和双手的疼痛反而让她更加乐观地面对生活。

我一直被这份母爱温暖着。每次回家,母亲都用那双充盈着浓情爱意的双手做饭,改善我们的伙食。我常年在外,回家的时候肠胃终于可以接连几天饱尝家乡美食。母亲绝不让我们每天都吃一样的东西。坐上返乡列车的我知道,一踏进家门,让我馋得流口水的、刚从锅里盛出来的、热气腾腾的韭菜馅饺子就会立刻被端到我的眼前,接下来就是一顿狼吞虎咽。这个时候,我的饭量会是平常的好几倍。除了饺子,母亲还会让我们吃到用家乡的菜籽油鲜炸出锅的油饼、"油疙瘩"。

母亲的双手能够做出村里一种名为"纸卷"(有的地方叫"菜莽")的饭食,这是城里没有的食物。"纸卷"的做法是,先准备大量的"纸卷"馅,其成分包括:粉条、卷心菜、鲜猪肉、油煎鸡蛋、葱姜蒜碎末,把这些材料和在一起,放上适量食用盐、味精等调料,浇入热油后搅拌均匀,"纸卷"馅就做好了。"纸卷"的叫法估计就是因为它独特的制作方法吧。下面的过程就能体现出它的特色。用大小合适的几份洁净的纸张,一般是报纸平铺在案板上面,把稍软一些的面团做成薄片状,平铺在报纸上面,然后把"纸卷"馅用勺盛到薄面片上,滚动报纸,盛满"纸卷"馅的薄面片就会滚成一个饱满的圆筒状。用手把"纸卷"筒的两端拧成麻花状死结以防"纸卷"馅外溢,然后放到蒸笼里蒸上半个小时,闻香扑面的"纸卷"就做好了。吃的时候,根据每个人的食量,用刀把一个"纸卷"筒切成长短不一的几份,就可以开吃了。

## (二)

母亲是种庄稼的好手。家里的田地每年要种上两茬庄稼,秋种小麦,夏种玉米或谷豆。母亲都能够打理得井井有条,要修埝了,要刨地了,要播种了,要除草了,要浇灌了,要收割了。家里的每一粒粮食都浸透了母亲辛劳的汗水。

最近几年,随着城镇化进程加速推进,宁静的乡村也受到了影响。村里的青壮年劳动力都外出打工,越来越多的田地都被闲置荒芜了。母亲告诉我们,咱们家的田地不会出现这样的状况。家里男孩虽多,但都外出读书或工作,帮不上母亲什么忙。父亲过早辞世,家里的农活全靠母亲一人操劳。

母亲不怕辛苦,长年累月地操持农活。她知道我最爱吃各种豆子。夏天的时候会把田地分成几块,一份种玉米,一份种黄豆,一份种绿豆,在埝上种白扁豆。这样,金黄秋季收获的时节,我们就可以同时吃到各种豆子。坐在昏黄的庭院里,享受着清凉的秋风,吃着母亲煮熟的热腾腾的黄豆角或者炒熟的香喷喷的绿豆子,畅谈生活琐事,能够充分感受到人生的惬意和生活的美好。

母亲说,家里有粮,遇事不慌。越来越多的村里人都不种地了,开始买面粉了。母亲依然视种地为自己的本分天职。家里的小麦和玉米曾堆积如山,母亲坚持按农时料理庄稼。结果我们家的田地庄稼最好,收获的时候谷物都是颗颗晶莹、粒粒饱满。友邻深有感触地说,虽然我们家缺少了壮男劳动力,我们家的田地却没有被闲置,庄稼也没有被荒废。许多有男劳动力的家庭却把农活耽误了,田地也荒芜了。母亲自豪地对我说,咱们家的粮食几年都吃不完,等你们结婚的时候可以派上大用场了。

（三）

母亲说得很对。

大弟结婚了。按照村里的风俗习惯,家里要请客吃饭两天,需要消耗许多的粮食。母亲这个时候拿出我们家的存粮簿,到村里面粉厂领取了十大袋面粉。母亲提前为我们准备好了物质食粮。

父亲早逝,对母亲打击很大。抚养我们兄弟三人长大成人的重担都落在了母亲瘦弱的肩膀上面。母亲毅然肩挑重任,尽心竭力地养育着我们兄弟三人。农村有句古语:"半大小伙子吃穷老子。"大概意思是养育一个男孩需要父母付出艰辛的努力。我们家里有三个男孩,母亲的重压可想而知。

母亲希望我们兄弟三人都能够健康成长,并期盼我们都能够早日成家。我和大弟的岁数都不小了。这些年我们两人都在外求学,掏空了家里的积蓄。母亲一人维持着这个家庭,更加疲惫不堪。我们在和母亲的通话中,她多次关切地询问我们的个人问题。我们都理解母亲的心情,都知道应该着手解决个人问题。

无奈,我天资笨拙,不善与女性言谈,整日埋头苦学,未能解决个人问题。大弟从小聪颖灵敏,求学期间谈了一个贤达惠秀的姑娘,于2011年3月30日结婚,了却了母亲的一桩心愿。

农村结婚礼仪繁多。母亲忙前忙后,不辞辛劳。春节期间,我和母亲专程到弟媳娘家拜访亲家双亲,商谈大弟和弟媳结婚事宜。之后,母亲一人在家装饰结婚新房,并准备大弟结婚的各项事宜。

喜事临近,母亲愈加忙碌。年过半百,母亲终因过度劳累,体力严重透支,吊了三个小时的盐水。结婚如愿进行,亲朋乡邻都说,大弟的婚事办得风风光光、热热闹闹。主事人对我说,母亲很伟大,很能干,很有本事。

母亲完成了父亲的一个遗愿。她是坚强的。许多亲戚都在大弟结婚仪式进行中哭得稀里哗啦,母亲含笑注目。多天之后,在我返回学校与母亲通话的时候,才真切地听到母亲沙哑的声音,好像能够看到她哭得浮肿的眼睛。这让我感到,母亲在回忆这些年走过的辛酸历程,终于可以稍微安慰一点点了。

(四)

母亲只认一个死理——不管父母多么能干,关键要培养和教育好孩子。

母亲是这样想的,也是这样做的。父亲病逝那年,小弟年纪不大,才刚刚完成九年义务教育。面临人生选择的十字路口,小弟决定学习手艺,减轻家里沉重的负担。母亲和小弟商议,最终决定学习厨艺,并征得小弟的同意,送他到村里饭店锻炼。小弟欣然允诺。

小弟为人勤快,又聪明能干,深受老板喜爱,因而进步很快。不到一年,已经入门,学会了各类凉菜的基本做法。这些进步离不开母亲的日常教导。餐厅厨师的衣物比普通人的要脏得多。母亲的那双手患有类风湿性疾病,却不分寒暑日夜,让小弟总能穿上干净整洁的衣服上班。

小弟厨艺长进,工作调到了市里。母亲每个月都到市里去看望他,教导他工作要认真勤快,衣物要经常换洗。小弟合理安排工资收入,把钱都存起来,二哥结婚的时候都拿出来了。虽然孩子们都比较懂事,母亲还是为这个家操碎了心。

她自己从不闲着。农村找工作比较难,人们从事的大多是临时的活计。母亲经常跟随村里红白喜事"一条龙"服务队端盘洗碗做苦活,也在附近的学校帮灶、做饭,还在市里饭店当过服务员。母亲不怕吃苦,即使收入微薄,也是哪里有活干,就到哪里。

母亲无形中用自己的行动教育着我们,引导着我们。母亲的爱像春夜飘逸的绵绵细雨,悄无声息,滋润着我们的心田。尽管生命中充斥着种种缺憾和不圆满,母亲用爱和行动,用一种乐观向上、积极进取的精神告诉我们:苦难是暂时的,只要坚持不懈地努力,生活会越来越好。

母亲期待着我能够早日成家,期待着小弟能够早日立业成家,盼望着儿孙满堂,能够早日抱到孙子。母亲盼望着能够实现父亲的全部遗愿。

这份寄托铺就了我们未来的人生,让我们更加向往美好的明天。

# 母亲的爱

母亲不太会用言语表达对我们的爱。我们却能经常感受到这份沉甸甸的爱。

用"历久弥新"这个词来形容母亲的爱最为妥帖。在我们小的时候,母亲照顾我们的饮食起居。少不更事的我们把这份爱当成理所当然。每次玩耍回家,身上穿的衣服都脏兮兮的。母亲看见以后,少不了说上几句。我们就嬉皮笑脸地应和着。她也没有办法,就让我们赶紧脱下脏衣服。母亲总是在晚上洗衣服。当我们都酣睡的时候,她才开始一个人洗衣服。我们小的时候,生活条件比较艰苦,家里没有洗衣机,母亲就用手洗。有很多次在我半夜醒来的时候,只看见母亲一个人弯着腰在搓洗我们的衣服。我还睡眼惺忪地问母亲:"妈,都这么晚了,赶紧睡觉吧。"母亲就轻声地应答着:"我马上就洗完了。你赶紧睡吧,明天还要早起上学哩。"

母亲对我们的爱,首先就体现在照顾我们饮食起居上面。她怕我们吃不饱、穿不暖。每天为我们做好三餐饭食,还要为我们洗好衣服。直到我们长大以后走出家门,开始在外面打拼,才真正懂得这日常生活中的浓情真爱。我和两个弟弟都经常惦念母亲做的饭食。每次回到家,先吃上几顿母亲做的家常便饭,才从内心真实地感受到了家的温暖。这种家的感觉就是由母亲的双手营造出来的。母亲用她的双手撑着我们这个家,可是她最初却不想让我们知道她患有手部类风湿性疾病。医生多次嘱咐她不宜双手浸泡冷水和肥皂水洗衣服,她却一直不让我们知道这件事情。她一直都舍不得买一台洗衣机,还是一直用双手洗衣服。

　　我们长大以后,都在外面打拼,很少回家。母亲就一个人操持家务,从来不向我们诉苦。她虽然不再管我们的饮食起居,但是经常在电话里念叨着,让我们自己照看好自己。母亲的爱也随之由爱的对象转化为爱的能力。她一直关心我们兄弟三人的婚姻大事。自从父亲去世之后,她就感觉到肩上的担子很重。我们读书的时候,她为我们的学业操心。我们都工作了,她又为我们的成人成家操劳。前些年大弟结婚,她一下子苍老了许多。看着孙子健壮成长,她就觉得付出的一切都是值的。小弟的婚事敲定,她又要忙活一阵子了。我也要努力,不要再让母亲为我的终身大事操心。母亲对我们的爱就体现在幕后默默无闻地为我们的终身大事劳心费力。这种爱已经不仅局限于关心子女的饮食起居,而且是关心子女的终身发展了,所以这样的爱是一种爱的能力的体现。

　　每个母亲对自己子女的爱都会经历这样一个过程。起初母亲都非常关心子女的饮食起居。随着子女的长大成人,母亲开始为子女们的学业、事业和终身大事劳神费心。很多子女都不能陪伴在母亲的身边,母亲就经常在电话里唠叨挂念着。她们为子女的感情婚姻出谋划策,对子女的学业事业牵肠挂肚。这份爱激励着远在千里之外的子女。当母亲看到别人的子女也在外面打拼时,心中的爱也会油然而生。我就曾受到很多女性教师和阿姨们的关心。我一直认为,这是母爱的一种情感表达,也是母爱的一种能力的体现。当把这种爱放大就会发现,不管我们走得多远,母亲的爱就在我们身边。这就是母爱的伟大之处!

# 母亲的笑

我一开始没有觉得母亲的笑有什么值得要说的地方。她爱笑,这早就是她生活中很自然的一部分。顺理成章地,没有人会觉得这有什么亮点或不妥。

她与人交谈时爱笑,她的笑声洪亮而持久。有时候,笑得浓烈了,眼泪就会止不住地伴着笑声流出来。我们能从她的笑声中感受到一股炽热的情感,我们兄弟三人就是在她的笑声中慢慢地长大。在耳濡目染中,我们的笑也带有几分母亲笑的味道。这尤其能从我的笑声中得以体现。很多人反映我的笑有些狂放不羁,离我很远的人都能听见。在音量上面,我的笑遗传了她的笑。可是,论这个笑的特点,母亲的笑带有浓厚的情感,能深深地感染人。

在与母亲相处的日子里,我才发现她的笑所具有的这个特点。母亲一个人生活,难免有些孤独和寂寞。有人和她聊天,她就觉得时间过得很快。在交谈的过程中,她投入自己的情感。愉悦的情绪,伴着爽朗的笑声,所以她的笑,特别能打动人心。有一次,大弟给我们打电话。在电话里,他让儿子一一跟我们打招呼。一提到奶奶,我的小侄子马上就说:"奶奶爱笑。"连纯真的小孩子也能感受到她的笑,这说明她的笑确实令人印象深刻。

在我看来,母亲通过笑,表达了她的一种乐观精神状态。家里的生活非常拮据,而她又是一家之长,无形的巨大压力就落在她的肩上。面对各种困难,她总是乐观地应对。在电话里,她笑着告诉我们家里发生的一切变化。我们在电话这头感受着她在电话那头的乐观情绪。一讲到令人振奋的事情,她马上就笑出来了。而说到令人忧愁的事情,她也微笑着表达自己的想法。她的笑声不仅成为她面对生活的一种正能量,也成为我们家的一股不可或缺的正能量。

母亲的笑也是她表达生活态度的一种重要方式。近些年,我们兄弟三人都在外地打拼,留下母亲一个人在家过着艰苦的生活。她不仅要把家里的大小事务处理好,还要种地打工。为了排遣生活中的压力,她就读书或找人聊天。她告诉我,书中的故事经常让她忍俊不禁地发笑,这正是看书过程中的乐趣。而找人聊聊家长里短,不时地笑一笑可以使她暂时忘记生活中的烦恼。可见,她会有意识地寻找生活中的乐子。而她的笑,正是她的生活态度的最好表达。

母亲爱笑,她是一个会用笑来说话的人,所以她富有深厚情感的笑,一直在为我们家的奋发向上做着精神上的铺垫。在日常生活中,她一直在用她的笑与我们交流,只不过是我们没有发现而已。当我们突然间意识到,她的笑,其实是我们生活中的巨大精神财富时,我们才真正明白到她是一个多么具有担当意识的人!正如那句古老的谚语,"只有用微笑说话的人,才能担当重任"。正是因为她是这样的人,也是因为她的笑,我们更要和她一起乐观地生活。

# 母亲做饭

母亲的爱体现在她为我们做饭上面。

我们特喜欢吃母亲蒸的馒头。她每次都要蒸上三五笼,每笼有八到十个馒头,隔两三天就要蒸上一回。只记得,父亲以前出车的时候,就要带上家里的馒头。他在路上饿了,吃馒头比吃其他食物要耐饿。母亲说:"你爸就爱吃我蒸的馒头。外面卖的馒头没有家里的好。现在的人为了省事,都不蒸了,改成买馒头了。"她一直坚持自己蒸馒头,为的是我们都能吃到家里的馒头。

我们也特爱喝母亲熬的粥。如果是夏天,她就为我们熬绿豆粥。为了防暑,她会把绿豆粥熬得稀一些。小弟每年夏天都要喝母亲熬的绿豆粥,不然他就会上火。如果是冬天,母亲会熬上一锅小米粥。她熬小米粥的时候,会往里面放一些花生和大枣。这样熬出来的粥香甜可口,我们每次都要喝两三碗。平时吃饭,她还会煮其他的粥,比如黄豆粥、红豆粥、黑米粥等。我记得有一次,大伯家的大儿子喝了一碗母亲熬的黄豆粥,直接就说:"从来没有喝到过这么好喝的粥。"

我们都爱吃母亲炒的菜。小时候，我们一放学回家，母亲就给我们每人盛一碗刚炒好的醋熘土豆丝。我们吃着馒头和菜，喝着粥，感到很满足。这样的感觉，现在已经找不到了。母亲炒菜很简单，不管是炒油菜、芹菜、豆芽、蒜薹、蘑菇等菜，还是稍复杂一点儿的大烩菜，她只用盐、十三香和味精等家常的调料，所以我们吃她炒的菜，从来不会上火。小弟就爱吃母亲做的饭菜。他说："咱妈做的饭菜比较清淡，吃着健康。"

小弟现在以做饭为生。他怕母亲一个人在家吃不好，就经常回家给母亲做饭。他说："妈，你贫血比较严重，不要舍不得花钱买菜。"母亲总是笑着回答："我在家吃得好着哩，你就不要操心了。"其实我们都知道，她一个人在家总是省吃俭用，所以小弟每次给母亲做饭，总是做最有营养的饭菜。母亲就会唠叨："你做这么多菜，我一个人哪里吃得完？"小弟就说："您多吃点，争取把营养都补回来。我下次回家，再给您做饭。"

母亲还怕我们在外面吃不好。她每次打电话，都关心我们吃饭的问题。在电话里，她教大弟做饭。什么菜该切成什么样子，什么菜该怎样炒，她会详细地告诉大弟。我放假回家，她也教我炒菜。她说："你以后是在外面工作，现在就要学会做饭。"母亲的想法是对的。我们不可能经常在外面吃饭，总要学会自己做饭。经过母亲手把手地教我，我学会了炒一些简单的菜。

母亲最经常说的一句话是："你们在外面，首先要吃得好一点。"每次听母亲说这句话，我都会想起她为我们做饭的场景。现在，我和大弟都在外面忙着各自的事情，很少回家。但是每次回到家，母亲都会给我们做点儿好吃的。吃着母亲做好的饭菜，我们都能感受到这份沉甸甸的爱。她用做饭这种最平常的方式，表达了对我们最好的爱。

# 母亲卖菜

母亲经常给我讲她以前卖菜的故事,可见这段经历给她留下了美好的回忆。

我小的时候,姥爷就在大街的十字路口卖菜。母亲是姥爷的得力助手。因为生意兴隆,我每次放学回来都会在菜摊旁凑热闹玩耍。面对络绎不绝的顾客,他们总是忙里忙外。邻里街坊都愿意买他们的蔬菜,因为他们都很照顾乡亲。每次卖菜,他们不但称足分量,而且会为街坊们附赠一些新鲜蔬菜。

看见那么多的蔬菜被搬进搬出,摆放好被卖掉,我只是觉得好玩。殊不知这搬进搬出的蔬菜意味着,姥爷把他这个庞大的家庭支撑起来。姥爷有四个儿子,可惜没有一个人跟着姥爷打点生意。舅舅们成家以后,都选择另谋职业。万般无奈之下,姥爷只好让母亲跟着他做生意。

母亲能够体谅姥爷的辛苦,就早出晚归跟着姥爷卖菜。姥爷虽然不识字,没有学过算术,算账却极为精准,不但速度快而且还不会出错。多年以后，当母亲跟我讲她卖菜的故事时，就自豪地将姥爷算账的秘诀传授给我。她说，算账时不要零星计算，而是把整个账目作为一个整体。通过减除余数，就能轻松而又不出差错地算好每一笔账单。

母亲跟着姥爷卖菜，从不叫苦喊累。日积月累，她练就了一身经营生意的好本领。当时还有几家也在村里的大街上卖菜，大家并没有因为竞争关系而动怒伤和气，母亲和他们的关系反而处得很好。多年之后，姥爷早已不再卖菜，母亲也就做了一个纯粹的庄稼人。但是有一家至今还在那里卖菜，母亲每次去买菜，这家主人都会照顾一下。

如果遇到卖不掉的蔬菜，姥爷和母亲就把这些菜再搬回到家里，开始腌制蔬菜。母亲会腌制大白菜、白萝卜、西红柿、韭菜和辣椒等。小的时候，我经常吃母亲腌制的蔬菜。当时母亲跟着姥爷卖菜，没有时间回家做饭，就把馒头、粥等饭菜先热在锅里。我们放学回家，啃着馒头，吃着母亲腌制的蔬菜，也没有觉得挨过饿。

母亲跟着姥爷卖菜，还学会了种菜。母亲不再卖菜以后，就开始自己种菜。我小的时候，每年春夏，母亲就会在院子里种上葱蒜一类的蔬菜。时值秋冬，母亲就会培土种白萝卜。等到过年，就可以吃上萝卜馅的饺子。有几次，我问母亲："为什么不买菜，种菜多麻烦啊？"母亲笑着回答："现在的蔬菜那么贵，有几户人家能吃得起？"

姥爷去世后，她就不卖菜了，她也没有时间种菜了。为了给我们兄弟三人成家，母亲经常外出打工。在电话里，我们问她："妈，您最近还好吗？"母亲就笑着说："我吃得好，你们放心吧。"我们都知道母亲平日省吃俭用，尤其在外面打工的时候更是如此，所以小弟常隔三岔五回家看望母亲。每次回家，他都给母亲置办一两周的蔬菜和肉食。

　　现在,母亲卖菜的经历成了她人生中一段难忘的回忆。这里面有她对姥爷的思念,也有她对已经逝去的美好时光的怀念。听母亲讲着这些故事,我能感受到她话语里的深情与遗憾。这是她曾经为之奋斗过的事业。所以听着母亲的讲述,我暗自下定决心,一定要把母亲的这种干劲和事业心,用到我对人生的追求上面。

# 母亲过节

　　母亲很重视传统节日,不管是春节、元宵节、清明节、端午节,还是七夕节、中秋节和重阳节,每次过节,她都会提前作些准备。这些传统节日承载了她对生活的祈盼。

　　在这些节日里,春节是我们欢聚时间最长的节日。在外打拼一年,我们就盼着能早点儿回家过个春节。临近春节,母亲就不打工了。她在家里忙碌着,希望我们都能回家团聚。她要买煤炭、往饮水池注水、浇灌庄稼、打扫房间、置办年货,等等。尽管只有她一个人在家忙活,母亲却感到累有所值。在我们回家之前,她会把一切都准备妥当。

　　每到清明时节,母亲都会提前告知大弟和小弟。他们都在本省工作,而我离家太远,不方便回家。他们就同母亲一起祭拜祖坟。在父亲坟前,母亲说着宽心话。为了不让父亲担心,她就说:“三个孩子都很好,你就放心吧。”在电话这头听着母亲的讲述,我的内心既温暖又酸楚。父亲受了一辈子的苦,终于可以安稳休息了。

端午节这一天,母亲让我们戴香包。香包里面装有各色香料,用五色线系在身上,可以驱邪辟虫。我们还要吃枣粽子。据说这些粽子是为屈原束缚蛟龙用的。

七夕节的习俗就与端午节不同。在这个属于中国人自己的爱情节日里,母亲不敢懈怠。她会供奉七样水果,点着七根香,诚心祷告"七星爷",祈求我们兄弟三人都能早日成家。

中秋节又叫团圆节,是阖家团圆的节日。这一天要吃月饼,寓意团团圆圆。母亲还会摆出石榴等水果。小时候,在品尝美食的同时,父亲就给我们讲述有关中秋节的神话故事。然后我们外出赏月。不管你在哪里,大家都共赏一个月亮。此情此景,不免让我想起那句诗词:"但愿人长久,千里共婵娟。"现在回想这些往事,更加让人难以忘怀。

母亲很重视孝道,每过一个节日,她都会特别孝敬长辈。现在老家只有外婆一人健在,她就特别关心外婆的生活。过节的时候,她会给外婆一些钱,以及面食之类的物品。尤其是在重阳节这一天,她会专门看望外婆。人们都说,女儿是妈妈的贴心小棉袄。听外婆唠叨着家长里短,她就给外婆宽心解闷。

母亲过节,其实是想过一种有祈盼的日子。不管过什么节日,她都用心准备。在电话这头,我听母亲讲述她为过节所作的种种准备,内心会泛起感动和欣喜之情。不管生活对她来说有多艰难,她都坦然面对。尤其是这些节日到来之际,她的生活会显得格外忙碌。这是一种值得我们认真学习的生活态度。

# 母亲的双手

母亲的双手承载着我对她的情感。

我们常年在外打拼,母亲就一个人在家生活,家里的一切都要经过母亲双手的整理才能井井有条。记得大弟结婚那年,母亲买了上百斤的棉花,要给大弟做十床的新被褥。她一个人在家整理棉花,直到最后崭新的一床一床被褥被整齐地叠放在炕上。当时的我就很惊讶她是怎样做到的。我看着她的双手,心里不由自主地在想:这是怎样一双能干的手啊!

母亲靠着这双手种庄稼。她是庄稼人,自然要过庄稼人的生活。庄稼人要下地干活,修埝、刨地、播种、除草、浇灌、收割……哪一项都离不开握着农具的双手。她每天早出晚归,忙活在地里面。家里的田地每年要种上两茬儿庄稼,秋种小麦,夏种玉米或谷豆。母亲都能管理好,要修埝了,要刨地了,要播种了,要除草了,要浇灌了,要收割了……家里的每一粒粮食都是母亲双手劳动的结晶。

母亲的双手还能做得一手好饭菜。我们兄弟三人都爱吃母亲做的饭菜。油糕、油疙瘩、"纸卷"……这些家乡的特色饭菜都被母亲的双手做出了名堂。我们常年在外,一回到家里,母亲就花样翻新地做给我们吃。她绝不让我们每天都吃一样的东西,尤其是小弟特别爱吃母亲做的饭菜。他是县城饭店的大厨师,按理说想吃什么都能做出来。可是他一回到家里,就嚷嚷着要吃母亲做的饭菜。他说:"只有母亲双手做出来的饭菜,才能真正安抚他的胃。"母亲的双手让我们感受到了家的温暖。

母亲用她的双手撑着我们这个家,可是她最初却不想让我们知道她患有手部类风湿性疾病。一到冬天,她的手像皲裂的树皮,鲜血流淌。我知道,这是抚养我们兄弟三人的岁月见证。可是她说:"没有关系,给手上抹点儿防裂霜,烤烤火,第二天就好了。"好多次深夜中醒来的我,都看见母亲在火炉边烤火。我在想,是她双手上的口子让她心烦意乱吧。我搓着她的手,问她为什么干活的时候总是气定神闲? 她笑了。多年之后,我才懂得,生活的操劳和双手的疼痛,反而让她更加乐观地面对生活。

在农闲的时候,母亲就外出打工,她勤劳的双手是她在外面谋生的看家本领。她这样的岁数找的活都是在饭店洗菜刷碗。然而她的双手患有类风湿性疾病,不能经常浸泡冷水,她就忍着疼痛坚持干着。我劝过母亲好多次,告诉她农闲的时候就在家里好好待着。可是她就是闲不下来。她不怕吃苦,即使收入微薄,也是哪里有活干,就到哪里。就这样,她用外出打工挣来的钱供大弟读完三年高中,又为他提供了读大专的生活费。

我们就是在母亲双手不停地操劳中慢慢长大。每次回到家里,我都要仔细看看母亲的双手。她那满是褶皱的双手干起活来虽然有些不灵活,却相当有力量。有一次她对我说:"如果这双手没有这个毛病,我的活会干得更好。"尽管这个毛病相伴母亲二十多年了,她却什么活都照干不误。尽管有这个毛病做起事情来会慢一点儿,她也会把事情都做好。二十多年过去了,她一直用乐观向上、积极进取的精神状态同双手的这个毛病作斗争。她用行动告诉我们:生命中尽管充斥着种种缺憾和不圆满,只要坚持不懈地努力,生活就会越来越好。

母亲的双手不是她的苦难,反而成了她乐观进取的精神象征。在我们家最困难的时候,她用这双手支撑着这个家。在我们都感到疲惫不堪的时候,她用这双手为我们遮风挡雨。而我们不知道的是,这双手曾经经历了怎样的磨难。最后又总是在母亲这双手挥舞时,我们踏上远方的征程。这一幕是我永远难忘的记忆:当我踏上即将远去的列车,母亲的眼泪夺眶而出。她用满是沧桑的双手向我挥手告别……

# 母亲的毛巾

有一些东西在我们的生活中起着极为重要的作用。这种重要程度不亚于我们身边的朋友,成为我们生活中不可或缺的一部分。母亲的毛巾就是她生活中最重要的东西。她使用的毛巾就像好朋友一样,陪她度过了平凡的每一天。

母亲以前为村里的"一条龙"服务队工作。"一条龙"服务队专为红白喜事提供餐饮服务,事主会为她们每人发一条新毛巾。她舍不得用,就把毛巾拿回来。日积月累,家里就有很多新毛巾。我每次上学的时候,她都会给我的行李箱里放上两条崭新的好毛巾。她对我说:"毛巾要经常换着用,不要等到破了再换。"其实我知道她是非常节俭的,她的每条毛巾都用很长时间。

有一次,我用家里的一条毛巾擦洗鞋子。我看见这条毛巾已经发黑,还以为是专门用来擦洗鞋子的。之后,我洗漱时就问母亲她的毛巾在哪里。她告诉我,就是我刚才用来擦鞋子的毛巾。我很惊讶,因为我不知道这是母亲的毛巾。她就对我说:"家里有生火的炉子,经常要与炭打交道,手上全是炭黑。毛巾用的时间长了，也就变成黑的了。"

我心存疑问，家里有那么多毛巾，为什么她就不用新的？虽然答案就在我心中，可我还是责问她："妈，您用的毛巾早该换换了。"她就笑着回答："以后就用这条毛巾当抹布吧。"她的毛巾实在是不能再用了，就退居二线继续发挥作用。于是我就在想，家里的抹布都曾是母亲的毛巾，都为这个家立下了汗马功劳。

母亲的毛巾就像她的双手，极为平常却能让我们感受到她的温暖。她的双手患有类风湿性疾病。遇到天冷，风一吹，她的手心手背满是口子。按道理说，她应该用质量好一点儿的毛巾，才能对双手起到较好的保护作用，可是她从来不讲究这些。每当我问她："家里有那么多毛巾，您为什么就不能用好一点儿的毛巾？"她总是回答说："好毛巾都留给你们用，我用的毛巾就挺好的。"她总是把家里最好的东西留给我们。

母亲的毛巾也见证了我们的生活。我们兄弟三人从小到大，已经习惯了母亲的呵护。在我们少不更事的童年，母亲正是用她的毛巾给我们擦洗，直到我们长大以后开始有了自己的毛巾。母亲就把她的毛巾与我们的毛巾分开放。因为她的毛巾总是很旧，还有些黑。而我们用的毛巾很新，因为经常在换。毛巾的摆放和新旧也反映了我们与母亲不一样的生活。我们都在外地打拼，为日新月异的生活忙碌着。而她一个人在家过着不变的日子。她年复一年地操劳，为我们守候着心灵的港湾。

母亲还用她的毛巾寄托对我们的期许。有一次，我与她聊天，提到毛巾的事情。她就对我说："你们兄弟三人好好干！等家里以后有钱了，我们就在城里买房子。在城市的房子里生活，就不用与炭打交道，我的毛巾就不怕用黑了。"她说得很对！我们不想让母亲再为我们过度劳累。什么时候，我们能让她的毛巾不再变黑了,就说明她再也不用为我们的生活劳神费心了。

我们只有更加努力地奋斗着,才能让母亲早日用上不再发黑的毛巾!

# 母亲的胸怀

一个人拥有什么样的胸怀,他/她就能活出什么样的人生境界。母亲拥有宽广的胸怀,所以她能坦然面对生活中的艰难困苦,对人生抱有乐观的积极态度。

母亲的胸怀直接体现在她积极对待人生的态度上面。她一个人在家生活,我们不免有些担心。对我们而言,一个人过日子总是想随便应付一下,不管是吃饭,还是其他事情,都心慵意懒。我们也怕她这样过日子,亏欠了自己,搞垮了身体。在电话里,我们不停地询问她怎样过日子。她说:"你们放心吧。为了给你们兄弟三人成家立业,我也要把身体养好。"母亲还是有这个心气的,尽管我们知道她一个人生活,情感上难免会孤独寂寞。

农村的生活条件要艰苦一些。她一个人只能处理有限的事情,超出了能力范围,她就要想办法解决。按道理说,我们兄弟三人成家立业的大事都要父亲操心。父亲离开我们之前,没有完成一项"任务"。母亲就勇敢地挑起了这个重担。有人问她:"你是怎么撑起这个家的?"她苦笑着回答:"硬着头皮干！三个娃都还未成人呢!"这些年,她为了我们吃了不少苦。每次我们想要关心她,她就豁然地说:"人活着要吃很多苦头的,所以人的内心要像大海一样,什么东西都要装得下。"

好在经过母亲的苦心经营,家里的生活条件比起以前有所改善。她一个人在家生活,我们也不用太担心。但是每次回家,总有人对我说:"你妈妈"舍不得吃穿。她却认为,不该花的钱一分也不要花。她觉得我们赚钱不容易,要把钱都用在刀刃上。我就问她:"你不羡慕别人过着舒服日子吗?"她直截了当地答道:"羡慕他们干吗? 老百姓有自己的活法。只要自己感到心理平衡,就会觉得天天是好日子。"这种质朴的生活态度愈发映衬出她宽广的胸怀。

她的胸怀就是她人生的本色。不管她走到哪里,她的宽广胸怀都让人印象深刻。因为路途遥远,加之身体不太好,她难得出一趟远门。在为数不多的几次探亲中,我发现,她和学校里的任何人都能聊到一起。楼管侯老师对我说:"看得出来,你妈妈为人很豪爽。"室友半夸赞半戏谑地对我说:"你妈妈真大气,比你的胸怀要宽广。我要是有这样的妈妈该多好啊!"我就笑着调侃他:"我妈妈比我们的胸怀都要宽广。"

其实我内心明白,她的宽广胸怀源于她的人生阅历。没有经历过人生的大风大浪,哪里会有海一样的胸襟。父亲的匆忙辞世就是她人生中的重大打击。之后,她又遇到无数次的不如意。她从来不想麻烦我们,不愿意让我们知道家里不顺心的事情。遇到困难,她都一个人想办法解决。这么多年,她就这样挺过来了。她还经常开导我们:"人的肚子能撑船,要学会看开一些事情。这个世界上没有什么东西是放不下的。做人就要有宽广的胸怀!"

　　这是她最宝贵的人生经验。她希望我们也能活得大气,活得轻松。可是我们现在做得并不是太好,但是我们要努力按照母亲的要求来做。她很清楚,我们的人生才刚刚开始,还有很多事情等着我们去经历,所以她要把这些经验传授给我们,希望我们能更好地活出自我。

# 母亲洗衣服

直到现在,母亲都一直手洗衣服。

洗衣服是母亲的日常功课。我们还是小孩子的时候,母亲最繁重的一项功课就是洗衣服。父亲常年在外跑运输,拿回家的衣服满是油渍。母亲要把父亲的衣服和我们的衣服分开,单独来洗。由于洗的衣服比较多,母亲的双手就常年浸泡在肥皂水里。

尤其是在冬天的时候,母亲洗衣服对她的双手伤害很大。记得小弟出生的时候,正好是一个冬天。母亲既要照看小弟,又要给我们做饭,还得洗衣服。就在那年冬天,母亲的双手得了风湿性疾病。她外出一定要戴上手套,不然她的双手就像皲裂的树皮。

为了保护母亲的双手,也为了减轻她的负担,父亲下定决心后,给家里买了洗衣机和烘干机。之后,母亲洗衣服就方便多了。可是,其他问题也随之而来。我们家是街坊邻居里面较早买洗衣机和烘干机的,很多亲朋好友就把衣服拿到我们家来洗。

过了一阵子，我们家的洗衣机和烘干机就坏掉了。可以想象到，这是由于洗衣机和烘干机不堪过重负荷所致。庆幸的是，父亲擅长修理家用电器。洗衣机经常在什么地方出毛病，他观察一下就能修好，所以有父亲的日子，母亲就用洗衣机洗衣服。

父亲去世以后，家里的洗衣机坏掉了，也没人会修理。于是，母亲就一直手洗衣服。她说："这台洗衣机是二十年以前买的。现在都没有地方卖这款洗衣机的配件了。"不能用洗衣机洗衣服，她就发明了既简便又省水的洗衣方法。这还是我过年回家洗衣服时她教我的。

母亲先让我洗较干净的衣服，再用洗过的水洗较脏的衣服。一般内衣较为干净，外套就脏一些，然后先冲洗内衣一类的衣物，后冲洗外套之类的衣服，最后用剩下的水洗鞋子。这样就会省下很多水。我在洗衣服的过程中感受着，母亲这些年是如何为我们洗衣服的过程，内心百感交集。

她说："等三帅结婚的时候，家里置办的第一件电器就是洗衣机。这样我的手也会好一点。"我能感同身受地体会到母亲说的这些话。这些年，她一直任劳任怨。不管家里有多困难，她从来不向我们张口。从她一直手洗衣服这件事情上就能看出来。

现在的老家农村，家家都用洗衣机洗衣服，但是母亲一直手洗衣服。有时候，她也会怀念一下用洗衣机洗衣服的日子。在这些日子里，母亲根本不用担心洗衣机会出故障。因为有父亲在，就不用发愁会出现这个问题，所以母亲一直念叨着父亲。

从母亲洗衣服的日常小事里面就会发现，母亲是一个勤劳能干又艰苦朴素的农村妇女。她一直手洗衣服，即使邻里街坊让她去邻家用洗衣机洗衣服，母亲也不会过去，她不想给别人添麻烦，也不会抱怨生活。这就是我的母亲。

# 母亲出远门

母亲是农村人,不经常出远门。一旦要准备出去,肯定是有重要的事情,她会提前好多天开始准备这次行程。在我的记忆里,母亲出过几次远门,大都与我们兄弟三人有关。为了我们,她付出再多也觉得心安理得。

母亲第一次出远门,是送我读大学。在收到录取通知书的当天,她就和父亲开始为我上大学作准备了。听说学校里的铺盖都很单薄,她就亲自给我做好一床的铺盖。她还陪我去商场买皮箱、买衣服等生活日用品,生怕我在学校里缺衣少穿的。临近出发的时候,只见大包小包一大堆,我就很发愁怎么拿过去。

我和父亲各自提了两个大包,母亲双手提着许多小包,我们就这样出发了。事后,我看见许多父母送孩子上学,也是大包小包的。果然天底下的父母都一样,总是怕自己给孩子带的东西少了。一路上,我们享用母亲早已准备好的家乡特产,有麻花、干馍、油饼、腌香椿,还有茶叶蛋。我吃着熟悉的东西,本来感觉肚子有些不舒服,但很快就又恢复正常了。

　　准备家乡的特产，是母亲出远门的一项重要工作。不管她来我这里，还是去大弟那里，都少不了带一些家乡才有的小吃。这些小吃让人眼馋，最适合我们的胃口了。母亲来过两次上海，每次都给我带些麻花，这是我最爱吃的东西。快一年没吃上家里的麻花，我拿到手上，闻着都觉得特别香。我拿着麻花给学校里的师友品尝，他们也觉得好吃。看来，还是母亲最懂我的心思了。

　　如果她去看望大弟，就会准备家里的大馒头。大弟在单位上班，平时没时间做饭。她就蒸好几笼的大馒头，晾干包好，带给大弟。大弟吃着母亲做的馒头，才感觉吃的是像样的饭菜。母亲每次去他那里，总是带好多馒头，顺便也给大弟丈人家带去一些。他们吃着母亲的馒头，也夸赞馒头好吃。母亲用心做了，做出来的东西当然会好吃。正如她常说的那句话："生活中的好东西，哪样不是用心换来的。"

　　母亲第一次独立出远门，我就很担心，怕她一路上会遇到麻烦。我很不放心，再三叮嘱她路上小心，她反而宽慰我，让我不要操心了。我去火车站接她的时候，发现她笑着走来，这时我才松了一口气。我就问她一路上是怎么过来的，她才一五一十地给我道来。她是一个爱与人交流的乐观派，知道是同行的学生以后，才请他们帮忙解决了不少问题。看来，母亲是一个能干的人，我的很多担心是多虑了。

　　当然，母亲出远门也会发生一些小插曲，会让人忍俊不禁地慢慢回味。比如，她第一次坐高铁就发生了一件有趣的事情。快到终点站之前，她跑去解手。由于第一次用高铁里的卫生设施，她不知道该如何开门。等她想要出去的时候，打不开卫生间的门，很是着急。她把所有的按钮都试了一遍，还是没能打开门。她敲了半天门，也没人回应。情急之下，她试着转动门上的手把,这才把门打开了。

母亲出远门是一种不经常有的人生经历。在村里人看来,她也是见过世面的人了。因为农村人很少出远门,大部分时间都是在家里劳作,一辈子就这样辛辛苦苦地养儿育女。如果他们真的要出远门,肯定是要大费周折的。母亲就是如此,她每次出远门都是为了我们。在异地他乡见到母亲,我们内心都特别激动,只见母亲眼角也闪着泪花。这就是伟大的母爱……

# 母亲的苦楚

这些年,母亲一个人受了不少委屈。

我虽然不能时刻陪在她的身旁,却能感受到她的心情。有时候,在电话里她对我诉说生活的艰辛,在罗列一系列的不如意、不顺心和不痛快后,她还是乐观地说:"这些都算不了什么,我还是能够想得开的。只要你们的一切都顺顺利利的,在外面都平平安安的,就比什么都重要。"听到这里,我的内心也泛起了阵阵的苦楚。

最近几年,因为抱病在家,她也没有出去干活。我都不知道,她要如何努力才能解决家里的各种开销。这不,她跟我说起种地的事情。她说,老家已经旱了好几个月了。在种冬小麦之前,必须先把田地给灌溉了,不然没有办法种,这就花了近500元,加上买小麦种子、化肥,以及机械播种的费用,这次种地总共花费了近1500元。然而,等到明年收成的时候,可能这个成本钱还不一定能收得回来。可是,这个地是一定要种的,如果不种的话,就把地给撂荒了,实在可惜!

除了种地，就日常生活的开销来说，也是不小的一笔费用。先不说她舍不得吃穿，平时就过着省吃俭用的拮据生活。光是身边的红白喜事，就够让人头疼的了。她还特别看重这些人情门户，生怕落下一样，遭人说些闲话。只不过，她很少向我们开口要钱，她怕给我们增添经济和生活的负担。万不得已之时，她才向我和小弟诉说生活的艰难。虽然我们给了母亲一些钱，可是怎么能抚平她内心的苦楚？

她最艰难的日子不是没有钱，而是没有人能理解她。自从父亲去世后，她就一个人维持着我们家的生计。正是因为家里还有她，这个家还算是一个没有散伙的家。如果没有她，我无法想象大弟和小弟如何能够成家立业，我又如何能够一直坚持着我的学业。可惜，我们只能在远方给她打打电话，她也只能一个人承受着生活的重压。谁能切身理解她的苦楚？这些年她一路走过来，我就知道，只有她一个人在承受着这一切。

没有父亲的日子，她在情感上肯定特别孤独。还好，我们都能体谅她的心情，可惜我们并不能解决这一问题。我们想起了母亲，就给她打个电话。可是，在我们想不起她的日子里，她一个人是怎样承受着这份难熬的艰辛？这份情感上的孤独，恐怕才是她生活中最苦楚的地方。我能理解她的这份苦楚，却不能代替她承受这份苦楚。这才是最折磨人的地方。

我想，等我以后结婚了，小弟的孩子也长大了，母亲的苦楚也就会慢慢地减轻。不管以后的生活呈现为一个什么样的状态，她的这份苦楚都是我们家不能被磨灭的一段经历。只有正视母亲的苦楚，才能把这段家庭历史珍藏于心，变成我们一生的情感印记。

# 母亲的吃苦精神

母亲能战胜生活中的各种艰难困苦,源于她有一种庄稼人身上的吃苦精神。

最近一段时间,母亲去亲家家里看孩子。她接到大弟的电话,得知亲家家里有事情,想让她过来看管孩子,她二话不说,第二天就奔赴亲家家里。她一个人看管孙子。尽管孙子刚开始和她不太熟悉,十几天下来,却在她要离开的时候舍不得让她走。

我听大弟说,当地村里人都夸母亲会管教孩子。小孩子好动,在家待不住,她就领着他在离家老远的娱乐场所玩耍。一路上,她和遇见的人聊些生活话题。很快地,以前陌生的人就能聊得很开心。在电话里,她给我讲了当地的生活习俗等情况。

这段时间,母亲除了要照看好孩子,还要帮助亲家干些家务活。她帮助亲家做饭,洗衣服,买东西……我就问母亲:"妈,您不是身体一直不太好吗?医生不是告诉您不要出远门,更不要劳累过度吗?"她马上答道:"我带了十来天的药,天天按时喝药就不怕。"既然她都到了大弟丈人家了,我就不好再说什么了。

母亲带病帮助亲家干活,这种吃苦精神让我着实佩服。她是走到哪里都停不下劳累的脚步。我问她:"您就这么能吃苦啊?"想不到,她笑着说:"庄稼人就要守好吃苦的本分。尤其是在外面,为人更要勤快些,这样才能人见人爱。"她说的这些话虽然很普通,却体现了为人处世的大道理。

从亲家家里回来,母亲本应该休息一段日子,好好调养一下身体。她却马不停蹄地又忙上了地里庄稼的收割工作。她不但要把麦子从地里收割回来,还要把麦子晒干了,送去面粉厂。连续十来天又过去了,家里的小麦收割工作才算告一段落。我们都在外地工作,她怕耽误我们上班,就一个人忙完了这些活计。

自从父亲多年前离开了我们,母亲就一个人维持着这个家的一切。大弟有什么事情了,会找她商量。小弟有困难了,她就想办法解决。我有什么困惑了,也给她打电话。她已经习惯一个人扛着这个家,把家里的大事小事都处理好,就是她最大的心愿。正是因为她任劳任怨的吃苦精神,大弟和小弟才能顺利成家立业,我才能安心继续读书。

这种吃苦精神既是她勇于活出自我的精神表达,又是我们身边的无价财富,比任何物质性的东西都要宝贵。我们都应该把母亲为我们付出的一切牢记在心里。虽然她认为,付出这一切都是家长应该做好的事情,可是我们不能做理所当然的"啃老族",反而要把她身上的这种吃苦精神继承下来,用于我们的日常生活当中。

很多时候,我就在想,人一辈子要活出一点儿精神。我认为,母亲就活出了任劳任怨的吃苦精神。这种精神成为她战胜各种艰难困苦的法宝,成为她勇于面对生活的苦口良药,成为她乐观向上的生活动力,成为她活出真实自我的力量源泉。我们都应该向母亲学习,认真学习她的这种吃苦精神,并内化为我们的精神品格。

# 母亲的实干精神

　　若是有人在2009年前后来到我家，一眼就会觉察到我家的情况不景气。虽然父亲在千禧年翻新盖起了瓦房，可是我家的光景却一日不如一日。父亲的事业不断在走下坡路，我们家鼎盛时期的光景已不复存在。就在此时，父亲被查出患有脑血栓，更为我们心中的伤口洒了一把盐。我们兄弟三人都还少不更事，尚未能承担家里的重负。母亲毅然挑起了供我们上学的重任。

　　就从那时开始，在我眼里，母亲就不仅仅是一名普通的农家妇女，她既要照顾父亲，又要种地，还要想办法解决家里的各项开销。家里的一切就这样从父亲身上转移到了她的肩上，她也从全职主妇变成了一条"汉子"。当时，有一个亲戚办了"一条龙"服务队，承包着周围村落红白喜事的餐饮服务工作。母亲就在里面负责各项管理事务。在家里最困难的那几年，她就凭借这份活计养活着我们一家五口人。

　　母亲的角色转换得如此之快，着实令我惊异和佩服。我怎么以前从来没有注意到她身上的这股子劲头呢？我开始重新认识我的母亲。她除了操持家务,还能像父亲一样支撑起我们这个家。她让我不要牵挂家里,在学校不要荒废这宝贵的光阴。她为大弟的前程忧虑着,和父亲商量他高中毕业以后的出路。她督促小弟好好学习,谋划着让他能学会一技之长的生存本领。她的实干换来了我们家许多年的平和。虽然日子过得紧紧巴巴的,倒还能凑合着过下去。

可是好景不长,把我们这个家带入绝境的事,还是那么突然地发生了。父亲的匆忙辞世,对母亲和我们都是一个沉重的打击。没有了父亲,我们这个家突然就感觉要垮了。一个家要想兴盛,需要家里成员长期不松懈地努力付出。可是一个家要是垮掉就很容易,就像没有梁柱的房屋刹那间轰然倒塌了。就是在这样的情况下,母亲孑然一身带领着我们兄弟三人继续坚强地往下活。她对我们说:"就是要了我这条命,也要把你们抚养成人!"我们也是暗下决心,咬紧牙关挺住!

老天爷也会眷顾用心付出的可怜人。我在学业上不断有所收获,一口气把本科和硕士的学业都顺利完成了。在杭师大工作的两年,帮助母亲给大弟成了家、立了业。大弟还养了一个惹人爱的大胖小子。紧接着,我又顺利读完了博士,在复旦大学从事我的博士后研究。就在读博期间,小弟也顺利结了婚,开始过上了安稳日子。没有母亲,就算我们兄弟三人再有本事,也完不成这些事情,所以我敢自豪地说:"我有一个伟大的母亲!"

母亲就是靠着一步一个脚印的实干精神,带领我们走出了人生的低谷。我时常在想,每个人活在这个世界上,都要活出一股精神气来。母亲就活出了实干精神。靠着这股精神,我们家又重新焕发了勃勃生机。这是母亲带给我们的宝贵精神财富。我们一定要在这股实干精神的感召下用心生活,再把我们家遗失的美好时光找回来!

# 母亲的乐观性格

　　母亲能够一直支撑我们这个大家庭,得益于她的乐观性格。

　　我从小在母亲身边长大,只知道跟母亲要吃要喝,从来没有关注过母亲的喜怒哀乐。其实,母亲活得很辛苦。她和父亲生活的这三十多年,一路磕磕碰碰。我长大以后,才知道母亲一直爱着父亲。为了这份爱,她和父亲在村里的水井房结婚。父亲结婚时一无所有,母亲还是心甘情愿地跟着他。家里现在的一切都是父亲和母亲辛苦打拼出来的。有时候,我会问母亲:"你就不怕我爸养不起你啊?"母亲就笑着说:"你爸总是一身干劲,很有本事的。"

　　父亲一辈子赚了不少钱,却没有积蓄。在父亲生病以后,母亲到处为他借钱治病。父亲还是过早地离开了我们,他的去世对我们打击很大。母亲就一个人照顾我们这个大家庭。当时的我们都在上学,且不说家里的日常开销,仅我们兄弟三人的学费就是个大问题。

　　母亲就把父亲留下的一些东西变卖成钱,供我们念书。她在父亲去世后的几年里特别辛苦,一个人同时干着好几份工作。很多人给她出主意,有机会改嫁吧。母亲怕影响我们的成长,一直没有这样做。我们都在外面打拼,她就一个人照顾家里。我们怕她寂寞,就经常给家里打电话。她总是说:"有很多活要忙,忙的时候就不觉得寂寞了。"

我和大弟都到了结婚的年龄,母亲万分着急。虽然家里很穷,她也希望我们能早点儿结婚。大弟的女朋友谈好了,她就开始张罗大弟的婚事。我的心里没底,就问她:"妈,这个事能行吗?"母亲就对我说:"咋不能行? 事在人为!"这时的我才头一次感受到母亲的乐观。她为大弟的婚事忙碌了一年,最终克服各种困难,把大弟的媳妇娶回了家。

过了几年,母亲又开始为小弟张罗婚事。她没有想到,小弟的婚事更让她辛苦劳累。从准备聘礼、迎亲车队,到装修婚房、操办酒席,她一个人忙活了好几年。父亲的好友对我说:"你妈妈是一个乐观的人,即使生活艰难,也很努力地往前闯。"村里的老人拉着我的手,告诉我:"你妈妈这些年受了不少委屈,但她很坚强。三帅结过婚了,你妈妈就更有心气了。"

这些年,我一直在外打拼,不知道母亲一个人是怎样生活的。可以肯定的是,母亲并没有被生活重担压垮,反而在困难中更加坚强地生活。我在内心里敬佩我的母亲。我的性格有些悲观,每当生活中遇到困难,我总是向母亲诉说。她就安慰我,为我宽心。其实,我已经长大了,不应该让母亲为我操心。我却像小孩子一样,不时地向母亲抱怨生活中的烦恼。

我应该为自己不成熟的行为感到惭愧。母亲活得不容易,我们应该多关心她才对。她却总是在电话里对我们嘘寒问暖:"我在家好着哩,你们在外多保重。"听着母亲的声音,我们感受着她的乐观。她不像我们有时候会对生活充满抱怨,她总是心安理得地过自己的日子。我们应该向她学习,学

习她的这种乐观。母亲就是我们人生中的榜样,我们为有这样一位母亲而
感到自豪!

# 母亲的生活信念

　　母亲的生活信念是她生活中的情感支撑和精神动力。

　　母亲是一个庄稼人，有着庄稼人的生活信念。庄稼人都把种地持家看作日常生活中最为重要的事情。母亲常对我们说："就是再苦再累也要种地，这是庄稼人的本分活。"随着国家日益重视"三农"问题，田地等农用生产资料也越来越重要，母亲就更有心劲把我们的庄稼地照管好了。

　　持好家是母亲最为重要的生活信念，尤其是在父亲去世后，她觉得身上的担子比以往更重了。儿子们都逐渐长大了，面临着成家立业的人生大事，她肯定操了不少心。她一个人在家过着清贫日子，却不断叮咛我们在外要吃好喝好，做起事情来才会有精神头。她不愿让我们背负过重的家庭负担，希望我们都能轻松又健康地活着。

　　或许，母亲过惯了朴素而简单的生活，觉得简简单单、平平淡淡的生活方式就是一种幸福和快乐。她不仅在生活上极为简朴，而且在做人方面从不张扬，总是低调处事。在大弟和小弟的婚事上面，她主张一切从简，甚至连周围的亲朋好友都只通知了小部分人。她不想过多地麻烦别人,这种心情我们都能理解。

以家庭为重,就要为家庭的大大小小事情忙碌奔波。我们家比较特殊,大弟和弟媳常年在外工作,母亲不时地要过去帮他们带孩子。小弟和弟媳虽在家打工,工作却不稳定,母亲还要操心他们的工作和生活。母亲就这样来回跑,为的是能尽量理顺儿子们的生活,让我们都能活得顺心如意。这恐怕就是母亲最大的生活心愿了。

母亲很注重通过日常生活教育我们。她经常说:"父母把孩子教育好,比自己一辈子受苦受累强!"确实如此,有些父母很能吃苦,但是孩子却不懂事,老是给父母惹是生非,这样的家庭生活也是鸡犬不宁。母亲关注我们的生活,经常与我们聊天谈心,还关心我们的衣食住行。在生活中,我们很少感到过缺失了家庭的爱,因而在情感上就比较阳光。

尤其是在父亲去世后,母亲更加关心我们了。她虽然在情感上遭受了巨大打击,却引导我们乐观地生活。她对我们说:"家里的希望都寄托在你们身上了。你们要像你们的爸爸一样,好好地生活,要出人头地,活出一口气来!"这句话对我产生了很大影响。俗话说,长兄如父。在父亲离开我们之后,我是家里的长子,就要有能力撑起这个家。

母亲很关心我的生活,她怕我思想负担太重,也怕影响了我的学业。家里有什么事情,她都一个人扛着。每当我询问家里的近况时,她从来都是报喜不报忧。我知道,她把家里的一切都打点好了。可这耗费了她太多的心血,以至于她的身体状况老是让人担心。她秉持不给孩子们添任何麻烦的信念而生活,却苦了自己。

可能,天底下的父母都是一样,他们宁愿牺牲自己,也要成全子女。这样的生活信念就是人性光辉的典型写照。我的母亲就为我们付出了太多，以至于我都无法用具体的言语来表达。她用庄稼人的生活信念为我们创造着美好的生活。我们就要把她对生活的理解和诠释运用到各自的生活当中，或许才能切身体会到母亲的不易和伟大。

# 母亲的庄稼人生活

　　母亲不常出远门。她送我到上海读书，也算帮父亲了却了没有来过上海的心愿。母亲对上海的繁华印象深刻。我说："妈，以后就跟我在大城市里生活吧。"母亲说："我哪儿也不去，河津有我的家。"我能够体会到她的感受，我们的故乡有母亲的生活。

　　母亲是庄稼人，过惯了庄稼人的生活。如果让她生活在大城市里，反而要把她憋坏了。这几天，该种小麦了。我给母亲打电话，母亲说："我已经把地里和埝上的杂草都处理完了，只剩下给土地增肥了。"在这一方面，我很佩服她。母亲是一把庄稼好手，家里的田地每年都不会闲置，母亲这个时候要种小麦。她把一切都打理得井井有条，修埝、刨地、播种、除草、浇灌、收割，等等。母亲每天早出晚归，忙活在地里。我说："天气热，注意休息。"她说："我会注意的，等忙完这阵子就可以出去打工了。"

　　最近几年，村里越来越多的田地都被闲置荒芜了。母亲告诉我，我们家的田地不会出现这种情况。父亲虽然不在了，家里缺少劳动力，我们家的田地却和父亲在世的时候一样,年年都种。母亲是有这个心气的。她经常对我说:"庄稼人就应该有庄稼人的本分。只有把庄稼管理好,她的心里才会感到踏实。况且国家这几年政策好,不但不用交税还给农民各种种粮补贴,所以更应该把地种好。"遇到收成好的时候,母亲就精神抖擞,给我们打电话报喜讯。遇到收成不好的年份,她就更加忙活在地里面,期待着来年的好收成。

母亲长年累月地忙活在地里头,让我们兄弟三人又是心疼又是汗颜。我们长年在外,早已不务农事。她毫无怨言,把所有的农活都揽在自己的肩上。母亲在这一方面,极像外公。外公是村里公认的庄稼好手,干活肯吃苦又会动脑筋。哪家的庄稼出问题了,就找外公过来看看,他总能指点一二。母亲从小跟着外公下地干活,自然深得外公的教诲。她干起活来不像别人。别人干累了,都要停下来休息一会儿,母亲却精神头十足。于是我们这户庄稼的农活量,她都扛在了自己一个人的肩上。在一些年份,母亲也会让田地休整半年,什么也不种。她说:"这样田地才能恢复活力,隔茬儿的庄稼才会有好的长势。"在种庄稼方面,我什么都不懂。母亲在我回到家和我唠家常的时候会说给我听。

庄稼人一般都起早贪黑。早晨天一亮就下地干活,尤其是夏天的时候。夏天天热,酷暑难熬,早上五点左右出门干活,到了八点就回家休息,这样可以避过一天的酷热。傍晚五点左右太阳落山,可以乘着阵阵凉风再到地里干一会儿,直到天黑为止,这才结束一天的劳作。回到家里以后,吃着晚饭才觉得又香又好吃。躺下来睡觉,不一会儿就会进入梦乡。这是我小时候随父母下地干活的感受。现在给母亲打电话,她告诉我每天还是如此劳作。我说:"现在不比以前,您的身体恐怕吃不消吧。"母亲笑着说:"我身体好着哩。白天在家还可以做家务活。这样一天也过得很快。"日子就这样一天天过去,我们地里的庄稼也是一茬儿接着一茬儿。回想起来,我在学校也是天一亮就起来学习或跑步,我想这得益于我在家里养成早起的习惯吧。

母亲有着庄稼人憨厚老实的本色。现在的农村,不少人都闲置田地,出去闯荡赚钱。母亲却对我说:"庄稼人先要守好本分。不要贪图赚大钱,连自家的田地都荒废了。"我认为她说得很对。如果农民都不下地种田,哪里来的这么多粮食养活这么多的人。只有把庄稼都照看妥当,才好抽出时间干点儿别的事情。母亲闲暇之余,就到县城打零工。由于长年劳作,她的双手患有类风湿性疾病,不能经常浸泡冷水。然而她这样的岁数找的活都是在饭店洗菜刷碗,她就忍着疼痛坚持干着。我劝过母亲好多次,告诉她农闲之时就在家里好好待着。可是她就是闲不下来,她说:"人活一辈子就得干活。不然每天白吃白喝,就是造孽。"母亲是对的。想来小弟也是继承了母亲的这一品行,舍不得休息一天,放下手中的工作。他整天都忙忙碌碌,日子也就不知不觉地过去了。

庄稼人不经常出远门,因为放心不下田里的庄稼。母亲也是这样。她屈指可数的几次出远门,都和我们兄弟三人有关。她和父亲送我读大学是第一次出远门,他们当时的欢喜我到现在还历历在目。母亲欣喜地说:"大学校园真是漂亮啊,我还是头一次见大世面啊!"转眼我又考上了硕士研究生,本来父亲和母亲要送我到上海。在母亲的建议下,他们最终还是让我一个人南下读书,为的是把来回的路费省下来给我做生活费用。父亲在我读硕士的时候离我们而去,留给我们终生的遗憾。去年我开始读博士,在我的多番努力下,母亲终于来到上海,来到我就读的学校。我与母亲行走在偌大的校园里,心里却都想着父亲。母亲拿出父亲的相片,对我说:"我把你爸的相片带来了,你爸也算到这里来了一趟。"我内心哽咽。母亲还告诉我,父亲的坟地被她管理得很好,都整理得干干净净,让我放心。她还说:"你爸坟上自己长了三棵榆树,村里人都说好。"我笑了笑。母亲接着说:"榆树又称'摇钱树',你爸坟上长了三棵榆树,说明你们兄弟三人以后子孙兴旺,多福多寿。"

村里的榆树并不少见,榆树的种子随风而落,遇到适宜的环境就会生根发芽。三颗榆树种子落在父亲的坟上,也许这是我们的缘分。母亲相信能够给人带来好运的善良寓意,我认为是有道理的。我们只有在今后的生活中广积功德、多结善缘,才能把这份好运转化成我们真正的财富。母亲的内心拥有着庄稼人与生俱来的朴素世界观和道德情怀,我时常从这种朴素的世界观和道德情怀里汲取精神的养料,借以指导我人生的选择和前进的道路。她用庄稼人的言行养育了我,还用庄稼人的精神不断地鼓励我。我只有把内心的这份情感转化成生活中的努力,才能不辜负我的母亲。

# 母亲对我们的教育

"父母是孩子的第一任老师。"这是母亲经常对我们说的一句话。

母亲对我们的教育是从她的人生感悟开始的。我记得，以前家里除了我们的课本就没有其他书籍。我经常看见她翻阅我们的课本，而我们却懒得瞧一眼。那个时候，父亲在外跑运输，时常不在家。每次吃完晚饭，她都督促我们学习。她会一边忙着干家务活，一边监督我们做作业。我们都感到母亲比我们还重视学习。

长大以后，我们才知道，母亲这样做是为了我们。她告诉我们，她们这一代人当中有靠读书改变命运的，现在这些人都很让人羡慕。而她从小没有好好读书，因此只能在家受苦。轮到我们上学了，她就不想让我们走她的老路。我们村的小学有一位吴老师是她的好姐妹。母亲就把我们托付给她。母亲经常找吴老师交流我们的学习情况。她知道自己的教育水平有限，就希望学校里的老师们多关心我们。

母亲刚开始对我的期望是长大以后做一名厨师。身边的亲戚朋友当中,有很多人都是厨师,母亲也想家里出一名厨师。可惜的是,我小时候对教师这一行感兴趣。我当时的梦想是当一名小学老师。于是,在中考失利后,我毅然决定上高中。她并没有阻拦我,而是支持我继续读书。自从上了大学,我发现我更喜欢当一名大学老师。于是,我就继续攻读硕士和博士学位。在这个过程中,虽然家里发生变故,她却一直支持我。在教育这条路上,她尊重我的选择。

在大弟的求学路上,母亲投入了很多精力。他上高中时,父亲就重病在身。我们家靠母亲一个人打工来维持生计。她用在"一条龙"服务队赚来的微薄收入,补贴大弟的生活费用。当时大弟读完三年高中,也想和我一样上大学,她又全力支持他读完大专。母亲对我们说:"家里就是砸锅卖铁,也要供你们读书。只要你们能够继续读下去,我就会继续供下去!"自从父亲去世以后,她不仅要维持我们家的生活,还要供我们读书。村里人都佩服和称赞她的做法。

小弟是我们家最聪明的孩子。可惜的是,当他在求学路上起步的时候,父亲已过早地离开了我们。刚刚完成了九年义务教育,他就要面临人生的第一个十字路口。他决定学习手艺,减轻家里沉重的负担。在母亲和他的商议下,小弟最终决定学习厨艺。母亲对他说:"社会也是一所学校。在社会上,你同样也能学到很多东西。"她告诫小弟要用心学习厨艺本领,不要浪费了大好的青春时光。现在看来,她对小弟的教育和引导是正确的。这些年,在她的教育下,小弟不仅学好了本领,还减轻了家里的负担,更解决了他的个人婚姻问题。

在对待我们的教育问题上,母亲不仅因材施教,她还教导我们要善于向人请教和学习。我们常年在外,遇到事情都会征询她的建议。她就说:"我一个村里人什么也不懂。你要多问老师,多请教别人。"她一个人在家遇到事情也是如此。很多时候,她会征求我们的意见。可以看出来,面对生活中的诸多选择,她从来不武断地作决定,而是用心地权衡。这一点在我们身上都有体现。母亲是把生活当成了教育的场所,耳濡目染的我们也就学会了如何生活。

最近几年,母亲常对我们说:"一个家的发展情况,前三十年主要看父母,后三十年主要看孩子。"有些父母忙于赚钱,疏于对孩子的教育,这种情况是母亲无法认同的。她认为,孩子的教育是一个家庭最为重要的事情。如果孩子在家里都没有受到良好的教育,那么他们以后也不可能很好地融入社会当中。正是因为母亲重视我们的教育,我们才能顺利地成长。所以我们应该感谢母亲,她一直在为我们传授人生最宝贵的财富,而这份财富就是她对我们的教育。

# 母亲做事给我的启发

  这些年,母亲确实做了很多事情。她一个人不但要操持家务事,还要操心我们兄弟三人成家和立业的大事。就是这些事情让母亲的形象在我的心中逐渐变得伟岸。也是这些事情在我的人生成长路上给予了我许多的启发。

  母亲做事,既稳重大方,又干脆利落。这集中体现在她给大弟和小弟操劳婚事上面。大弟是在一无所有的情况下结婚的。母亲告诉他,什么也不需要担心。尽管家里比较困难,却全力以赴地认真准备着他的婚事。许多事情本来应是父亲的责任,也都落到了她的肩上。她不断克服了许多难题,把大弟的婚事办得风风光光的。就在那一段日子里,她的嗓子沙哑了,头发也白了好多。尽管人显得极为憔悴,她在心里却感到甜甜蜜蜜的。

  按道理说,有了这次经验,就应该在小弟的婚事上顺利一些,可是小弟的婚事也没让她少操心。北方山区农村的结婚礼数很多,母亲要按照这些传统习俗的要求一一落实到位。她还要应对各种料想不到的麻烦事情。但她在儿子的终身大事上面没有丝毫含糊,只要是用钱能解决的问题,她都干脆利落地一锤敲定。许多农村的男人可能都没有这样的魄力,她就能做到。她的付出总会赢得最美的收获。在我们这个相依为命的大家庭里,逐渐建立起了两个幸福的小家庭。

家里有许多事情做起来确实比较费劲,倒不是因为母亲不愿意去做,而是苦于她不太会做。就拿给家里换电线的事情来说吧。父亲在时,这就是他的活。家里的电线老化了,电器坏掉了,他都会立即整修。可现在家里停电了,就只能暂时点上蜡烛凑合着过日子。但母亲也不是无计可施。她从小在本村长大,就为解决这些具体的问题提供了诸多方便。她知道该给谁打电话来解决什么样的问题,所以一般的小麻烦还是难不倒她的。我为她能自如地解决这些生活难题而感到高兴。这样,我就可以安心地在外求学和工作了。

母亲做事还细心周到,总能得到一些赞誉。她把家里的家务活和地里的农活忙完以后,总会出去打零工。或者去餐厅干些杂活,或者去宾馆当服务员,或者去工地上做做饭,或者去雇主家里当保姆,或者去村里"一条龙"服务队忙上几天。不管她走到哪里,都卖力地干着活,老板或事主家都很满意她干的活,要么表扬她把活干得好,要么觉得她活干得漂亮,要么夸她做的饭好吃,要么认为她工作称职,要么还会邀请她再来一起干活。每当我听到别人肯定她的工作,就为她感到由衷的高兴。一个人的存在价值就是从做事上面得以体现的。母亲也通过做这些事,在确认自己人生价值的同时,找到了日常生活中的许多乐趣。我们难道不应该像她一样,在做事中寻找生命的美好价值吗?

对我们而言,母亲做了这么多的事情,就是在改变着我们的命运。虽然她在家总是过着节衣缩食的生活,把主要精力都投入到改变我们命运的事情上面。可就是这样一位极其平凡的农家妇女,却带领我们走出了人生最低谷的时期。这份爱已成为我们此生永远难以磨灭的印记,必将激励着我们像她一样,通过执着而认真地做事,活出生命的精彩。

# 母亲在"一条龙"服务队的生活

现在的农村人办红白喜事都要用"一条龙"服务队。这与以前有很大的不同。农村人以前办红白喜事,没有专门的"一条龙"服务队。那做饭的厨师都是从哪里来的呢?他们都是事主家专门请村里有经验的人帮忙张罗。这些有经验的人被称为村里的"能人",为事主家提供无偿的服务。以前村里有了红白喜事,就经常邀请姥爷帮着料理,姥爷就是村里办红白喜事时有经验的人之一。

现在,农村人办红白喜事不兴这一套了。哪家有了红白喜事,都请村里的"一条龙"服务队。"一条龙"服务队就代替了村里像姥爷这样的人。那"一条龙"服务队是干什么的?他们专门从事村里红白喜事的餐饮服务。比如,他们要准备好吃饭用的桌椅板凳,要准备好做大锅饭的设备,还要提供相关的餐饮服务。这些都要花时间和精力,所以"一条龙"服务队是有偿服务的民间组织。

母亲就是村里"一条龙"服务队的成员。她最初加入"一条龙"服务队时,父亲就反对过。他怕这个活太重,母亲干得比较辛苦,就不想让她加入。可是母亲坚持说:"先干着试试看。"想不到母亲干得很出色。没过多久,她就被提拔为"一条龙"服务队的队长,于是每逢村里有红白喜事,她都要事先找好"一条龙"服务队的成员。她们基本上都是村里的中年妇女。她们都想在农闲之余,找点儿事情做。

母亲给我讲过"一条龙"服务队的活计,一般都是村里有了红白喜事以后,根据事主家的要求准备好各类用具。在红白喜事的前两天,到事主家准备餐饮服务的各项工作。等一切准备就绪,就在红白喜事的当天提供餐饮服务。这个活苦重的地方,一是来回搬运并装卸桌椅,二是端盘的工作。农村人摆宴席,大都安排在自家的院子里。而每家的院子又都不大,所以一般都把宴席连着摆到好几家邻居的院子里。

我也曾体验过"一条龙"服务队的生活。有一次我过年在家,母亲的"一条龙"服务队要到邻村提供餐饮服务。她问我,是否要体验一下"一条龙"服务队的生活,我当然愿意亲自感受一下母亲在"一条龙"服务队的生活了。于是第二天早晨五点多,我就随母亲出发前往邻村。到了事主家,我们就开始洗菜、切菜、烧菜和端菜。当时正值寒冬腊月,天气格外的冷。要是在平时,干这些活是很轻松的,根本就算不上什么。但是我们是在露天的院子里做这些活,只见每一个人的双手都被冻得发青。我这才真切地感受到,干这个活是多么不容易。

母亲的双手患有手类风湿性疾病。一到冬天,她的手就像皲裂的树皮,鲜血流淌,所以她干这个活,一定要戴上皮手套。她要用温水洗菜,否则水一凉下来,她的双手就不能再浸泡到水里了。所以我也对母亲说:"妈,您不要再干这个活了。您看把您的手都弄成这样了。"母亲笑着说:"不碍事,我一般都不洗菜。她们知道我的手有这个毛病,都不让我洗的。"其实我知道母亲为什么一定要坚持把这份活干下去。

父亲病了好多年,一直找不到一份像样的工作。自从姥爷去世以后,母亲也不卖菜了。她要赚钱补贴家里的日常开销。当时大弟读完三年高中,又要读大专。母亲要用在"一条龙"服务队赚来的微薄收入,补贴大弟的生活费用。她就这样在村里的"一条龙"服务队干了十多年。只是随着物价上涨,在"一条龙"服务队干活,还不如到外面打工。万般无奈之下,母亲就离开了为之奋斗过十余年的"一条龙"服务队。

母亲在"一条龙"服务队工作的最后两三年,村里的"一条龙"服务队就不止一家了。激烈的竞争,也使得"一条龙"服务队的活计没有以前那么"吃香"了。与母亲在一起工作过的好姐妹经常来我家做客。每次提起在"一条龙"服务队的生活,她们都相谈甚欢。每次聊完以后,她们又不免暗自短叹。她们怀念在"一条龙"服务队的生活,这是她们曾经奋斗过的战场。可惜"一条龙"服务队的生活已经成为她们的过眼烟云,只能作为她们的饭后谈资被提起。

我们一家人都要感谢母亲。她在"一条龙"服务队的日子,正是我们家最艰难的时候。母亲用每天20元至50元不等的收入,维持着我们家的日常生计。她还要从牙缝里省出一点儿钱,为大弟提供生活费用。她从来不想让我知道这些事情。就在我唯一一次跟她在"一条龙"服务队干活的时候,身边的阿姨告诉了我这些事情。当时的我感到无比的羞愧。我不知道该怎样表达我对母亲的内疚,以及我的惭愧。现在回过头来,再看当年的这些事情,我仍然感到自己对母亲心存愧疚之情。所以我们兄弟三人一定要牢记母亲在"一条龙"服务队的生活,在以后的日子里,不要再让母亲承受这样的辛苦!

大　弟

# 心解大弟

用文字探讨大弟，是想抒发心底的复杂情感，是想铭记曾经的难忘生活，是想认真走进他的个人世界，也是因为他为我们这个来之不易的大家庭搭建了一条美丽的彩虹。

谈起大弟，心中总有爱恨交加的复杂情感。母亲常说大弟为人不仔细，心粗性倔，常在外面招惹是非，给人增添麻烦。母亲没有说错，我们都觉得这是大弟结婚之前的生活写照。至于结婚之后，我无法详究。

他从小对待读书就有些不太上心，直到现在我和他对待教育的很多看法都存在严重分歧。严格来说，我是多年受教育的直接受益者。不管我坚持读书的动力和结果如何，我通过求学走进了心仪的校园，开始了属于自己的城市生活。大弟和我一样在求学路上遭受过挫折。虽然我们都通过求学走出农村，然而他的在外求学并不让人感到轻松。

大弟毕业之后曾"漂"过一段时间，由于他一直没有找到工作，家人都倍感压力。那段时间，我们托人帮他找工作。虽然艰辛，但是他最终如愿以偿地参加了工作。他深感社会的复杂，认为教育用处不大。这是我和他对待教育这一问题的争锋之处。我认为，教育能陶冶性情，丰富人生。他却不以为然。在他眼里，或许我就是一介书生，只会舞文弄墨而已。

大弟确定工作之前，先行操办婚事。在农村人看来，结婚乃一生最大之事，不得马虎。当时的大弟铆足劲，力争圆满完婚。他是幸运的，也是幸福的。父亲去世之后，家里就蒙了一层阴影。我们都想尽快改变家境，走出情感上的阴霾。大弟的婚事让我们都精神振奋。母亲不辞辛劳，忙前忙后。小弟更是呼朋唤友，忙得不可开交。我们都太期待这场迟到的婚礼了。这是大弟带给我们生活的最大希望。

你知道吗？我们都在等你。我们一直在等待你的到来。你终于来了。虽然这是迟到的幸福，却是目前带给我们的最好的礼物。你知道吗？许多人都盼着你的到来。当他们听到你来了，都异常兴奋。这眼泪是由激动和酸楚凝结而成。当听到大弟的儿子降临这个世界，我心中情感汹涌难平。这个孩子让我马上想到了父亲，想到了不可能再拥有的一切。

弥足珍贵的情感往往深沉，让人无言以对。这就是大爱。母亲期待的就是儿子们早日成家，母亲盼望的就是早日抱上孙子。大弟首先做到了。他让双鬓渐白的母亲享受到了天伦之乐，虽然普通却难得，虽然难得却成真。

我和小弟都应当在结婚这件事情上学习大弟。要知道人活一世，最让人难以接受的就是精神上的摧残与情感上的折磨。大弟用让我们激动不已的事实温暖了母亲的心灵，也渐渐抚平了我们心灵上的创伤。岁月漫长，在以后的人生路上，或许我们还会满怀疲惫、四处漂泊，来自家乡的声音却把我们永远连在一起永不分离。就像大弟，他的承诺和行动还会带给我们更加精彩的人生故事。

# 大弟与他的工作

　　工作永远是人们生活中一个说不完的话题。父母就曾为我们三兄弟的工作煞费苦心，尤其是发愁大弟的工作。大弟走出学校以来，找过很多工作。在肯德基做过服务员，当电工在高空作业过，还在工厂里做过活，或许还有我们都不知道的其他工作经历。一个农村娃在外面打工总是容易"漂泊"，这绝不是他一个人的工作写照。

　　我在火车上碰到过许多进城务工的人，他们都是大弟的同龄人，从北方老家南下打工，为的是多赚点儿钱，早点儿讨个老婆。大弟何尝不是如此！他大学毕业后，也到了结婚年龄。然而没有一份像样的工作，哪个女孩愿意跟他谈对象啊！他忙碌于不同的工作之间，就是想多赚点儿钱，好让我们也对他放心。

　　可是，这样的打工也不是长久之计。他就和我们商量找一份正式工作的事情。父亲当时刚去世，母亲六神无主地问起了我。我认为他这个想法很正确，只有正式工作才能彻底结束他的"漂泊"状态。于是经历了一番周折，我们最终妥善安排了他的工作。他自从有了正式工作，才真正开始了自

123

己的独立生活。

之后，他顺利地成了家，有了小孩，过起了普通人的正常生活。他的工作问题是解决了，可是这份工作相当危险。于是在电话里，我们不厌其烦地要他注意安全。为了让我们放心，他就给我们讲一些工作上的事情，与同事一起聚餐啦、搬宿舍啦、老婆孩子过节来他单位啦……

听着他的生活故事，我心里泛起一种温暖和感动。人确实需要一份稳定的工作，这是建立一个家庭的物质保障。他工作没几年，就在他上班的地方贷款买了房子。为了照顾老婆和孩子，他经常往返于单位与家两地之间。我老家的邻居从他工作的地方回来以后，就不停地对母亲说："二帅在外面确实不容易。"我想，他的这份不容易也是一种强烈的责任心的体现。他对他的小家庭负起了责任。

在工作闲暇之余，他会经常给我打电话，关心我的近况。他用"煲电话粥"的方式和我聊天，不但想要了解我的真实生活，还与我分享他的工作情况。这些年的工作经历确实历练了他，让我感觉他明显成熟了。其实，他有心给我打打电话，就已经让我感受到了亲人的温暖。他还在电话里帮我分析我的生活，在结束长时间的交流后，还不忘叮咛着，让我照顾好自己。其实我也知道，他的生活很不容易。就是在这样的情况下，他还不忘关心我，确实让我特别感动。

大弟拥有一颗感恩的心。他知道拥有这份工作不容易，就踏踏实实地把工作当成了人生事业。人是要有这股勤苦的劲头。大弟没有辜负我们的期望。通过这份工作，他成了家，也立了业，还过上了普通人的小日子。这也是父亲在世时对他的盼望。可以说，父亲的这一心愿总算实现了。我们都希望，大弟能在这份工作中继续活出自己的幸福。

# 童年时期的简单快乐

　　长大以后，总会觉得童年时期才是人生最快乐的阶段。这样的快乐不是那种复杂的快乐，而是一种简单的快乐。或许，"无忧无虑"这个词最能形容这种简单的快乐感觉。我还要感谢童年时期的一件小事，让我一直怀有这种感觉。

　　我和大弟在一个下雨天一起玩耍的模糊场景，一直存在我的脑海里。尤其是在想家的时候，这段场景就会出现在我的梦境中。我依稀记得，那是一个滂沱大雨的午后，父母好像在家里睡午觉，而我和大弟又不能出去玩，于是就在屋檐下，玩弄父亲给我们买的儿童车。我坐在车里的时候，大弟就在后面推着我往前走。他坐在车里的时候，我就在后面推着他往前跑。我们就这样反反复复地从平房的这一头玩到那一头。淅淅沥沥的雨滴不时地落在我们的头上和衣服上，还沾湿了我们的鞋子。可是，我们全然不顾这些，兴致勃勃地玩耍着。

　　我不知道为什么，心里老是装着这个场景。是那个简易的儿童车好玩吗？在现在的小朋友看来,那时的儿童车未免太过于寒碜了,但我们当时就是觉得特别好玩。家里也没有其他玩具,这样的小车子自然就成了宝贝,我和大弟就要争着、抢着玩。不管是谁在骑在这个小车子上面,我们都轮流推着对方。现在回想起来,就是这样的场景最让我感动。我们没有因为激烈争抢而打扰了父母的午休,反而在自娱自乐中消磨了一个下午的时光。或许就是这样的简单和自然,才是我生命中最快乐的体验。

那场雨也在某种程度上起到了最微妙的作用。因为下着雨,我们只能待在家里。父母在睡觉,我们又不想待在屋里。就在那个狭长的屋檐下,小车子成了我们唯一的游戏工具。我们把雨滴当成敌人发射的炮弹,在推来推去的过程中,小心地躲避着滴下来的雨水。有时候,我们还故意往对方身上踩着雨水。现在想来,正是那场雨为我们创造了一个游戏空间,那个屋檐为我们提供了一个安全场所,而那个小车子为我们带来了一场温馨游戏。我很感谢那场雨,让我感受到了如此简单的快乐。

人在成熟以后,心里就会装有许多忧愁、烦恼和无奈。迫于生计的我们,可能早就丢失了童年时期的美好回忆,又怎么会寻觅这样的简单快乐呢。如果我们真的感觉很累,那就停下匆忙的脚步,找一找心底最难忘的快乐色彩。恐怕大多数人会很怀念自己的童年,因为那里有自己美好的时光,那里停留着最简单的人生快乐。

对我而言,童年时期的简单快乐就是我生命中的精神力量。在我平和的时候,总能体会到这些快乐的美妙;在我烦闷的时候,总是用这些快乐调节不宁的心绪;在我忙碌的时候,也能感觉到这些快乐的存在。这就是我生命的底色。我既为自己能意识到这一点而感到高兴,又为自己找到了生命底色而感到幸福。那我还有什么理由不能为此而快乐地生活呢?

小　弟

# 小弟的故事

　　我们每天都经历很多的故事,有些故事让人时常想念,在这些故事中,我们总能找到继续生活下去的理由。可能就是由于我们在这些故事中扮演的角色,让我们心存愧疚,激励我们更加努力地生活。

　　或许这不是一个更好的世界,我们却想追求更好的生活。发生在我身边一些有关小弟的故事让我思考生活的意义。

　　小弟,任帅超,是我的第二个弟弟。他比我小九岁。当他来到人世间的时候,我已经初明事理。小弟的到来丰富了我的童年生活。父母亲都很忙,尤其是比二弟小三岁的三弟出生后,父母就更无暇照顾我们。我最小的弟弟没过多久就被抱养,原计划小弟的命运也是这样,抱养他的那户人家反悔了,小弟也就留在了我们身边。他就是在这样的背景下长大。

　　想想当初也是幸运。幸好他没有被人抱养,不然以后我也无法真实地感受一个人。小弟小时候是在姥爷的照养下度过了人生的懵懂阶段。由于家里儿子众多,父亲常年在外跑运输,母亲的手患有类风湿性疾病,家庭情

129

况相对艰难。在小弟出生的时候，父母根本没有精力照顾他。姥爷毅然挑起这个重担。我印象最深刻的场景永远都是，在寒冬刺骨的早晨、中午和傍晚，姥爷把小弟背在背上，带他到处游玩。现在回想起来，小弟的童年虽有缺憾，却也度过了一段幸福的时光。能够在人生的童年阶段得到姥爷的悉心照顾，小弟已经弥补了我和大弟在童年时代渴望被长辈照顾的缺憾。

姥爷孙辈满堂，而且在很多时候也很忙碌。没有姥爷看护的日子，父母亲就把小弟托付于我管教。欣喜之际，我就承担了照顾小弟的责任。毫无疑问，每个人都喜欢比自己小很多岁的儿童。我能准确地明白小弟大哭大笑或者大喊大叫的意思，知道他什么时候要吃饭，什么时候要"方便"。当时的我还不明白小弟对我意味着什么，只是觉得有一个弟弟蛮好的。

时间长了，就会发现小弟的聪明伶俐。小弟学什么都很快，对新鲜的事物都很感兴趣。我就开始教他英语单词。"tree、car、cat、home、people、brother、father、mother..."我还教他一些简单的英语对话。"How do you do." "fine, thank you."其实，这些都是我在课堂上刚学会的知识，我就马上自己当起老师来了。小弟很喜欢学习，很认真，学得也很快。父母亲也很开心。我也乐于教他。就是这些曾经的经历，无意识地在我的心中种下了一颗想要教书育人、传授思想的幼芽。小弟就这样成为我少年时的一部分。

小弟也很调皮。有时候，我的看管也会有所疏漏。记得有一次，我在看管小弟的过程中，小弟就从车子上面摔了下来。当时是他自己爬了上去，而我却没有在意。小弟摔下来以后号啕大哭，把我吓坏了。我就躲到楼上看父母亲如何处理这件事情。父亲一边哄小弟，一边喊我的名字。而我被吓得不敢应声作答。等小弟不哭了，父亲又离开做事情去了。我就在楼上，往他那里扔糖果。小弟不知道糖果是从哪里来的，只看见糖果一颗一颗的就掉落到他的眼前,很是开心。我看见这样的场景才放心下来了。照看小弟的过程中发生了很多让我终生难以忘怀的故事。这些事情虽然都已远去,却更加成为我人生的一笔宝贵的财富。

每个人都会长大,成长对每个人的含义也不尽相同。小弟的成长一直让我觉得内心愧疚。父亲病逝那年,小弟年纪不大,才刚刚完成九年义务教育。面临人生选择的十字路口,小弟决定学习手艺,减轻家里沉重的负担。母亲和小弟商议,最终决定学习厨艺,并征得小弟的同意,送他到村里饭店锻炼。小弟欣然允诺。

小弟为人勤快,又聪明能干,深受老板喜爱,因而进步很快。不到一年,已经入门,学会了各类凉菜的基本做法。这些进步离不开小弟的勤奋努力。厨师行业具有一定的危险性,小弟在学习厨艺的过程中,有一次切到了手,有一次烧伤了脸,幸好都是轻微伤。这些都让我们心疼不已,小弟却淡然地一笑置之。他说,学习是要交学费的,这些都是学费的重要组成部分。

小弟厨艺长进,工作调到了市里。他的工资也比以前翻了几番,但他没有大手大脚地花钱,而是合理安排自己的工资收入,把钱都存起来。大弟结婚的时候,他把存下来的工资都拿了出来。

正是因为这样,我更觉得对不起小弟。别人求学读书的年龄,小弟却背负上了生活的重担;别人可以坐在明亮的教室里,小弟却要为每月的生计到处奔波;别人可以衣来伸手饭来张口,小弟却要把每月的工资都寄给家里。要知道小弟当时才18周岁,却让他背负了太多的无助和辛酸。每次想到小弟,我都深深地自责。而他却为两个哥哥什么时候结婚成家殚精竭虑。多好的弟弟啊,他应当在知识的殿堂求知奋进。

小弟的年少懂事离不开父母亲日常的教导。他身上没有痞子的习气,每天都按时上下班。他懂得生活的艰辛,把父母的教导内化为生活的习惯。这让我常常想起村里人常说的一句话:"穷人家的孩子早当家。"

时光飞逝,小弟没有蹉跎岁月。人生的道路漫漫修远,我们都相信小弟能够一直活出最好的自己。

# 小弟成长记

　　二十多年过去了,小弟现在已经长大成人。他在外面刻苦钻研厨艺,努力打拼赚钱也已经有五六年了。这些年我们都没有花费太多的心思教育他,他一直让我们很放心。小弟真的已经长大了,我们马上就要准备给他讨老婆了。这么多年,他是成长为一个孝顺懂事、勤奋能干的大人,成为我们学习的榜样。他成长的过程,或许能够带给我们一些启发。

　　小弟小时候有一段时间学习很用功。记得有一段时间我教他学习英语,他就很爱学,学得很认真,也很快。那些英语单词和简单的英语对话都是我在课堂上刚学会的,马上就现学现卖。他上学后英语课程就学得很好。当他在求学路上开始"学步"的时候,父亲就离开了我们。他面临人生的第一个十字路口,经过一番考虑,他决定学习手艺,减轻家里沉重的负担。

　　在母亲和小弟的商议下,他最终决定学习厨艺。征得小弟的同意,母亲就送他到村里饭店锻炼。小弟欣然允诺。他为人勤快,又聪明能干,深受老板喜爱,因而进步很快。不到一年,他就已经入门了,不但学会各类凉菜的基本做法,还在思想上对外面的社会有了初步的认识。这些进步都离不开他的勤奋努力。之后他就被调到县城大饭店上班,工资也比以前翻了几番。但是他没有伸手跟家里人要钱,也没有大手大脚地花钱。他把工资都存了起来,依然像往常一样勤俭节约地生活。当时的他才十五六岁,却懂得攒钱,用来干大事,这种认知水平让我们很是欣喜。

正是因为这样,我们就更觉得对不起他。同龄人正在求学读书,小弟却背负上了生活的重担。本来可以拥有坐在明亮的教室里安心读书的花样年华,他却要为每月的生计到处奔波。别人可以衣来伸手、饭来张口,他却要在学习练好谋生的本领。生活的艰辛让他背负了太多的无助和辛酸。每次想到这里,我都惭愧不安。小弟从小就懂得了生活的艰辛,把"穷人家的孩子早当家"付诸日常的生活行动。

还记得大弟在家举办婚礼时,小弟就叫了一帮朋友里里外外忙前忙后。他们帮忙抬最重的东西,干着许多人都不愿意干的最脏最累的活。我们都不好意思,怎么能让孩子们干这些活呢。他们却一笑置之,只干活不吭声。母亲就对我们说:"三帅交往的这些朋友都是正道上的人。"事实上确实如此。从小弟交往的朋友身上,我们就看出了他的为人。逢年过节,他的这些朋友还来家里看望母亲。母亲很是感动,经常跟我们说起这些事情。

他是真的长大了。去年这个时候他写了一篇散文《我的家人》,我看了以后特别地感动。他在文中写道:"母亲一个人在家打零工,想念着在外的亲人;大哥在外努力求学,很是艰辛,所以更要保重身体;二哥在外努力赚钱养家,而我也在外面打拼了好几年。虽然这几个年头我都没有回家过年,但是我的心里只有对你们无尽的思念。"

小弟写出了他心中想说的话,我看的时候内心却非常复杂。他已经是大人了,从一个未经世事的孩子成长为一个勇于担当的大人了。这是他这么多年来最值得我们关注的地方。是生活的艰辛让他很快地成长,是家庭的温暖让他拥有了一颗感恩的心。母亲常说小弟精明能干,比起我们更会为人处事,现在看来这话一点儿都不假。所以他小时候受过的苦难只当是对他的锻炼。他没有在艰难困苦中迷失自己,反而拥有坚强的意志,更加坚强地生活。而当时的我们都还在读书,比起小弟来自然万分羞愧。

现在小弟也到了谈婚论嫁的年龄,我们理所当然地要上点心。不过他不用我们费心费力,不管是在情感方面,还是在能力方面,他都远胜我们。母亲和我们对他都比较放心。他也正在通过实际行动,让我们放心。我想,父亲的勤劳能干和母亲的周密扎实,都在小弟的身上得到了充分体现,所以他才能很快地得以成长。现在他已经长大了,马上就要拥有属于自己的生活了。我们都真心地祝福他能在人生的道路上越走越好。

# 小弟的孝心

　　小弟的孝心是最值得我们学习的。

　　2009年的春天，我们兄弟三人都还在学校读书。我在上海接到家里的电话，让我赶紧回家。不知道家里发生了什么事情，我只得匆匆赶回家。到家后才知道家里发生了天大的事情，父亲突然辞世了。我们都在学校读书，父亲的去世对当时的我们打击很大。我们上学和家里的开销全依赖父亲。父亲走了以后，我们就陷入了困境。小弟当时快初中毕业了。他对母亲说："家里经济紧张，我想直接工作为家里减轻负担。"

　　小弟就在16岁那年参加了工作。初到饭店，他帮忙做杂务，一个月的工资就一百元。小弟认为钱少没有关系，关键是要学到真本领。他很用心地干活，没过多久老板就调整了他的工作，让他学做凉菜。小弟的工资也由一百元涨到了三百元。他一开始就把全部工资交给了母亲。他说："妈，给别人打工赚钱不容易。我们要学着攒钱，以后家里有很多用钱的地方。"母亲在我过年回家的时候，就常提起小弟辛苦赚钱和攒钱的事情。

　　小弟不仅善于理财,还懂得孝敬母亲。他怕母亲一个人在家吃不好,就隔三岔五回来看望母亲。每次回家,他都给家里置办一两周的肉食蔬菜。只要他在家,母亲就不用下厨做饭。小弟会把饭菜做好,为母亲改善伙食。逢年过节,家里更是离不开小弟。小弟不但把家里的菜肴备置妥当,还被邀请到亲朋好友家为他们准备过年的筵席。所以母亲常对我说:"三帅为人勤快,懂得孝敬老人。"

　　记得有一年冬天快过年的时候,母亲身体有些不舒服。有一次在电话里,母亲不经意间问我:"上海有没有好一点儿的治贫血的补药。"我顿时警觉起来,心想为何母亲有此一问。在我的再三追问下,母亲这才说出了原因。她因为长期劳累,加上营养跟不上,已经贫血好长时间了。我马上给小弟打电话,小弟就向单位请假,陪母亲看病。他请了半个多月假,每天都在医院里陪着母亲。我和大弟都很感动。在母亲需要我们的时候,只有小弟一个人陪伴在母亲的身边,慰藉着母亲孤苦的心灵。

　　农村人结婚要费很大的心力和人财物力。一般子女结婚,都是父母操心费力。小弟的婚事已经提上议事日程,我们却一点儿都不用担心。这是因为小弟就能独立操办自己的婚事。他这几年工作有了一定的积蓄,不用我们再劳神为他的彩礼东奔西跑。他为人精干勤快,又心思缜密。他已经把他结婚要准备的诸事诸物一应备置妥当。我感觉这是对母亲最大的孝敬。母亲这些年一直盼望着我们能够尽早成家立业。小弟通过多年的努力打拼,为自己的人生和今后美好的生活描绘了一幅绚丽多姿的画卷。这是我和大弟要向他学习的地方。

　　发生在小弟身上的这些孝心故事让我想起了《诗经》对孝的描述:"父兮生我,母兮鞠我,拊我蓄我,长我育我,顾我复我,出入腹我。欲报之德,昊天罔极。"意思就是说:"父亲啊,生了我。母亲啊,养育我,抚摸我,爱护我,喂养我,教育我,照顾我,关怀我,出入抱着我。我要报答父母的恩德,父母的恩德比天还大。"小弟是通过自己的行动来表达对父母的孝心。他在父亲临终的时候,陪伴着父亲。他在母亲需要他的时候,陪伴着母亲。他在我们需要他的时候,尽心竭力地帮助我们。正是他的孝心,让我们兄弟三人团结在一起。在今后的生活中,我们更要把小弟的孝心转化为我们生活的动力,努力活出更好的我们,才能不负母亲的教导,告慰父亲的在天之灵。

# 小弟的职业

小弟的人生从他的职业开始。

在他16岁那年,小弟开始了职业生涯。同龄人正在上学读书的年龄,他却要开始在外拼搏。父亲送他到村里饭店学习厨师手艺。就这么着,一晃五六年过去了。这些年,小弟干这一行经历了许多事情,也积累了不少经验。用一句话来概括,这些年的奔波与忙碌让他长大成熟了。

做厨师得有恒心,不然永远也入不了门。小弟就很有恒心。他从调凉菜入手,扎扎实实地学习做饭这门手艺。刚开始,他的手指头经常被刀割破。为此,我和母亲都很心疼。他却不以为然,"干厨师这一行得反应灵敏,不然一刀下去,手指头被切了也不知道",他笑着说。有时候,他们饭店特别忙,他就连续工作,连吃饭都顾不上,更别说中间休息一会儿了。

所以小弟每天都很忙,也很累。我每次给他打电话,还得瞅他什么时候有空。他总是在电话那头对我说:"哥,我很累。我总是感觉缺觉。"我就建议他每天晚上早点儿睡觉。可是他每天都要忙到晚上十一点,然后他才能吃晚饭,回去睡觉。第二天一早,他就要去上班,接着,又开始了忙碌的一天。

小弟每个月都有两天假。他老是舍不得给自己放假。他对我说:"哥,我干一天活就有一天的工资。我干满整个月,就是满勤的工资。所以,我还是不要给自己放假了。"在工作上,他对自己特别严格。因此,他深得老板器重。老板也用心培养他。现在,他才二十岁刚出头,就成了一家饭店掌勺的大厨。对此,我感到特别欣慰。

这说明他长大了,在工作上能独当一面了。他身上的担子重起来了,他的责任心越来越强了,他也因此更加用心工作了。他不但在工作上兢兢业业,还通过工作帮助家里减轻经济负担。我和大弟常年在外,家里就剩下母亲一人。小弟工作之余,总是抽出时间回家看望母亲。他不但解决家里的日常开销,还要给母亲做上几顿饭,然后再陪母亲谈谈心。

母亲和他谈起婚事,小弟就说:"妈,你不用担心。我结婚不让您费心。"小弟有这个自信,也有这个本事。这些年的工作不但锻炼了他,而且使他在经济上面能够独立。母亲在这一点上是值得欣慰与自豪的。小弟通过自己的奋斗解决自己的婚姻大事,这在我们老家是很少有的事情。所以在这一方面,我要认真向他学习。

我曾和小弟谈起过创业的事情。我对他说:"等我们家以后经济条件好一点儿,给你开个饭店吧。"小弟笑着应答道:"哥,我这几年还是先积累经验吧。"他对自己的职业有着清晰的判断和规划。这说明,他知道自己的人生应该怎样走。听到这句话,我很是欣慰。他真的长大了,不用我们操心了。既然他的人生从这里开始,我们有理由相信:他会从这里闯出一片属于自己的天地。

# 小弟结婚记

　　小弟的婚事是我们心头的大事。

　　为把他的婚事办得顺顺利利,母亲早就开始张罗了。这第一件事情就是请媒人提亲。母亲想了好长时间,最后请父亲的一个朋友当媒人。媒人的事情就是协商彩礼,参与订婚的主要过程。这件事说简单也简单,说难也难。大弟结婚时,就没有费多大劲,而小弟就在这方面费了不少周折。不过好事多磨,经过媒人的沟通,小弟的婚事定了下来。

　　母亲就开始忙碌了。她首先要通知亲朋好友。街坊邻里听说小弟要结婚,都为之一振。自从父亲去世以后,村里人看着母亲拉扯三个儿子生活,纷纷摇头感叹。令母亲欣慰的是,我们都能自力更生。两年后,大弟就结婚工作了。我也圆了博士梦。而小弟经过多年的打拼,为自己攒了一些积蓄。尽管北方农村的彩礼很高,他凭借自己的能力解决了这一问题。

　　小弟和母亲商量装修婚房。大弟在外工作,他结婚的时候,家里没有买电视、洗衣机和冰箱。母亲的生活就有很多不便。母亲说:"三帅和飞飞以后要在家里生活,这些东西都要齐全。"母亲给小弟买了大屏彩电、全自动洗衣机和冰箱。这样,母亲和他们以后生活就方便多了。母亲还把家里里里外外都粉刷了一遍。小弟心细,把墙壁瓷砖都清洗得干干净净。

飞飞娘家在山上。结婚当天,我们要去迎亲。由于山高路远,坡陡途险,普通的车子不能走这样的山路,需要专门的越野车才行。一个普通农村家庭见一辆这样的车子都困难,何况还要找好几辆……这给我们出了一个大难题,到哪里找那么多越野车?在母亲、大弟和小弟的多方联系下,终于找到了六辆丰田霸道越野车。这才把迎亲的队伍送上山。

结婚的场景总是很热闹。平时难得一聚的人们都在相互交谈,他们谈论的主要话题是小弟的婚事。从他们的谈话中,我得知小弟很受村里人的肯定。农村的生活条件比较艰苦,村里的孩子要么考大学改变命运,要么学手艺养家糊口。很多孩子到了成家立业的年纪,还一事无成。而小弟从小就出去学手艺,经过不到十年的打拼,终于学成手艺。

经过两天的宴请,小弟的婚事圆满落幕。我们开始清扫举办婚礼的场所。人们吃喝玩乐之后,丢弃了不少垃圾。小弟的同村伙伴和家里的亲戚都帮忙打扫。他们不嫌活脏,也不顾活累,这让我们很是感动。尤其是姨家的大表哥,百忙之中抽空连续忙碌了两天。这两天的宴席都是由他一手安排和料理的。

农村的结婚程序繁多,需要提前周密安排。这一方面说明村里人对结婚的重视,另一方面又说明农村保留了传统的结婚习俗。在这些程序中,我感受到了农村人的一种精神追求。长辈总是希望子女们能通过结婚程序意识到结婚的重要性,以后可以安安稳稳、踏踏实实地过日子。新人也通过结婚程序感受到了人生的这一重要时刻,以后就要珍惜来之不易的幸福生活。

这或许就是小弟和飞飞结婚以后最需要向我们展示的一幅生活画卷吧。我们有理由相信,他们会永远相爱,携手共度美好人生!

# 与小弟谈心

　　小弟,这些年,我和你二哥在外面打拼,留下你在家里照顾母亲,你辛苦了。作为大哥,要委托你替我们尽孝道,我深感惭愧。你这些年实属不易,我们都很清楚,但就是帮不上你什么忙,我内心也不好受。人活一世,冷暖自知,看开一切,方能活得自在。我平时也缺少与你谈心聊天的机会,就把心里话写下来,算作对你生活的鼓励。

　　你是一个孝子,这是早已不用再说明的事实了。父亲在世时,你与他关系就特别好。有时候,我竟然羡慕起你们了。父亲走到哪里,都带着你。家里一有争论,你铁定是站在他那一边,不管是否正确。我现在想起这些事情,就觉得你是那么的幸运。你在父亲最失意的时候,无意地安慰着他那颗孤独的心。你做出了比我们更孝敬父亲的事情,我们不得不向你学习啊。

　　你是一个在心智上较早成熟的孩子,那是因为你在童年就受到过打击,让你较早地承担了家里的重担。许多人都说应该把你送人,家里已经有两个男孩了,你似乎是多余的。在你小的时候,我们家已逐渐没有了往昔的光

144

景。父母无力照看你,就把你送给外公照看。你在外公家却又不能争宠,也受到过一些冷落。在你还是尚未长大成人的少年时,父亲就过早地离开了我们。无奈之下让你辍学,你还是用心学习手艺,替家里缓解经济压力。说实话,我和你二哥没有经受过你这样的打击,自然也就没有你成熟稳重。

村里人都夸你有本事,又是个懂事的孩子。他们哪里清楚你内心的苦楚。我们家的重担实际上是落在了你一个人的肩上,我知道你承受了太多。即使生活再有痛苦,即使日子再难熬过,即使人生再不易,你也会乐观地活着。小弟,你不像你二哥那样抱怨生活,也不像我那样逃避生活,你是直面生活的惨淡。这份勇气是我们都不具有的,我们没有不向你学习的道理啊!在我的心中,你就是我生活的榜样和骄傲,也是我们家的希望。这绝不是奉承之言,而是发自肺腑的声音。

我知道这几年厨师行业的生意不景气,你的日子过得不顺心,心理压力一直很大。尤其是在你结婚以后,还要养家糊口,你却经常失业,确实是一件闹心的事。你一边找工作,一边宽慰着我们。你抓住在家休息的日子,换着花样给母亲做好吃的饭菜,调养她的身体。更让我感动的是,你自己已经没了生活来源,却还要维持家里的生计。你人虽小,却为我们家付出了太多,这种牺牲令我们汗颜。

我一直在想,我们家的命运要靠我们自己改变。我虽没有和你说过这个意思,你却明白这个事理。我把自己的网名称为"微笑天下",是因为我自感生活不易,要微笑着面对人生。你二哥把自己的网名定为"富贵在天",可能与他平日贪图享乐有关吧。你却把自己的网名取之为"真命天子",我揣测是因为你自感要肩负起改变我们这个大家庭的命运。人生境界孰高孰低,真是一目了然啊。

小弟,我说了这么多,实在难掩内心对你的歉疚。我没有什么能力能够帮助你,只能和你诉说我的心声。我又觉得想要对你说许多话,想要表达我对你的认可和赞许。人活在这个世界上,生命境界是在活着的方式中展开的。你的人生才刚刚开始,就已经让我们感觉出你生命的精彩,虽然这种精彩是要付出常人难以想象的努力。小弟,你就大胆地往前走!你前面的人生路会更精彩!

# 小弟及他们仨

小弟总能给人惊喜。

他的成家和立业全凭自食其力。对我们而言,这就是一个很大的惊喜。

农村有句俗语:"穷人家的孩子早当家。"小弟就属于这种情况。他在学校里不好好学习,家里也没有条件继续供他读书,于是他就在初中毕业后择业了。厨师这一行竞争很激烈,他多次向我倾诉其中的辛苦。其实,哪一行不是如此呢。只有坚持干下去,才能逐渐改善自己的生活。他虽然嘴上抱怨着,在工作中却很用心,因而厨艺也日新月异。就几年的工夫,他已为自己攒好了讨媳妇的积蓄。这让母亲非常感动,也让我特别佩服。

谁说人穷就会志短?有志向的人反而会在逆境中快速地成长。小弟就是一个很好的例子。他虽在年龄上比我和大弟相差许多岁,却通过工作上的磨砺早已人情练达。在这一点上,我和大弟远不如他。我从本质上来说是个书呆子,只会看书写文章,在待人处事上,我没有他做得好。而大弟不像小弟那样有一技之长,除非他有个稳定的工作,否则在社会上想要站稳脚跟,也有很大的难度。我们两人在社会历练方面,确实要向小弟好好学习。

小弟通过多年的打拼,顺顺利利地组建了自己的小家庭。他和老婆常年在外奔波,确实不易。只要这样的日子能够平平稳稳,也还能过到人们的心坎里。可是他们的工作极不稳定,随时都有失业的危险。更让人揪心的是,他们的血汗钱还不一定能够拿到手。即便如此,小弟也精打细算地过着日子。为了以后的生活,他还要拼命地攒点儿积蓄。

尤其是在他老婆怀孕之后,他更觉得肩上的担子沉甸甸的。老家的经济极不景气,餐饮行业萧条得让人心寒。小弟失业了,就马上托人联系其他工作。他不能让自己闲下来,家里还有人等着他养活呢。我很看重他的这份责任心。人一旦有了责任心,即使一路遇到挫折和困难,也会坚强地克服过去的。

正如《尚书大传·卿云歌》里写的那样:"卿云灿兮,纠缦缦兮。日月光华,旦复旦兮。"小弟和他老婆为我们这个大家庭增添了新人口。在我们眼里,天上的霞光灿烂辉煌,像是要把对孩子的爱意通过瑞气祥云传达给我们。太阳和月亮的光华萦绕着这个孩子,用一天又一天地照耀祝福着他。

这个孩子就是小弟带给我们的又一个惊喜。有了他,小弟和老婆就正式组建起了自己的小家。他们的二人世界也就正式变成了"他们仨"的故事。这应是每个人的人生必经的幸福阶段。大弟在多年前做到了,小弟现在也做到了,而我还没有做到。这正是他们给我上的最为生动的一堂人生课。他们让我明白了,自己生命中缺失的东西要用心寻找。我有什么理由不为此而用点儿心呢?

# 脚踏实地的小弟

母亲经常对我说:"三帅是一个脚踏实地的人。"通过几件小事,我切身地感受着这句话。

夏天,饭店的厨房温度很高。对于厨师而言,这个阵地并不是那么容易坚守的。面对气焰嚣张的火舌头,小弟的全身永远都是湿漉漉的。这恐怕算不得什么大惊小怪。如果不小心,厨师的脸、手臂或上身都容易被火烧到。有一段时间,小弟的脸就被火烤得有些发红。经过在家一段时间的调养,这才得以恢复。

小弟在饭店工作很卖力,因而深得老板器重,也很受大家拥护。这是因为在工作上他是一个脚踏实地而又认真负责的人。小弟在市里工作,回家需要坐公交车。他晚上下班以后,就没有回家的公交车了。有时候家里有事情,小弟晚上下班就需要回家,这时老板会开车接送小弟。这说明老板是很欣赏小弟的。

在家里,小弟就是个大人。母亲收麦子,小弟就是她的得力助手。收麦子是一件苦力活。虽然村里组织收割机统一收割，但是每家每户都要派壮劳力搬运麦子。小弟不想让母亲一个人收麦子，每年这个时候，他都要回家。正是有了母亲和小弟，家里的庄稼才不至于荒废。有小弟在老家照应母亲，我在外求学也就不用太担心家里。

每次过年回家，母亲总是对我念叨着："三帅年纪虽小，人却很有本事。你们不在家，家里就全凭他了。"母亲之所以这样说，充分证明了在对待家庭方面，小弟是一个脚踏实地而又敢于担当的男子汉，所以村里人对小弟的评价很高。相比而言，我常年不在家，对家里的帮助少之又少，心中不免羞愧。

生活中的小弟是一个热情的人。他有一帮好兄弟，谁家里需要帮助，他都会过去，所以在我们家需要人手的时候，他的这帮兄弟总会及时出现。母亲就对我说："三帅的为人好，走到社会上闯得开。"我以为，这是小弟在交友方面脚踏实地的表现。正是因为他认认真真而又扎扎实实地经营了他的朋友圈，他才能拥有一帮好兄弟。

小弟不但为人热情，还非常谦虚。他老是对我说："哥，我要好好学习厨艺。我总感觉我现在的手艺不行。"正是因为他看到了县级市的饭店与东部沿海城市饭店的差距，他才有这种危机感，所以他特别用心地工作。许多人都说他很勤奋。其实，在我看来，这只不过是在对待一辈子的职业上，他的脚踏实地精神的一次具体体现。

小弟最能给我们带来正能量的地方就是他身上的脚踏实地精神。不管他处于人生的什么阶段，不管生活对他而言意味着什么，他都踏踏实实而又接地气地活着。也正是因为这种脚踏实地，他才能赢得周围人的认可。而他身上的脚踏实地精神无疑是我要认真学习的地方。这是小弟带给我的生活启发。我衷心地盼着，他的脚踏实地也能给大家带来些许启发。

# 靠双手打拼的小弟

小弟靠着他的双手打拼天下。

小弟刚进入厨师行业，先学习切菜，这是入门的必修功课。饭店里的刀比家里的锋利，切菜的时候就要聚精会神，不然手指头就有可能被切到。刚开始学着切菜，他的手指头经常会被切到。他怕母亲担心，就瞒着她。母亲去饭店看望他，才知道他的手被刀切了。

在电话里，母亲告诉我："三帅的手被刀切了，口子很大，流了好多血。我看着都心疼。"这是母亲第一次得知小弟的手被切伤以后的心情。之后，母亲给我打电话也说到过类似的事情，但是已经没有之前的那种担心了。小弟对我说："咱妈就会大惊小怪，学厨艺还怕这个？"

小弟的双手与母亲的一样，皮肤粗糙，容易干裂。一到冬天，他的双手就裂口子。这主要是他经常做饭菜，双手都是湿的，一到外面，被风一吹，手上的口子就密密麻麻的。听母亲说，这种口子疼起来要命，就像被针扎了一样。小弟从来不对我说这些事情。

我是听母亲对我说才知道这些,我就在电话里问他。想不到,他觉得这些根本就不是什么事情。他对我说:"冬天的时候,手上都是口子。这时,调凉菜会有点难受。因为双手会碰到各种调料,调料有时会侵蚀手上的口子。"可见,小弟干这一行也不容易。

他还经常对我说:"干厨师这一行,要眼亮手勤,不然手就遭殃了。"他说得对。有一次,他对我说这句话的时候,我还补充了一句:"还要手上有力气,不然连菜瓢都握不住。"他就哈哈笑着。干这一行就是靠双手吃饭的。双手不能出任何问题,不然会直接影响工作。

小弟的双手承载了他这些年的辛苦打拼。他用双手开始进入厨师行业,又用这双手闯天下。尽管生活对我们来说并不是一帆风顺,但是他的这双手让我们感受到了一种乐观和上进的力量。正是这种力量激励着我们不断地奋斗。

# 母亲眼中的小弟

常听母亲讲述小弟的故事,我每次听着都有很深的感触。母亲眼中的小弟是一个有上进心、有孝心、有事业心、有是非心的人。

母亲常对我说:"村里的孩子干活一定要努力,不然连受苦的活都没有。"这是我们老家农村的现状。父母都希望自己的孩子好好上学,然而他们中的大部分都中途辍学。这倒不是因为父母供不起,而是他们没有好好学习。不上学了,就只能工作,到处打零工成了这部分人的生活常态。他们与小弟有着相仿的年龄,却带给我截然不同的感受。

有一次,母亲对我说:"三帅还是很有上进心的。你不要看他小,他干活很精练,深得老板器重。"这句话让我意识到他们与小弟的区别。只能到处打零工,说明他们没有找到适合自己的职业,或者说他们没有掌握某一领域的生存本领。而有没有这样的本事,对于在农村生活的人来说至关重要。

农村的各类资源都比较匮乏,掌握了一项本领,就相当于掌握了一条谋生的出路。由于家庭变故,小弟被迫辍学,到饭店当学徒。从一开始什么都不会,到现在什么都会,他用了五年的时间。在这五年里,他一直很上进。现在拥有一身本领的他,走到哪里都有碗饭吃,这就是一个有本事的人的集中表现。可惜的是,很多农村孩子直到现在都不能明白这个道理。

母亲常说:"三帅是一个孝子。"我能从小弟做过的事情上强烈地感受到他的孝心。小弟很看重母亲的日常生活。他怕母亲一个人在家吃不好,就常隔三岔五回来看望母亲。每次回家,他都给母亲买上一些肉食和蔬菜。只要他在家,母亲就不用下厨做饭。他会亲自把饭菜做好,为母亲改善伙食。

最近两年,母亲贫血,小弟就经常给母亲买补药。他发了工资,就给母亲打电话。等母亲来到县城,他就陪母亲到处逛逛,顺便买些补药之类的东西。要是恰好碰上我给母亲打电话,她就会高兴地说小弟正陪她购物。我笑着说:"三帅还是很懂事的。比起村里整天游手好闲,不务正业的同龄人,三帅既懂得孝敬父母,又不会给父母惹事。"母亲就说:"是啊,三帅在这方面比他们要做得好。"

对于小弟,母亲最经常说的一句话是:"三帅是一个有事业心的人。"这主要表现为,在工作上面他兢兢业业,干活从不马虎。干厨师既需要技术,又需要力气。很多学徒在学技术阶段就不干了。因为厨师的技术是不断更新的,还有些技术饭店老板不会轻易传授。没有耐心的人,自然是学不成这门手艺的。

很多学徒也吃不了这个苦头。没有一点儿力气,是拿不下这个活的,更何况厨房里的油烟味就让很多人望而却步。小弟还告诉我:"大部分厨师都容易得肥胖症,这是因为长期饮食失调,不懂得节制。"让人欣慰的是,他在这方面很克制,所以他没有出现胃病、油烟病、肥胖症之类的情况。除此以外,厨房里的噪声也在不同程度地影响着他,所以他不但要做饭,还要与各种潜伏的危险作斗争。如果没有一点儿事业心,恐怕他早就不干了。

"三帅做事很有分寸,在大是大非上面看得很清楚。"这是母亲对他做事的评价。这说明小弟是一个有是非心的人。村里有红白喜事,小弟会回来帮忙。这是农民参与村里事情的一个重要途径,也是在村里积攒人脉的一种重要方式。我们家的这个任务就落在了小弟的头上。他为人活泼,颇有当年父亲的作风,因此村里人对他的评价很高。

小弟有着一颗是非心,说明他活得明白。他知道自己该往哪里使劲,因而他勤勤恳恳、认认真真地工作。他知道自己在什么地方一定要做好,因而他关心家人、照顾家人。正是因为他在这些方面都做到位了,母亲才经常在我们面前赞扬他。她把切身感受告诉我们,也就让我们感受到了小弟的为人处世。我想,小弟就是我的一面镜子。在这面镜子里,我既看到了他,又看到了我。

感谢母亲一直在我面前讲述小弟的故事,他的故事正激励我不断地进步!

身边的亲情

# 奶　　奶

易逝时光催人老,无常人生碎人心;

轮回生命发人省,长青记忆激人进。

　　撰文记忆奶奶,不是因为她做了什么轰轰烈烈的事情。奶奶是一个坚强的女人。一生养育了五个子女。2008年清明时节,大伯去世。奶奶经历了白发人送黑发人的悲痛。2009年清明时节,父亲去世。欲哭无泪的奶奶又一次遭受了丧子之痛。两年时间,奶奶送走了大伯和父亲,送走了他至亲的骨肉。两年时间,精神上的折磨让奶奶神情涣散,每次回到老家,只能看见她孤独一人坐在炕上隔窗远望,每次开口和她交谈,只能听见她述说形单影只的寂寞和悲伤。这时,我才更加真切地感受到奶奶已经年迈,无论她曾经如何饱经风霜,脆弱的心灵再也不能承受生活的打击。

　　壬辰年癸卯月甲申日,奶奶安详地走完了她的一生。接到母亲的电话,我不禁惊愕。回想奶奶不仅一次问我女朋友的事情,让我的心中横生悲意。

奶奶在内心深处爱护自己的孙子,当孙子们一个个长大了,奶奶就操心孙子的结婚大事,尤其是在大伯和父亲不幸早逝的日子里。我本来打算过年回家带上女友拜见奶奶,了却奶奶的一桩心愿,却没有想到这个心愿也化为一团泡影。奶奶盼望着我们尽早成家,我们也只有更加努力,才能不负奶奶的嘱托。

奶奶身世有些悲惨。20世纪30年代,正值兵荒马乱的旧社会,人们衣不遮体,食不果腹,艰苦的现实社会环境下人心惶惶。他们面临着养儿育女的严酷考验。奶奶养育三个儿子和两个女儿。听父亲讲过,奶奶平时省吃俭用,这样家里才能勉强度日。爷爷去世比较早,我们兄弟三人对爷爷的记忆都很模糊。奶奶一个人生活了几十年,却从不喊苦叫累。这段漫长的时光见证了她的孙辈的成长,也记录了"孺子牛"的衰老。我时常在想,为什么老人们活得如此艰辛,却依然这么坚忍。他们经历过我们只能在课本中才能得知的社会动荡,他们经历过生活变迁,然而他们却沉默不语,他们更能看清这个社会现实,也更能理解生活的真谛。他们活了一辈子,不管我们能否承担重任,都把未来交给了我们。

姥姥说我和奶奶的性格一模一样,或许这就是亲人的缘故。奶奶喜欢独处,用农村人的土话说就是"性格寡淡"。奶奶一个人的时候,静静地坐在庭院里晒晒太阳,冥想一些我们都不知道的事情。或许她在回忆,或许她在沉思,或许她在憧憬,或许她在单纯地发呆。有时候,我蛮喜欢这种祥和静谧的感觉。我一直认为,这是人与天交相辉映的最美时刻。奶奶的生活简单而丰富,她不需要儿女们为她提供丰富的物质条件,但她会认真地追求精神的快乐。

奶奶平静地走了,留下了她对儿女的祝福和祈愿。孙辈的我们没有尽到孝心,只能让这份遗憾伴随着此生。孙辈的我们只能更加尽孝,才能让活着的亲人真正地感受生活中的人伦关怀。

# 姥　爷

姥爷溘然长逝,以后我将无限悲痛。

(一)

姥爷身世凄凉。20世纪30年代,生于山西省河津市樊村镇东光德村的姥爷,被邻近樊村刘姓人家作为家中长子抱养长大。

姥爷的到来,给这个家庭带来了希望。长兄如父,姥爷从小就勇担家庭重任。

姥爷的叔叔(我的太爷)善做生意,姥爷从小就跟着太爷天南海北经营生意。因为姥爷聪明灵敏,虽然他不识字,没有学过算术,却算账极为精准,速度极快并且不会出错。多年以后,当母亲跟我讲述姥爷故事的时候,自豪地将姥爷算账的秘诀传授给我。她说,姥爷算账从不一个一个地零星计算,而是把整个账目作为一个整体。通过减除余数,姥爷就灵巧轻松地算好了每一笔账单。

为了生计,姥爷跟着太爷走了许多地方。姥爷从不叫苦喊累。日积月累,姥爷练就了一身经营生意的好本领。现在村里专营蔬菜生意的大叔,就是姥爷当年的徒弟。

在姥爷的帮扶下,他的两个弟弟和一个妹妹都成了家。姥爷的母亲在晚年也得到了很好的照顾。至今存放在我家相框中1984年的全家福照片就记录了姥爷当年持家的兴盛。

在我童年的记忆里,总有关于姥爷美好的回忆。

我小的时候,姥爷在大街十字路口卖菜,母亲和四舅是姥爷的得力助手。因为生意兴隆,我每次放学回来都会在菜摊旁凑热闹玩耍。面对络绎不绝的人群,姥爷总能应对自如。姥爷为人亲善,每次乡亲买菜,他不但称足分量,而且会为邻里街坊附赠一些新鲜蔬菜,顾客都愿意照顾他的生意。

当时的我是一个喜欢凑热闹的人,看见那么多的蔬菜被搬进搬出,被整理好买走了只是觉得好玩。没想到这搬进搬出的蔬菜,代表着姥爷可以更好地把他这个庞大的家庭支撑起来。

姥爷育有四儿两女。大舅被姥爷送往当时的县城农业大学深造学习,二舅曾在海军服过兵役,姨妈从小替姥姥分担家务,母亲有幸受过良好的教育,三舅和四舅都得到了哥哥和姐姐的照顾。

我清楚地记得,姥爷当年只住在一间小房子里。这间小房子成为当之无愧的功臣。大舅和大舅妈结婚,住的是这间房子;二舅和二舅妈结婚,住的也是这间房子;三舅和三舅妈结婚,住的还是这间房子;直到四舅和四舅妈结婚的时候,姥爷才有能力为他们盖起了一间新房子。之后,姥爷和姥姥就一直住在这间小房子里。直到最近几年,旧房被拆,姥爷和姥姥才住进了新房子。

（二）

姥爷命运多舛，他在青壮年为子女们耗尽了精力，到老年却生活凄凉。

搜寻残存的记忆，悲凉中茫然发现仅存二十多年前大家为姥爷庆祝六十大寿的点滴场景。当时的姥爷和姥姥为儿女们摆了一顿丰盛的午宴。而我们这些"贪得无厌"的小辈们只知道吃老人家的、喝老人家的、用老人家的，却在此之后从未真正地关心过老人的衣食冷暖。

姥爷和姥姥的岁数越来越大了，他们还是像他们年轻时候一样不知疲倦地照顾着自己的子女们和孙辈们。

老人们病了，子女们就说，再扛一扛就过去了，没有真正带老人看过病。姥爷的身子骨不如往常了，尤其是他上了七十岁以后，身体远没有以前硬朗；姥姥的腿也患上了类风湿性疾病，腿脚也不利索了。他们都到了需要子女照顾的时候了。

姥爷的脑血栓发作过好多次。每次都是父亲带着姥爷到村里或镇上的卫生所看病。如果病情比较严重，父亲就会和四舅妈带着姥爷到县城或地区医院为姥爷看病。

最近几年，姥爷的病情发作得比较频繁，父亲成了姥爷须臾不可缺少的身边人。姥爷感到身体不适，就会马上想到父亲。在父亲的悉心照顾下，姥爷逐渐恢复了往日的气色。

2009年4月7日，父亲走了，姥爷突然卧病在床，从此变得更加孱弱。

（三）

其实姥爷一直有一个好身板。

十年以前，姥爷还在舅舅家、姨妈家和我家的田地里帮忙劳作。每年的四季，几家的田地都是姥爷一人在操持打理。

姥爷是庄稼好手。我家田地每年的除草等农活都离不开姥爷的照料，他会在我家田地种上各种农作物。我喜欢吃白板豆，就是因为吃了姥爷种的白板豆，一直难以忘怀，每年的夏季都吵嚷着让姥爷给我种白板豆。

我家田地的前面是一条无人料理的沟渠。姥爷心细，把这条沟渠的杂草都清除干净，然后种上了一排排的高粱。等到高粱成熟的季节，风景极为壮观。姥爷先是收割谷子，等到过年的时候给我们做糕点吃。然后他会把高粱的秸秆做成一把把实用的扫帚。有时候，逢上别人家红白喜事，这些人家需要高粱的秸秆，姥爷就会慷慨地拿出库存里面高粱的秸秆送给需要的人。姥爷一辈子做过无数类似这样的善举。

姥爷身怀一手好厨艺。村里的红白喜事都离不开他。他是主厨，整个菜谱都由他制定。逢年过节，亲戚们都愿意来姥爷家。他们都希望能够品尝到姥爷的手艺。姥爷会提前准备各种材料，等到亲戚们到来的当天，他在厨房支起几个锅，开始料理各种不同口味的佳肴。

最让我难忘的是姥爷烧制的肉丸子。我每到过节，姥爷都会做这道菜，我也最喜欢吃这道菜。姥爷做给我们的菜，酸、甜、苦、辣、咸，各种味道都有。我常想，姥爷做的菜是否道尽了他的一生。姥爷的一生丰富而苍凉，他做出来的菜既丰富又特色鲜明。

姥爷曾是村里一个生产大队的队长。也就是说，他是村里的庄稼能手。以前的农村，全村人都指望着几亩土地来养活。如何在这几亩土地里刨出"金子"，姥爷费尽了脑汁。

他在田地里辛勤劳作，掌握气候时节的变化。他探索提高肥料效用的方法和增加农作物产量的途径。姥爷的勤劳是村里出了名的，他不仅能把队里的土地料理得井井有条，还能指导其他生产队的工作。村里人都乐于跟姥爷打交道。

随着家庭联产承包责任制的推广,姥爷从一线退了下来。他终于有工夫规整子女们的田地。闲不下来的他整天忙于各家的田地,或许中国的老人从来就是这样的。

(四)

姥爷的一生体现了传统中国人的一生,姥爷为子女们耗尽了一生的心血,但晚年生活并不如意。父母对子女关怀备至。但很多子女却对自己的父母缺少关怀,尤其是在中国的广大农村地区,这种现象更为常见。

姥爷的一生,多有坎坷,他把主要的精力都投入到了子女们的成家、立业,以及"抚养"照顾上面。当子女们都陆续成家,他的使命非但没有结束,反而加重。面对越来越多的孙子孙女们,姥爷更是投入了他的全部精力。

我的小弟就是在姥爷的照养下度过了人生的懵懂阶段。由于我家儿子多,父亲常年在外跑运输,母亲的双手患有类风湿性疾病,家庭情况相对艰难。在我小弟出生的时候,父母根本没有精力照顾他,姥爷毅然挑起这个重担。我印象很深刻的场景是,在寒冬刺骨的早晨、中午和傍晚,姥爷把小弟背在背上,带他到处游玩。与小弟年龄相仿的还有我四舅家的两个孩子,姥爷成了他们童年的玩伴。

回想起来,他们是幸福的,能够在人生的童年阶段就得到姥爷的悉心照顾,我已经在他们身上弥补了自己童年时代的缺憾。

舅舅们也习染了姥爷的思想和做法。他们十分疼爱子女和孙辈,经常带着小辈到姥爷家里吃喝游玩。姥爷和姥姥从未抱怨过,还给他们做饭吃,并经常让深更半夜满身酒气舅舅们和表哥们睡在家里。

舅舅们和表哥们是想在老人的身边逃避现实,寻找安全感吗?那姥爷和姥姥的晚年生活又有谁过问过？有谁真正关心过老人们晚年的生活景况。

在父亲年轻力壮的时期,姥爷家的黑炭、焦炭等燃料,以及二舅做生意用的黑炭和焦炭等燃料都可以通过父亲跑运输得来,这些生活必需品现在都要通过花大价钱才能买来。

父亲不在了,姥爷的生活更加艰难。仅仅一年,姥爷也离开了我们。

（五）

姥爷走了,伴随着一同逝去的还有姥爷的那个时代,

姥爷走了,伴随着一同逝去的还有姥爷的那辈子人;

姥爷走了,伴随着一同逝去的还有姥爷的那种想法,

姥爷走了,伴随着一同逝去的还有姥爷的那样人生。

但愿姥爷的那个时代不再出现,

但愿姥爷的那种痛苦不再出现;

但愿姥爷的那样生活不再出现,

但愿姥爷的那种悲凉不再出现。

# 外婆的老寒腿

　　从我记事开始,外婆的老寒腿就缠着她。小时候,我曾好奇地问过母亲:"外婆的右腿走起路来为什么老是拖拖拉拉的?"母亲告诉我:"你外婆的右腿是老寒腿,就是腿上有类风湿性疾病。就像妈的手上有类风湿性疾病一样,一活动起来就不听使唤。"年少的我不能理解这是怎么一回事。长大明白事理以后,渐渐地才把这件事放在了心上。时常让人感到心痛的是,现在她的这个毛病愈发严重了。

　　好几年前,父亲为了治好母亲手上的类风湿性疾病,曾经尝试过给母亲进行各种治疗。外婆腿上的类风湿性疾病和母亲手上的类风湿性疾病的发病原理都是一样的。父亲也给外婆带来各种治疗的药品。可惜的是,母亲和外婆的类风湿疾病都没有被根治。天气一开始阴冷或是下雨天,尤其是冬天,她们的病痛就开始反复发作。之后,母亲和外婆都放弃了治疗。按照她们的话来说,"都是庄稼户,这样的'毛病'算得了什么呢!"

　　其实我知道,外婆现在年迈,她的老寒腿还多出了老年人的骨质增生的毛病。这样一来，她更加行动不便。外婆曾跟我说过，有好多个晚上，她的腿一疼起来就没完没了，直接不能入睡。所以我寒暑假回到家，每天都会按摩她的腿。外婆的腿虽说给她带来了很多痛苦，却是她操持日常生活的行动"工具"。按照她的话说，"没有这条腿，啥事情都干不成"。

外公在世时，外婆操持家务。他们膝下四子两女，孙辈更是众多。对我来说，小时候印象最深刻的事情就是，几个舅舅家的众多孩子们每顿饭都在外婆家吃。当然我也吃过多次，却不像他们那样多。外婆用以前的大锅做饭，直到现在她切菜的刀都是又长又弯的那种。外婆隔一天蒸一回馒头，一回蒸三五笼，每笼有十来个。这对于现在的农村家庭主妇来说是不可想象的。因为蒸馒头是一个体力活，很多人宁愿花钱买馒头，都不愿意亲自动手蒸馒头。毋庸置疑的是，自己蒸的馒头吃着有劲道，还不用花钱买，比街上卖的馒头好很多。

外公去世后，外婆的担子突然重了好多。她不仅要继续操持家务，还要考虑儿子和孙子的事情。除了大舅不抽烟喝酒，其他几个舅舅都酗酒抽烟。大舅在世时，给外婆争取到了农村困难生活补助。大舅去世以后，外婆的补助也没有了。没有直接经济来源的她，还要养儿子和孙子，为他们按时做好每顿饭。外婆每天都拖着她的老寒腿上街买菜，这条腿无时无刻不在折磨着她。

已将至耄耋之年，外婆更加行动不便，她身上的担子却有增无减。外婆面对生活的积极态度实在是让人深感敬佩。

外婆的老寒腿就像外公去世前染病一样，都是采用"扛"的策略。在农村，老人们病了就瞒着子女们，一直"扛"病。他们老是想着：扛一扛就过去了。他们从来没有想过，如果扛不过去了该怎么办。尤其是外婆的老寒腿，舅舅们都习惯性地认为,外婆的这个毛病已经很多年了,扛一扛也就这样了。他们一直也没有带外婆去医院瞧一瞧这个病。

外婆的生活反映了中国农村老年人的生活心态和生活方式,这种生活让外婆的一生背负着沉重的生活负担。她却乐此不疲,甚至觉得这样的生活很正常。我为外婆能有这样充实的生活感到骄傲,因为我的生活还远远没有这么厚实,也没有如此的厚重。我同样为外婆能够坚忍地生活感到骄傲,因为这种心气和精神值得我和我的兄弟姐妹们好好地学习。祝福我的外婆在接下来的生活中,能够健健康康、平平安安、快快乐乐、平平静静、开开心心地生活。

# 想念大舅

　　每当想起大舅,我总是对他在村里有一个好名声记忆犹新。

　　大舅是外公外婆的好儿子,我之所以不假思索地脱口而出,是因为他确实当之无愧,深得外公外婆的喜爱。大舅从小跟着他们干活,懂得生活的艰辛,自然体贴和孝敬外公外婆。加上大舅上过几年县里的农业大学,处理事情知书达理、与人为善,村里人也都爱与他打交道。

　　大舅写得一手好文章,村委会开会、出通知,村里的红白喜事等都要找写得一手好文章的人写写画画,大舅总是认真对待。我还小的时候,就对大舅的这个"绝活"印象深刻。大舅是如何把人情世故写进他的文章里,大舅的文章又是如何能够得到村里人的认可,等等。直到今天,当写作已经成为我生活的一个重要组成部分,我似乎才懵懂有所感悟。

　　通过文字记录村里的人和事,其实是在表达自己对故乡的一种深沉的情感。人们欣赏大舅的文章,是以这种方式表达对已经发生在自己身边的一些事的回忆,以及对与自己长期生活在一起的一些人的怀念。大舅写文章,也是以这种方式表达自己的想法、情感和追忆。他曾经说过:"写文章虽然也会有框架,好文章却是对身边的生活声情并茂地讲述。"由此可知,大舅写文章是对身边的生活的真实写照。

大舅的生活习惯值得我们学习。大舅从不抽烟、酗酒,村里人生活艰辛,抽烟喝酒用以解乏、除困,都是不足为怪的。在这方面,大舅与他们完全不同,他把时间和精力都用在了怎样经营家庭和忙着村委会的事情上面了。这是我敬佩大舅生活和为人的一个重要方面。

大舅生病好多年,他为了看病花了不少钱。还好大舅的女儿姬霞姐深存孝心,为大舅看病忙前忙后。姬霞姐是个有本事的人,也是个有孝心的人。她以前经常孝敬外婆,自从大舅得病以来,外婆就让她全心全意地照顾大舅。

大舅的去世,让我们有些措手不及。大舅永远地离开了我们,他放下了许多让他不能释怀的生前往事。这些虽然成了他生命中的憾事,可是也正好反映出他是一个做事勤勤恳恳、兢兢业业的人。他生前未能如愿以偿的事情就留给他的儿孙们吧。现在的他终于可以放下一身的重担,安安静静地躺在他生前经常劳作的土地上了。

# 四舅妈的理发店

莫言说:"二十年农村生活中,所有的黑暗和苦难,都是上帝对我的恩赐。"

四舅妈嫁到我们村也有二十多个年头了。在这二十多年间,她经历了许多苦难,这些苦难终将成为她一生难以忘怀的财富。

## (一)

四舅妈是村里的能人。她有一手好本领,就是给人理发。

四舅妈的这门手艺不是从小学的,而是在她结婚以后通过勤学苦练掌握的本领。四舅妈这二十多年就是靠这项本领维持着家庭日常生活庞大的开支,而且她还把这门手艺传给了身边的亲朋好友,这些人也都借此谋生。

四舅妈从小命苦,父母早亡,她下面还有两个妹妹和一个弟弟。自从她嫁到外婆家以后,就帮助外公外婆操持家务。她的弟弟当时还小,也随她一起在外婆家生活。四舅妈是个能人,她知道守在家里只会坐吃山空,所以她要到外面赚钱,想办法把家里的日子过好。经过多方打听,她决定学习理发，为此她远赴外地专门学习这门手艺。

四舅妈回来以后，就在村里开了一个理发店。因为生意兴隆，三舅妈、大舅的女儿姬霞姐等都来她这里学习理发，之后三舅妈也在村里开了一个理发店，姬霞姐在另一个村子里开了一个理发店。四舅妈早期开理发店时，就教出了不少高徒。之后，她的弟弟、侄子等都到她这里学习理发，并纷纷开店。

村子里的理发店逐渐增多，四舅妈的生意也越来越难做，她意识到山上的理发店不多，可以把理发店开到山上。她就一个人在附近的山上开了"美芳理发店"，那几年的生意还可以。只是她要不断地上山下山，在理发店与家之间不断往返，很是辛苦。她每次下山的时候，都会给家里捎回来山上的枣馒头等特产。

就这样四舅妈把家里的旧房子翻新了。村里人都夸她能干，一个普通妇女竟然自己赚钱把自家变了一个新面貌。她是有这个韧劲的人，也是有这个本事的人。母亲经常在我面前夸四舅妈是如何的能干，又是如何的心善。四舅妈就靠着这双勤劳的双手，为这个家带来了希望。

（二）

四舅妈是外公外婆的好儿媳妇，她虽然整天忙着理发店的事情，也从来不会忘记为家里添置日常生活用品。外公外婆已经年迈，丧失了劳动能力以后就没有了经济来源，但是他们从不向四舅妈张口。四舅妈心里很清楚，所以她不等老人开口就把家里一切都打点妥当。尤其是在过年过节的时候，她会提前把一切都安置好，才出去做生意。

四舅妈望子成龙心切，在她能够赚到钱的那些年，她就把儿子送到外面读书。当时村里没有几个人能把上小学、初中的孩子送到外面的好学校读书的。她的女儿很像她，干活勤奋，孝敬老人，明白事理，也是她的希望。

（三）

我们家与四舅妈家走得比较近。

四舅妈的儿子出生的时候，我的父亲当时跑出租。父亲为了这个事忙前忙后，四舅妈很是感激。听父亲说，外公生病的时候，是父亲和四舅妈把外公送到医院并照看的。他们经常在一起商量一些事情。

到了我上大学、大弟上大专的时候，四舅妈很是慷慨。为了助力我们，她借给了父亲一些钱。之后父亲生了病。在父亲住院的时候，她又借给了父亲一些钱让他看病。现在每次回家母亲都会对我说："家里就我一个人，有你四舅妈在村里，家里有什么事情，还可以相互照应一下。"

我考上大学那年，四舅妈专门在她的理发店欢送我，我到现在还清楚地记着那个场景。四舅妈知道我爱吃火锅，我来之前她就把各种肉食和蔬菜都准备妥当了，我到了就可以直接吃了。四舅妈说，我是家里唯一一个考上大学的孩子。她让我在大学里好好学习，出人头地。临走时，她还送了我几双自己纳的鞋垫和一百元路费。

母亲经常对我说："你四舅妈一辈子命苦，为人善良勤快，又有本事。"她希望我们兄弟三人在四舅妈年迈的时候，能够多加照顾。我对母亲说："四舅妈确实命途坎坷。我们兄弟三人会在以后的生活中力所能及地照顾四舅妈，以报答四舅妈对我们的帮助！"

时过境迁，我时常记起四舅当年迎娶四舅妈的场景。外公外婆的院子很大，人很多，很是热闹。当时的院子里长着几棵大榆树，枣树结着诱人的大红枣，石榴树开着火红的石榴花，外公和外婆的脸也笑成了一朵花。四舅妈是被四舅背回院子，然后举行结婚典礼的，当时的我懵懵懂懂，根本不知道从此四舅妈走进了我们的生活，并且为这个家带来了希望。

# 英军哥与他的服务队

姨家的大表哥许英军慢慢撑起了他们这个大家庭。他身上有很多值得我们学习的地方。与他相处的日子越久,就越能发现他身上的闪光点。

英军哥最大的优点是能吃苦。他吃过各种各样的苦头,比如,学厨艺期间他总是干着最脏最累的活,但是他从不怕辛苦,经过十几年的锻炼终于学成手艺。听家里人说,在此之前,他在广州打过工,最后姨父把他带回来了。可想而知,在人生地不熟的情况下,他尝尽了外面的苦头。

英军哥学成手艺后,曾在许多地方开过饭馆。记得我读高中的时候,他就在山西铝厂第四职工市场开过小饭馆。当时的饭馆竞争比较激烈,大家的生意都不太好做。他就决定把饭馆开到村里。这是他们村唯一的饭店,地址就在村戏台旁边。由于顾客大多是本村人,还能勉强维持经营。但是村里消费水平低,小本经营不是长久之计。在开饭店的同时,他还卖了一段时间猪肉。

没过几年工夫,我们这个地区兴起了"一条龙"服务队。凡是红白喜事的餐饮服务,都由"一条龙"服务队承包。英军哥脑子灵活。他想:"这个'一条龙'服务队主要由懂厨艺的人来组织,我就是厨子,何不在自己村搞一个?况且村里还没有,一遇到事情都要请外面的。"于是,他开始购置专门设备,召集提供餐饮服务的工作人员,就这样,他有了自己的"一条龙"服务队。

刚开始,没什么名气。慢慢地,村里乃至附近村里的人就知道了他的"一条龙"服务队。周围人都说,英军哥为人厚道实在,从不与人计较得失。在干活方面,他不仅要协调餐饮服务的每个环节,还要亲自处理垃圾和脏水,这是一般人都不愿意做的。事情忙完以后,也很痛快。正是因为他的人缘好,不仅为人善良而且勤快,为自己赢得了好口碑。

在大弟和小弟结婚的时候,英军哥的"一条龙"服务队就派上了大用场。他和姨父本来就很忙,还专门抽出时间安排酒宴。我记得,他提前两天就把做大锅饭的设备和桌椅板凳准备好了。他和母亲商量菜谱,然后去菜市场把所需食物一应准备好。迎亲的那两天是他最为忙碌的时刻,等酒宴结束后,他还要负责善后工作。可以说,没有他忙前忙后,宴席是不可能圆满成功的。

英军哥还靠着"一条龙"服务队撑起了一个大家庭。姨家的日子本来很紧张,加上姨父常年抱病,英军哥的担子就很重。好在自从有了服务队,姨家的日子慢慢好起来了。这些年,在英军哥的带领下,姨家的生活过得风风火火。姨父早在十几年前就买好的宅基地,现在楼房也盖起来了。听母亲说,英军哥盖起来的房子是当地最好的,前前后后花了不少钱。我听说后内心也特别激动,我想,他不仅是姨家的骄傲,也是我们的榜样。

英军哥的故事对我启发很大。他的人生经历非常丰富。现在看来,其中的许多故事都已经成为他前行路上的小插曲。他从不在意曾经的不如意,也对人生是否成功没有任何计较。他只是每天努力地生活着,却在不经意间活出了人生的精彩。这或许还与另一个原因有关,面对生活中的困难,有些人选择自暴自弃,有些人在默默地承受。毫无疑问,他属于后一类人。在我的内心里,他的豪迈人生是我所羡慕的。正因为我做不到,所以更加崇敬他。在这里,我想对他说:"英军哥,你的人生值得我们慢慢品味。"

我的素描

# 我的绰号史

　　许多人都有自己的绰号,这些绰号就是自己的另一个名字。相比正式的名字,绰号可能更鲜活地反映着一个人某些方面的特征。

　　我在读小学时,就有人开始给我起绰号了。当时,我很反感给我起绰号的人,也不怎么爱听给我起的绰号。第一个给我起绰号的是班里一个长得高壮的男生。他爱欺负其他同学,比如给人起个带有侮辱性的绰号。我当时就很容易被人欺负,很不幸也遭遇了同样的情况。他给我起了"帅毛"这个绰号,到现在我也忘了他给我起这个绰号的原因,我只记得其他同学也都跟着他这样叫我。

　　这个绰号一直伴着我度过了初中。我清楚地记得一个场景,我去英语老师那里补习功课,翻开课本的那一刹那,一只猫的素描跳入了我的眼睛。我和英语老师同时看到了这只猫,我顿时忐忑不安。我不清楚谁在我的课本上搞的恶作剧。英语老师装作什么事也没有发生,不紧不慢地给我讲解那只猫旁边的习题。我胡思乱想着,她是不是知道这只猫所代表的意思。

还好叫我"帅毛"的家伙大都没有考上高中,这个绰号就算被人遗忘了。

高中有一个叫曲森森的男生和我关系好,就给我起了"蟋蟀"这个绰号。我知道他并无任何恶意,只是为了显示我和他玩得比较好。据他说,这个善意的昵称取自我和他的名字。"蟋蟀"的别称是"蛐蛐",正好是他的姓;而"蟀"又与我名字中间的"帅"字同音,因而"蟋蟀"就成为他对我的专用称呼了。有趣的是,我每天早读声音很大,就像蟋蟀高亢的鸣声,惹得同班的一个女生很是厌烦,她不止一次去班主任那里告状。老师就叫我声音小一点儿,我却不以为然,照样大声朗读。我想,那个女生肯定不喜欢我了,恐怕到现在还会记得这件事。

到了大学,我就明显感觉到人们之间的交往"文明"多了,从不同的人对我的叫法就能看出来。和我关系要好的同学会叫我"大帅""少帅""小帅""帅帅",或者直呼我的名字。学弟学妹们则用"任哥""军哥"称呼我。还有初次打交道就留下愉快印象的老师、同学和阿姨们叫我"任帅(人帅)""帅哥"。比起以前的绰号,这一类称呼当然听着舒服多了。可是,我也有遇到尴尬的时候。我与师生打交道时一般都自谦"小任",旁边听到的人就嘿嘿大笑。我当然知道他们为什么笑了,"小人"嘛!

读研之后,身边人都开始网上交流了,我也需要给自己起个网名。我就结合自己的性格特点和人生感悟,给自己起了"微笑天下"这个名字。我之所以给自己起这么个网名,是因为我自感生活不易,要鼓励自己一直微笑着面对天下。我发现,大家都给自己起了中意的网名,于是我就很感慨岁月的变化。以前是别人给自己起绰号,现在没人随便给你起绰号了,反而自己给自己起一个绰号。我想,别人给自己起绰号的时候,同时也反映出双方的关系不一般,至少是很熟悉吧。现在人们之间都保持着一定的距离,很多时候,谁都不愿主动和谁交流一下,更谈不上起什么绰号了。

所以,拥有一些绰号并非一件坏事,相反,连一个绰号都没有的人,才会感觉到这是生命中很遗憾的事情。给我起绰号的那些人,现在很多都失去了联系。但是我知道,他们就生活在给我起绰号的地方,而我却常常生活在那些绰号留给我的记忆里。

# 我的许多个第一

每个人身上都有许多故事,我也不例外。我经常写身边发生的故事,却很少直接写我自己的故事。其实,在我身上也有很多值得写一写的地方。自己写自己,总会多少觉得不好意思。其实,把自己当成独立于自我的"他我"来写,也能发现许多有趣的事情。

就拿我的许多个第一来说吧。我从来没有意识到我会有那么多的第一,直到有一天母亲告诉我,我有许多个第一,着实让我震惊了一把。事情是这样的:我们家孩子很多,父母养起来蛮费劲的。大弟就曾在家里对着母亲抱怨:"你和我爸就只养我哥一个人就行了,干吗还要养我和三帅。人家一生下来就是真命天子,什么都是第一,干吗还要生下我们两个受苦受累……"

我仔细数了一下,在我家里,我在哪些方面能排到第一,认真说来还真不少哩。经过他们的启发,我竟然发现了我的十个第一。

首先我排行家里老大,稳坐大哥宝座。虽说长兄如父,家里一有什么活,都会落到我的头上。就连他们犯了错,也是我挨打挨骂。当然替父母分忧解愁的事我自然不能例外地承担着。我实在是没有办法,图了这个虚名,只能默默地承受了。

我的第二个第一是,出生时辰是当天的第一。据母亲透露,她生我时恰好是凌晨子夜时分。天气正在刮风下雨,好不热闹。伴着那年黄道吉日的第一声钟响,我哇哇地来到了这个世界上。

我的第三个第一是,生肖排位第一,生我那年正好是鼠年。母亲说,我是农历八月份的老鼠,是吉月出生的老鼠啊!这个月份的老鼠不愁吃喝!因为全年的庄稼到这个时候正好都收了,对我而言就是一场大丰收,这好像是专门为我准备的粮食!母亲还说,我左耳有麦仓,一生会很富有,不知道是否也和这个有关系?

我的第四个第一是,名字里面有第一。我叫"帅帅",《新华字典》里的"帅"解释为"军队中最高级的指挥官",就是首长的意思。因此,一般在做自我介绍时,我都是这样说的:"我姓任,主任的任;名帅军,元帅的帅,将军的军"。我这样介绍自己是不是显得有点儿自大啊……

我的第五个第一是,个子在家里第一。不管是母亲、父亲,还是大弟、小弟,都没有我个子高。我也不知道自己为什么会长得这么高。难道是我小时候吃牛肉吃多了?或是我喝奶粉的时间太长了?(我直到五岁还喜欢喝奶粉、生吃奶粉)这要感谢父亲为我提供了幸福的童年生活。

我的第六个第一是,自高中苦读以来,学习成绩一直排名第一。如果说前五项都是外在的自然环境造成的,不算我的真正本领,那么这项第一可不是吹牛的。我可是我们任氏大家族在村里的第一个大学生。这是凭借我努力学习赢得的好名声。我倍感珍惜,并时常在心中引以为豪。农村能培养出大学生真是太不容易了,我深知这个不容易,所以在大学里自觉地"好好学习、天天向上"。于是就有了第七个第一。

我的第七个第一,我是就读本科学校法学专业考取的第一个名校公费学术性硕士。我的母校山西农业大学用知识培养了我,把我送到上海大学继续攻读理论法学的研究生学位。我一直感念武星亮老师和李瑜青老师等人的教诲,不敢松懈学业,才能顺利取得法学硕士学位。

我的第八个第一就透露了生活的艰辛。硕士毕业后,迫于巨大的家庭经济压力,我选择了先工作。结果不到两年的时间,我的求学梦就让我"饥渴难耐"。我还是遵从内心的意愿,来到我深爱的上海大学继续攻读博士研究生学位。每次回到老家,村里有不少人都对我说一句话:"你可是我们村的第一个博士啊!"我深知这句话饱含的艰辛和期盼,内心不时泛起阵阵苦楚。

我相信大家都能猜到我的第九个第一,在复旦做博士后让我觉得有点儿"高处不胜寒",别人都止步不前的地方,正是我的出发点,我就是想认真地把一件事情做到底。这些年,求学的历程就是改变我人生命运的历程。我把求学当成需要认真对待的最重要事情来做,才一路坎坷走到了今天。我不后悔自己的选择,才不顾一切成就现在的我。

这样的人生肯定要付出巨大的代价。我的第十个第一就与这个代价有关。我也是村里唯一的为了求学未婚的大龄青年。我多么渴望能够找到一个欣赏我的人,与之携手同行在人生路上。可是我只能在一段时间内干好一件事情,我盼望着能在我完成博士后的求学生涯时,在情感上有个最终的归宿。对我而言,这还是个谜。我就是那个想要急切揭开谜底的人。谁能为我解开这个谜底呢?我正希望着……

故里亲情

# 打 电 话

打电话能够让我感受到家的温暖。

最近给小弟打电话,让我想起了多年前给父亲打电话的场景。那时小弟还在读初中,大弟在读大专,而我远在上海读硕士。父亲在电话里一边诉说我们的不易,一边描绘我们的未来,这是唯一一次给家里打电话时,和父亲交心畅谈。父亲在电话那头,总结了自己的当下生活感受,讲述着令他难以忘怀的过往记忆,极为憧憬地渴盼着我们的未来。我在电话这头听着父亲的讲述,感受着由心而生的温暖。

父亲一边讲述着他的故事,一边表达着他的愧疚。他一再强调自己能力有限及家境贫寒,让我们过早地背负了家庭的重担。我不忍心打断父亲,内心却已五味杂陈。当父亲问我:"还需要钱吗?"我这才回答他:"身上还有钱。"从小到大,我一直不太会与父亲交流。虽然我每周都给家里打电话,却每次都是只聊身边的生活琐事。长大以后,我一直没有给父亲讲述过我内心的真实感受,父亲也不愿向我诉说他内心的真实生活感受。我知道,他从

189

小到大都很辛苦,却从来不知道他是怎样感受和体味这种辛苦的。直到这次打电话,父亲欲言又止。

一周以后,噩耗传来。我这才明白,父亲想要抓住与儿子最后交心畅谈的机会。在这次通话中,父亲反复问我还需不需要钱。我知道,他治病需要钱,弟弟们上学需要钱,家里日常开销需要钱……我知道,钱对于当时的父亲和我们是多么重要。

在之后的生活中,身边不时有人笑我"铁公鸡",我对此全然不放在心上,因为我经历过没有钱的日子。我知道,有了钱就要合理使用,否则需要的时候因为没有钱,还会造成很多麻烦。何况我还在上学,更没有闲钱可以用来浪费或挥霍。这或许是最后一次打电话,父亲反复说到钱,成为我脑海里挥之不去的沉痛记忆。所以父亲不在的日子里,母亲和我不厌其烦、不遗余力地教导弟弟们要勤赚钱,更要会理财,把来之不易的血汗钱都花在刀刃上。

小弟在电话中向我请教理财的事情,我开心地笑着。小弟才20岁出头就能在生活中独当一面,不需要我们为他操心了。小弟关心地问我,谈恋爱了吗?学习生活压力大吗?需不需要钱?他还和我聊起他自己的生活、结婚的事情、以后的职业发展和打算。小弟越来越像父亲了。我从他身上看到了父亲在世时的勤奋、能干和心细。他时常让我想起父亲的一句话:"穷人家的孩子早当家。"我一直认为,我们都是有愧于小弟的。当小弟正值求学的年龄,我们就让他过早地背负上了家庭的重担。可是我每次给小弟打电话,他从来不向我抱怨生活的艰辛。我知道,他是想让我们都坚强地生活,他不想让我们再像以前那样,活得既心酸又感到生活的艰难。

与小弟电话聊天的过程中,我明显地感觉到小弟长大了,他已经是一个有责任心、懂得担当的大人了。我现在还是经常会给家里打电话。我给母亲打电话,通过聊我们各自生活中的琐事和内心的想法,不但可以排遣她一个人在老家的孤独,而且专门汇报我的学业情况和生活近况。给远在他乡的小弟打电话,通过谈人生规划和个人情感,不仅想填补因父亲去世留在他内心的伤痕和空白,而且通过与他交流内心的生活感受弥补我对父亲的思念。

大弟成家以后有了自己的家庭,相对小弟而言,我和母亲给他打电话的次数明显比以前少多了。倒是大弟会不时地给母亲打电话,让人感到欣慰。每一次打电话,母亲都会问她孙子的情况。即使他们不在跟前,母亲照样会在电话里唠唠叨叨地说上一通。母亲把对父亲的思念寄托在儿子的身上,现在又放到了孙子的身上。在电话里,母亲听到孙子的哭声会赶紧问:"怎么了?"听到孙子的笑声会忙着说:"娃在笑,娃在笑。"母亲总是把她的千言万语汇成电话里的一句话:"在外面,要小心。"母亲总是认真地说着,我们也心安理得地听着……

生活不易,正在上海读博士的我可能在某一段时间里会明显地感觉生活的压抑或情感的失落。这时母亲或弟弟们的一个电话就会让我有些阴郁的心情变得再次阳光,空虚的心灵会变得充实而温暖,单一的生活又变得温馨而多彩,不易的人生也会充满生气。这时我才能切身感受到生活中"至少还有你"的滋味,所以我也要经常把这份"礼物"送给我的母亲和弟弟们。他们时常温暖我的游子心。通过打电话,我也能时常温暖他们的挂念之心。

# 家 常 事

回家过年能让我们回味无穷的大都是在家里忙活的家常事。与父母一起做饭,陪他们唠唠家常,诸如此类的平常事总能让我们在享受温馨之余一起度过这令人难忘的时刻。

千里迢迢把家还,第一眼记住的永远都是母亲满是沧桑的脸庞和爬满双鬓的银发。母亲站在家门口望着巷子的尽头,巷子那头,永远都有她的牵挂。归家的游子迈入巷口的那刹那,习惯性地站在自家门口心怀期望的母亲满是笑脸地相迎。儿子双手提着行李箱跑步向前,母亲怕儿子累着,赶紧颤巍巍地小跑起来。"家里暖和,赶紧回家。妈早就把饭给你做好了。"当母亲说着的时候,我分明能看见她湿润的眼眶。

我和母亲坐在炕上唠起家常。母亲讲述了我离别一年家里大大小小的事情。谁帮咱家把庄稼地灌溉了,庄稼收成如何,父亲去世后她内心的孤独,弟弟们在这一年里都过得怎么样,邻里街坊和亲朋好友都是如何帮助她打理家里的日常事务,等等。当我静下心来听母亲把这些虽然细碎但在她看来极为重要的事情一件一件地娓娓道来,满是感动的心久久不能平静。常年在外的我和弟弟们亏欠母亲太多,更亏欠邻里乡亲永远也报答不完的恩情。

家乡的清晨和记忆中的情景一模一样。阳光一泻而下,明媚又清爽,让人精神焕发。母亲的气色康健,她把我叫到院子里能晒太阳的地方,然后对我说:"帅,把妈两鬓白头发拔掉,长在头上老是难看。"我看得很清楚,岁月早已染白了母亲的双鬓,任我如何费力也只是把外面能够看见的几根白头发拔掉,而这只是冰山一角。

已是黄昏日落时,母亲还忙碌地织着毛衣。年过半百的母亲已经有些眼花耳鸣。她把开了线头的毛衣毛裤又编织起来。我喊着她:"妈,太阳都下山了,明天再织吧!"母亲认真地织着,没有听见。她曾对我说:"上了岁数的人眼睛都不行了,非要用心才不怕在织的过程中出现岔子。"这些毛衣我都穿了好多年了,已经小得不能再穿下去了。母亲怕我在远方受冷,计划再给我织一身毛衣。

村里的冬天永远刺骨寒冷,家家户户都烧煤泥。煤泥被冻成了石头模样,想要烧它取暖需要用铁锤一块一块地敲打下来。在敲打的过程中,煤泥的渣滓四处乱溅,满是煤泥的双手洗也洗不干净。这时,再被风一吹,手上净是小口子,虽然你用肉眼看不见,却能感受到针刺般的疼痛。母亲的双手本来就有类风湿性疾病。一到冬天,她的双手上面满是皲裂的口子,让人看了揪心地疼。

只能利用在家为数不多的时间为她做一点儿力所能及的事情。为了减少母亲的重负,洗碗就成了我在家里的日常功课。洗干净碗以后,洗碗水要倒到外面的垃圾桶里,这样沾着水汽的双手就会暴露在凛冽的寒风中,时间一长，我的双手也会布满裂开的小口子。只有在这个时候，我才能真正地感受到母亲的艰辛与不易。

母亲喜欢和孩子们坐在一起看电视剧。时值春节，正在热播的电视剧把母亲和我们连在了一起。母亲和儿媳分享故事细节的点滴小事，她们猜想诸如主人公的命运等故事情节，她们还要争相学唱这部电视剧的主题歌。于是，电视机前不断传来了欢声笑语，又感染了我们每一个人，把我们的心拉得更近，让我们的心贴得更紧。

匆匆的时光总是让我们相聚又让我们分离。还没有来得及把这一切完整地在内心珍藏，游子又要踏上远征的路途。又是门前的巷口，母亲抹着泪水看我消失在巷子的尽头。我知道，她还站在家门口眺望，希望我一路平安，也盼望我早点儿回来。

# 捉 金 蝉

捉金蝉是很多人难以忘怀的童年记忆。

金蝉俗称知了,是夏秋季节最常见的一种昆虫。我小时候就经常和小伙伴们捉金蝉来玩。我们都拿一个自己制作的简易捕捉器,先找一根竹竿,再找一个袋子用铁丝沿边串起来,绑在竹竿的一头,捕蝉用具就做好了。我们经常会比一比,看谁手上拿的捕蝉用具做得好。

走进田地,我们有说有笑地观察着每棵大树。循着金蝉的叫声,不难发现它们的位置,然后我们就把捕捉器伸向树枝,一刹那间,捕捉器的袋子扣到了金蝉停留的位置。金蝉发觉危险之后,就在袋子里乱飞乱撞,可惜很少有能飞出袋子的。

更大规模的捕蝉活动发生在晚上。一到晚上,大人就带着自家的孩子去捉金蝉。只见路边的树丛中,或者田地里的果木林中闪着依稀的手电光,这就是人们在晚上捉金蝉的场景。一般这个时候,捕到的都是尚未脱壳的金蝉。

　　它们正慢慢悠悠地从地里爬到树上。只要我们发现它们，就准能逮到。在这个时间，小孩子是不敢出门捕蝉的，父亲就带着我和大弟，我们每个人都拿着一个手电筒，父亲还拿着一个小桶。他边走边给我们讲恐怖故事。我和大弟又是害怕，又感到很新鲜，很有趣。

　　我们就不断地嚷嚷着让他讲恐怖故事，于是我们一边捉金蝉，一边听父亲讲故事。好几次，我们都碰到同村捉金蝉的人。相互寒暄之后，我们又各自忙活起来了。有时候，我们还能看见远处捉蝎子的人们。

　　令人遗憾的是，现在，村里的树林越来越少，金蝉也随之越来越少。听不到金蝉的叫声，人们就不热衷捉金蝉了，于是捉金蝉离我们越来越远，我已经有十几年没有捉过金蝉了。有时候，看到网上报道捉金蝉的新闻，一下子就把我的记忆拉回到童年。

　　在童年，我们这些孩子都没有什么娱乐项目。考虑到危险性，父母不让我们下河捉鱼，于是一起去捉金蝉便成了我们暑假的全部乐趣。我们从来没有觉得捉金蝉是一件苦差事，反而觉得特别愉快。现在回想起这段往事，满脑子依然是幸福和快乐的回忆。

# 倒 烟 囱

　　有一年回家过年,留在我记忆中最深刻的一件事是倒烟囱。

　　临近冬天的时候,母亲买了一小车的炭。这次买的炭与以往不同,每隔三五天,家里的烟囱就冒烟。她就要把烟囱卸下来,倒掉烟囱里面的烟灰,才能继续生火炉,不然整个屋子满是烟,呛得人要命。因为每次生火炉都要用到炭,所以倒烟囱就成为平日的必做功课。

　　我还没有回家之前,母亲一个人无法倒烟囱,她就请父亲的朋友帮忙。我回家以后,她就不想麻烦别人于是就由我和母亲试着倒烟囱。刚开始我比较不熟练,自己站在高凳子上,小心翼翼地卸烟囱和装烟囱。我生怕自己掉下去,笨手笨脚地做着这一切。母亲说,叔叔倒烟囱就不用站在高凳子上,直接就能把烟囱卸下来并装上去。我不会那样做,就只能按照笨的办法来。

　　有一次,我把烟囱卸下来以后拿到院子里去倒烟灰,由于我用木棍敲打烟囱的时候用力过猛,就把两截烟囱相连的地方给敲进去了。结果我再次装烟囱的时候,烟囱就装不上去了。我和母亲想了很多办法都没有把相连的地方再恢复原样,后来,我突然想到用老虎钳子把两节烟囱拔出来,这才解决了问题。但是接下来我们又遇到一个难题——另一节烟囱对接不上火炉的烟囱口。我花费了很长时间,也没有使之成功对接。就在我有些沮丧的时候,小弟过来帮忙了。他用老虎钳子把要对接的烟囱口打圆,然后用力一摁,这节烟囱就对接上火炉的烟囱口了。我顿时心生感慨,真是"长江后浪推前浪"啊。

虽然烟囱冒烟的时候那股烟味很呛人,但是现在想来,我还有些怀念那股烟味。因为那股烟味对我来说就是家的味道,我只有回到家,才能闻到那股烟味。我在家里的每一天,都是看着烟囱冒着烟,然后香喷喷的饭菜就被做好了。那股烟味还是一种人情味,和家人一起倒烟囱,虽然我们嘴上都抱怨这些麻烦事,但是心里却在感受着亲情的温暖。那股烟味更是一种年味,只有过年回家的时候,我才能闻到那股烟味。虽然炭的烟味并不好闻,却也是年味的一种表达。伴着那股烟味,我在家里度过了一个又一个难忘的春节。

说起倒烟囱的好处,除了上面所说的那些生活便利,还是有一些讲究的。农历腊月二十三是祭灶日,俗称北方"过小年"。听母亲说:"经常倒烟囱,火炉烧饭就快,也是给灶王爷透透气。灶王爷才能'上天言好事,回宫降吉祥'。"于是,我又对农村过年增进了一些了解。没过上几天,就大年初一了,我在拜年时发现许多亲朋好友家里都不用农家火炉了。崭新的电磁炉或煤气灶取代了火炉,房间的空调也取代了火炉的取暖功能。火炉已经被冷落在了一边,自然生火用的煤炭也就远离了他们的生活。人们只是象征性地在做饭的地方贴上"灶王爷"。我心生感慨:"连祭拜灶王爷的小年都简化了,看来过年的年俗也渐渐淡化了吧。"

# 冻 肉

老家人爱吃冻肉。冻肉吃起来香嫩爽滑，营养价值还特别高。不管是红白喜事，还是过年过节，许多家庭都喜欢冻上几盆冻肉。冻肉就是一种凉菜，把冻肉从盆里拿出来，切成薄厚均匀的肉片，放到调冻肉的盆里，可以放入味精、酱油、米醋、老陈醋、红油、盐、糖，以及朝天椒和芝麻，搅拌均匀后，再撒一些切好的香葱细丝，一盘调好的冻肉就可以上桌了。

在市场上买冻肉的话，一般和普通的猪肉价格差不多，大家都会觉得很贵，母亲也一样。小弟说我们自己做冻肉，也就是自制猪皮冻。做冻肉首先需要许多猪皮，一般的人家里没有这么多的猪皮，只有村里的红白喜事上有猪皮。母亲在村里"一条龙"服务队工作的时候，就把这些事主家不要的猪皮拿回家做冻肉。

做冻肉一开始是父亲的活计，他一般在晚上做冻肉。因为到了晚上，炉火才会闲了下来。他把猪皮放入铝锅，锅里加入姜片、大料、花椒和料酒。猪皮是冷水下锅，直到水煮沸。趁着猪皮煮热的时候，就赶紧捞出来。猪皮上如果还残存猪毛的话,一般拔毛都是我的活。我会准备好一块抹布,把猪毛都黏在上面。父亲就用快刀把拔好毛的猪皮上的肥油剔除干净,然后切成薄厚均匀的肉皮丝。等所有的猪皮都切成肉皮丝以后,就开始熬冻肉了。把所有的肉皮丝都重新放到干净的铝锅里,用旺火熬上两三个小时。等筷子插到锅里,能从筷子的边沿上淌下一条条肉汁线时,父亲就把锅里的肉皮丝连同汤一起盛到盆里。父亲总是喜欢切点菠菜叶,连同打好的鸡蛋汁洒到盆中,这也是我的最爱。等一切弄好后,我们就把装肉的盆子端到厨房放上一夜,冻肉就做好了。

小弟做冻肉的方法和父亲大同小异,只是有些细节上的差别。他不像父亲那样用旺火把肉皮丝熬上好几个小时,非要等到肉汁黏稠才行。他看到肉皮丝在沸腾的肉汤中熬得差不多了,就开始出锅。父亲用的盆都比较深,所以冷冻了以后,冻肉就很肥厚,往往是肉皮丝在下面,上面是胶层。小弟用的盆比较浅,这样制作出来的冻肉晶莹剔透,肉皮丝在胶层中很均匀地分布着。小弟还会根据家里的口味,在不同的盆里加入不同的辅助材料。比如,他喜欢吃猪头肉,就把一些猪头肉的肉丝放入刚出锅的肉盆中。这样,晶莹剔透的冻肉里散落着一些白里透红的肉丝,既好看又好吃。

在餐桌上的肉食中,冻肉的成本是最低的,也是最好吃的一道菜。我们家每次过年都不能少了这道菜,否则过年的味道就要淡很多。我记得前些年,就我和母亲两个人在家过年的时候,家里就不太做冻肉了。没有了父亲,餐厅也不放小弟的假,大弟一家也不回来,我和母亲就随便包了一些饺子,把"夕"和"年"给"打发"了。这些"怪物"闻不到肉皮的味,不知道心里会作何感想……

现在我每次过年回家之前,都让母亲提前准备一些猪皮,这样我回到家就可以做冻肉了。虽然做冻肉只是我在家里时的一件小活,我却干得津津有味。在我的脑海里,父亲做冻肉的场景就一遍遍地浮现了出来。这一锅锅、一盆盆、一盘盘、一片片的冻肉就是他留给我们的年味,尤其是在过年的时候,怎能不让他也尝一尝这冻肉的味道呢?

# 过 生 日

如果说人类的历史是用大事件来缩写的,那么我觉得每个人的历史就可以用生日来缩写,生日是一个人一生的时间坐标。

我的第一个生日是在父母的喜悦中度过的。他们虽然把我生在破旧的水井房里,却掩饰不住内心的欢喜。在当时物资极为匮乏的年代里,为了能给我和母亲增加营养,父亲还是想尽办法让母亲吃上一些鸡蛋。按照现在的标准来看,这样的要求会让人不可理解,可却是那个年代的实情。现在每当母亲看到餐桌上的浪费现象时,就情不自禁地给我讲讲当时的故事。

虽然那时的我对这个陌生的新世界一无所知,却在长大后不断幻想着那个纯真年代。那时候的恋爱没有物质欲望的羁绊,日子就是过得艰苦一点儿,又算得了什么? 只要有闯劲,一切就会慢慢好起来的。这就是父母当时的简单想法,简单中孕育着浪漫和美好。

在我成长的过程中,父母给我过了几次生日,可惜我都没有太多的印象。家里孩子多了以后,生日这种仪式就逐渐退出了我的人生舞台。

2003年对我而言,是一个特殊的年份。这一年,我过了一个难忘的生日。经过一个多月漫长的焦灼等待,我终于在家里收到了高考录取通知书。家人都沉浸在由我带来的欢欣鼓舞当中。就在上大学的前几天,是我的生日,父亲就让我把关系好的同学叫到家里,专门要给我过一个生日会。我立即就明白了他的意思,改变命运要靠自己,这个生日就是父亲对我努力的肯定和奖励。

这次生日揭开了我自立生活的篇章。日子总是在平淡无奇的分秒度过,我却在别人打发日子的过程中加速度地往前冲。读高中和上大学点燃了我的求学梦。我被内心的这股信念推动着,勇敢地在大学校园里拼搏。在获得自我意识后,我开始记录自己的奋斗历程,我用随笔、诗歌和小说抓取生命中让我感动的瞬间。

在我过第二轮本命年的生日时,我突发奇想,要把一个完整"十二地支"年轮里的我用文字记录下来。于是,从《最后一笔,告别鼠年》开始,《牛年记忆》《走过虎年》《辛卯悲欢》《壬辰龙年的反思》《蛇年有我》《马年得失》《五味羊年》《猴年马月》《"鸡"年累月》《"狗"且因循》《蓄力一纪》轮番登场。我把每年的生日当成了我的"时间筐",这一年里发生的让我难以忘怀的事情,我就把它装进去。我不知道自己的这种行为,到底是为了记忆,还是为了忘却……

又快到今年的生日了,我潜意识里知道这回事,可不知道具体是哪一天。母亲像往常那样,提前给我打来了电话。她让我生日的时候吃好点儿。我就在想,她生我的时候可能营养跟不上,所以才不厌其烦地提醒我。我一年四季地忙碌着,也该在这个时候善待一下自己了。

那就好好过一下今年的生日吧。

# 老 乡 情

　　一个人在外面打拼,总希望身边能多个老乡。老乡可能就是那个理解和支持我们的人。即使以前不认识,当知道对方就是自己的老乡,也会很自然地流露出真实的好感。如果还是同村的老乡,就更觉得激动和喜悦了。老乡带给我们的往往是帮助和关爱。有些老乡还与自己拥有一样的地方语言和生活习俗,甚至是共同的人生经历和情感回忆,因而更能走入我们的内心世界。

　　我在上海攻读硕士和博士学位的五年半时间里,就有这样一位老乡陪伴着我。他不仅克服各种困难,一个人坚守着自己的梦想,还给我提供过许多无私的帮助。他既见证了我在学术领域的成长过程,又陪我度过了人生中最为艰难的时刻。与他交流,我可以尽情地表达自己的心声,宣泄自己的情感。他就像家人一样陪我度过了这段难忘的时光,他就是我的同村老乡薛贵宝。

　　或许冥冥中早已注定,我们要在上海打拼自己的人生。我们同一年大学毕业,我来上海攻读硕士研究生学位;而他大学毕业后,在老家工作了一段时间,当上海这边的医院招人时,他就过来应聘。我没有想到他应聘的是上海大学这边的医院。这令我惊喜万分。我更没有想到,在接下来的日子里,他在这边工作了近八年。现在的他已经在这里有了一些名气,却更加认真地做着本职工作。

我们这群年轻人只身来上海闯荡,总是要经历各种历练。有些人坚持不下来,就放弃了自己的城市梦。但是总有一些人执着地坚守着自己的梦想,他就是这样的人。班上的同龄人换了一拨又一拨,他却始终坚持着。他不怕住宿条件差,也不嫌刚开始的工资待遇低。他对我说:"来到这里,就是为了学本事,其他的都不重要。"经过几年打拼,他逐渐被医院委以重任。这更加激起了他的奋斗热情。

他刚来这里上班的那段时间,正是我情绪最为低落的时候。父亲刚去世,对我打击很大,我一直沉浸在悲伤的情绪里无法自拔。他就经常过来陪我。我们漫步在上海大学的校园里,一起回忆在村里求学的往事。在他的不断鼓励下,我才走出了生命中最为困难和痛苦的阶段。我一直很感激他。这份乡情在我最需要关怀和帮助的时候,显得那么重要。

其实,他这些年也很不容易。工作之余,他一直在准备各类考试。先是执业医师资格考试,然后是医师初级和中级职称评定考试。医师类的英语考试比一般英语考试要难。我们的英语都不好。他的英语一直是让他头疼的大难题。他就下大力气准备。功夫不负有心人,经过好几年的认真备考,他终于逐个击破,顺利通过了这些考试。他的勇于迎难而上的精神,以及刻苦学习的劲头值得我认真学习。

我硕士毕业后,在杭州工作了两年。他还在原单位上班。我们就通过电话和线上交流。我跟他讲我想要考博的想法,他支持我继续深造。再次来到上海大学,我的心态发生了微妙变化。我对来之不易的求学机会格外珍惜,于是我就把大部分时间用在看书和写文章上面,自然就很少和其他人交流,包括我的这个老乡。有时候,我突然想起他了,才打个电话叫他过来聚聚。他每次接到我的电话,都很开心地过来。他并没有怪我疏忽了这份感情,反而关心地问我学习近况。这让我很是感动。

我就向他汇报我的科研情况。他说:"每次来你宿舍,都能在书架上面看见你发表的新文章。"我就和他交流学习心得,并把我认为比较重要的书送给他看。他告诉我,他评职称也要求发表学术论文。为了积累专业知识,他利用空闲时间来上海大学自习。有时候,我们在地摊上看见感兴趣的书,他就买下来送给我。他知道我爱读书,希望我能在学业上取得更大进步。可以说,在上海大学读书的这六年,他见证了我在学术领域的成长过程。

我告诉他,我博士毕业后还要继续深造,他听到这个消息很是高兴。他对我说:"咱们同学中间,还没有人能读到这么高的层次,何况还是去复旦做博士后。你要继续努力啊!"我心里很清楚,我现在取得的成绩离不开他这些年的关心和帮助。我只有更加努力,才能对得起这份老乡情。在这里,我想衷心地祝福他,祝他今后的人生路越走越好!

# 存车往事

　　每个人都有一段刻骨铭心的往事。虽然往事如烟,这些记忆却永不褪色。

　　在我们家的往事中,存车一直是我无法忘却的记忆。存车对一个普通农村家庭而言,可能不仅仅意味着只是一种谋生手段。在我们家最困难的时候,存车让我们看到了生活的希望。对我们家来说,那些年的存车带给了我们一幅希望的图景。

　　邻居把存车牌交给了母亲。从那一刻开始,母亲就坚定了存车的念头。她让我整理一下车牌,每个车牌号都有两个相同的号码,我要一一核对,防止出现差错。母亲说:"存车的时候,如果弄错了,就要给人家赔车子。"所以我必须格外仔细。

　　第一次存车,父亲有些犹豫。他禁不住母亲劝说,还是同意了。村里赶集那天,母亲起得特别早。她要把存车的区域打扫干净,然后用绳子围起来。等一切准备妥当,母亲就让我照看即将开始的"战场",她才回家给我们做早饭。

村头有好几家是专以存车为生计的。我们家只在每年最大的那次赶集上才出来存车。可以想到,我们竞争不过他们。这主要是因为老顾客们都习惯到以前经常存车的地方存车。母亲就想了一个办法,我们一起主动招揽顾客。这个办法虽然挺管用,但刚开始用的时候,我们都很犹豫和害羞,谁愿意厚着脸皮去问人家要不要存车?

看着母亲一个个地问,我心里不是滋味,于是我也加入进来。就这样忙活了半天,我们才能存到三五辆车子。母亲就说:"不要着急,等快到中午的时候,人们就会出来,到那时,就不用我们吆喝了。"果真如她所说,到中午时分不一会儿工夫,我们就存了好多车子。

就是这个时候最忙了。我们一家五口人都出动了,可还是忙不过来。我的同学任国兴来赶集,他就帮助我们。之后,母亲一直心存感激,对我说:"国兴是个懂事的好娃。"为了这份友情,他不嫌干这个活卑微,也没有多想什么,我自然对他很是感激。

只可惜,我们也会出错。存车之前,父亲就千叮咛万嘱咐:"你们存车的时候要小心,千万不要弄错了。"可是大弟在慌乱之中还是把车牌号弄错了。他没有核对正确车牌号,就让人家把车子推走了,等真正的车主人回来,才发现了这个问题。无奈之下,只能把我们家的新自行车给了人家,算是赔偿。

外婆就说:"弄错也是难免的。二帅,你要认真一些,这个不是闹着玩的。"大弟一句话也不说,站在旁边看着车子。外婆专门过来给我们送午饭,她知道母亲没时间做饭。这一天中午,她会把饭做好,端两碗给母亲和父亲吃,她换我和大弟、小弟的班,让我们轮流回去吃饭。

有时候,存车的出入口会被出租车堵住,严重影响我们的生意,父亲就过去和出租车的司机交涉。经过劝说,他们就把车开到了前方路边。这样既不影响我们,又不影响他们做生意。那为什么他们要把车停在我们存车的地方呢?因为我们存车的地方位于村头,人们经常在这个地方等公交车,出租车停在这里,也好招揽生意。

到了傍晚,集市散了的时候,总会有一些顾客迟迟不来取车。母亲就让我一个人看着车子,其余人回家休息。我就一个人站在白天的"战场"上,看着清洁工清扫大街上的垃圾。这时,满天的尘土肆虐地飞舞着,我就捂着鼻子,看着匆匆回家的行人。就这样等着,我终于等到了最后一辆车子的主人。在交付完毕后,我就飞奔着回家。

母亲已经在家里整理一天的存车费了,都是一角、两角和五角的小钱。整理了半天,母亲才把厚厚的几沓小钱数了一遍。她又让我再数一遍。等确认无误后,她才拿着这几沓小钱去集市置办年货。那些年,要不是这些存车费,恐怕我们都没有钱过年。

父亲去世以后,我们再也没有存过车子。每年的农历腊月二十六,母亲都会问我:"我们还存车吗?"我就回答:"妈,我们赶集吧。"虽然我们也没说什么,但是心里都很清楚,有比我们更想存车的人,他们也想通过存车渡过家里的难关。看着他们在我们曾经存车的地方存车,我们都感到了一丝温暖。

# 家的温暖

在外地打拼的时间太久了,回到家里就能强烈地感受到家的温暖。你会不由自主地卸下所有的伪装,很自然地把你的生活习惯和内心感受流露在与家人的交流过程中。你诉说着你的喜悦或烦恼、快乐或痛苦、得意或失意……家人都会用心聆听。他们会热烈地为你取得的成绩感到骄傲,会主动地为你排遣生活中的烦恼,会不厌其烦地给你出谋划策提建议……

在这些看似很平常的言谈举止当中,你会感受到浓浓的爱意。家人的爱是无私的,正是这种无私,在最不经意间深深地温暖着我们的心。他们为你做一顿你好久没有吃过的饭菜,虽然普普通通却马上让你感受到久违的熟悉。他们为你讲述着你不在家时家乡的各种变化,你在感叹之余会更加热爱你的家乡,珍惜你的家人。他们也会询问你的近况,关心你有没有女朋友或男朋友。当你没有的时候,你也要老实地回答,要知道善意的谎言也会伤害到这种质朴的亲情。

这种由心而生的真实,表达的是家人对你的包容、关爱、期待……你终于可以不用疲惫地伪装自己,因为在家人面前不再需要任何理由。你在外面打拼时曾经受到过的伤害,在家里可以慢慢地"愈合"。你的孤独和忧伤,在家里可以被亲情慢慢地融化。如果你有什么不敢说的话,可以大胆地说给你的父母听。在他们眼里,你永远都是孩子。即使你说得不对,他们也不会恶语相加,而是循循善诱地开导你。在这种敞开心扉的交流中,家的温暖油然而生。

这种温暖给了你一直前进的力量,让你更加勇敢和从容地生活。世界上有千百万个家庭,千百万个家就有千百万种温暖。这些温暖虽然各不相同,却都成为每个人心中永远燃烧的明灯。于是家的温暖既成了每个人生活的不竭动力,又成为每个人生活的指路明灯。当你感到疲惫的时候,请回家转转,家的温暖让你在爱的沐浴中消解你的疲惫;当你感到快意的时候,请回家转转,家的温暖,会放大你的喜悦,让你的亲人也沐浴在快乐之中;当你感到想要回家的时候,请回家转转,这时的你需要家的温暖,你要知道家人也同样需要你的温暖,相互的温暖会温暖彼此的心灵;当你不想回家的时候,请回家转转,你要知道不管你舍不舍得,家人都舍不得你,家永远都是你温暖的港湾……

# 回家过年

　　每次回老家过年都会有不少感触涌动在心头,这些强烈地刺激着我的感触,促使我思考农民过大年的种种情愫。

　　农民过大年有着自己的习俗。从农历腊月二十三"北方小年"开始,农民就正式开始过大年了。民谣有"二十三,糖瓜粘"。在这灶王爷上天之日,农民要祭灶神,祈望灶神"上天言好事,下界降吉祥"。之后,掸尘扫房子,蒸馒头、炸油糕或做年糕,贴门神、春联和窗花……直到年岁将至,包饺子、放鞭炮和除夕守岁,一样都不能少。初一拜本家、初二拜娘家、初三初四走亲戚、初五送神,直到十五闹元宵才算迎春过完年,所以只有回到农村才能感受到真正的年味。

　　那为什么农民把过年看得如此重要?过年不仅是外出的人回家团圆的时刻,它还体现了农民求安惜福的情感,反映了农民敬天保民的心态。一年到头农民最大的心愿就是全家健康,哪怕没有赚到钱都没有关系。在这一时刻,外出打拼的孩子都回家了,父母赶紧把一年省吃俭用的积蓄用来买了各种年货,做出花样繁多的家乡美食让子女大饱口福。他们还要带着子女来到长辈家拜年。长辈家往往供奉着祖先灵位。到长辈家拜年一是对祖先或已逝去的人表达敬意,二是通过嘘寒问暖关心长辈。在拜年的过程中,农民流露出来的质朴情感和孝敬心态都是他们长期生活的生命体验和精神追求。

在拜年的时候,大家相互交流最多的还是子女的教育情况。这可能与农民认为只有教育才能改变命运的认知有关。农村生活条件比较艰苦,农民一般都子女众多,生活压力可想而知,然而在农村,他们可以拥有和掌握的社会资源却很有限。他们不想让子女再过自己现在的生活,不想让子女再走自己的老路,通过教育改变子女的命运就成为他们忙碌一生要解决的首要大事,为此他们煞费苦心。有些家庭积攒全家的财富和资源,就是为了让孩子上学,上大学。这是因为摆在他们身边的许多鲜活事例已经证明了"知识改变命运"的真理。

望子成龙,盼女成凤是天下父母共同的心愿。可惜大多数孩子最后也没能走出农村,他们就在农村过着与父母一样的生活。我认为这也不是一件坏事,留在父母身边可以随时孝敬父母,尤其是在父母年迈的时候。留在农村可以继续感受农民的精神追求,时刻体验着质朴纯粹的生活方式。这说明,农村的庄稼人生活自有其乐趣。大都市里的打拼或物质享受并不是每一个人的追求,实现生命价值的方式可以有很多种。

小弟就留在了老家,陪母亲在家务农。他还有另一种身份,是一名厨师。农闲之余,他在县城饭店工作。小弟虽然岁数小,却聪明能干。他不但精通厨艺,还用心生活。有他在家帮助母亲打理生活,我和大弟在外都很放心。等小弟结婚以后,我们回家过年母亲就不用像现在这样操劳了。小弟有了家后,就不用在饭店过年加班了。他会把一切都准备妥当,只等我们回家团聚。

这样我们就愈发能够感受到回家过年的气氛,就更能强烈地体味到家的温暖了。这也是我每到年关,总能在心底生发出回老家过年的热情的原因吧。回家过年,不管是从父母身上体现的一种精神追求和精神状态,还是从父母对我们求学的重视程度,都能感受到他们对我们的爱。在这些看似很平淡的言谈举止当中,浓浓的爱意就在不经意间深深地温暖着我们的心灵。这种爱就是我们勇敢前行和从容生活的不竭动力。

# 感恩父母

我们的父母时常带给我们很多感动。在还没有生下我们的时候,他们就已经想着要给我们提供一个温暖的家。在我们读书的时候,他们就在为我们创造一个良好的读书环境。我们长大了,原以为可以让他们活得轻松一点儿,却没有想到,他们为自己预设了更加重大的责任。我们的成家和立业无不牵挂他们的心。我们有了孩子以后,父母还要把管孙辈看作自己的重大使命。

我们如果经常不回家,父母就会唠叨。在电话里,他们让我们在外面安心地工作或学习,不要太挂念家里的一切。其实在他们的内心深处,是想着我们有空能够回家看看他们。当他们已经不再年轻,子女就成为他们内心唯一的牵挂,他们在老家无数次地想念着我们。

很多人在打拼时忽略了父母,因为他们工作也很辛苦。他们的父母都能体谅他们的辛苦,所以肯定不会在心里怪罪他们。但是可以肯定的是,多少父母热切地盼望着自己的子女能给家里打一个电话,哪怕是简单地报个平安。可能亲情永远是这个世间最无私的存在。即使他们多年不和家里联系,父母都会一直期盼着,他们拥有一颗最为坚强的心。这颗心可能已经无数次地破碎,然后又在无数次地期盼中愈合。

他们就在我们还很年轻的时候就开始住的老房子里面等待着我们。家里的一草一木还是那个模样,不同的是,只剩下它们用不断地枯荣陪伴着我们的父母。它们见证过我们的成长,也不断地见证了父母的生活,或许最后只剩下它们用无言的沉默陪伴着风烛残年的父母,一切都在等待中慢慢地成为历史。当有一天,我们突然怀念过往的岁月,想要寻找我们生命的起点,才发现我们已经离我们要寻找的东西很远很远了。

我们应当感恩我们的父母,他们给了我们生命,让我们来到了这个世界上。在人生的长河中,我们终将要远离他们。他们毫无怨言地承受了这一切,还希望我们能够生活得开心幸福。相比较外面的世界,他们从来不会对我们有什么要求。反而我们在成长的路上向他们要求这、要求那,生怕他们忽视了我们的存在。当有一天我们也成了父母,或许我们才能真正地走近他们的世界,真实地感受他们的存在,所以我们要在还来得及的时候,感恩我们的父母。

# 父母的苦难

孩子最能体会到父母的苦难,大概是长期在一起生活的缘故吧。为了养家,父母要承受生活中的压力。通过共同生活的切身感受,孩子就能知道父母养家的不易。

父母是用自己的辛苦养育着孩子,孩子在长大以后,就明白了父母的辛苦。有孝心的孩子就想着替父母分忧解难,不管是分担家里的负担,还是在涉及自身的生活方面,孩子总是懂得聆听父母的教诲。大多数父母在这个时候,会很自然地把一部分家庭负担转移到孩子的身上,于是父母的苦难也就成了孩子的苦难。

在思想观念上,父母希望孩子能遵从他们的意愿。体现在教育上,重视教育的父母就会拿成绩说事,分数是孩子获得认可的前提;体现在谈婚论嫁上,父母会为孩子开出一系列条件,符合条件的才可以尝试;体现在工作上,父母都希望孩子能找一份稳定的好工作……在没有意识到父母"绑架"了孩子的未来时,孩子其实是在为父母而活。

在为人处世上，父母是按照自己建立的生活道理来教育孩子的。他们认为对的生活道理，也会灌输到孩子的头脑中。即使有些孩子认为父母不对，一般也不会言辞激烈地反对。很多孩子在隐忍中顺着父母的性子，可是身边其他人未必会有这么宽容大度的想法。在现实的利益交锋面前，总是会有人受到伤害。

这些或多或少都是我感同身受的某些经历，只是程度不同而已。当然，在其他方面，很多人肯定还有许多话想要说。我想表达的是，一切苦难都是人为造成的，包括父母的苦难，以及我们自己的苦难。我们在抱怨苦难的外因时，往往在潜意识里故意隐藏苦难的内因，恰巧这个内因才是苦难的源头。

我以前非常同情我的父母，觉得他们养三个儿子特别不容易，尤其是在父亲生命中的最后岁月里，我与父亲才开始了频繁的情感交流。我突然发现，自己想要理解他，可惜在我还未读懂他时，他就永远地离开了我们。这是我心中最大的伤痛和遗憾。可是我也一直认为，他一生的苦难是他自己造成的，而且他还无意识地把这种苦难转移到了我们身上。他一辈子糊里糊涂地活着，"糊涂"的人不会执着地计较利益得失，活得比一般人幸福，然而也会一辈子受苦受累地活着，因为他的"糊涂"正是他苦难生活的源头。

对于任何人来说，苦难都是人生的一个主题。不管从什么角度来理解，每个人都可以说出一大串生活中的苦难。因此，正确对待苦难是每个人都需要面对的人生课题。只是在面对的过程中，每个人都没有权力把自己的苦难强加到别人身上，这在处理父母和孩子的关系问题上同样如此。孩子能体谅父母的苦难是父母的福气。同时，父母也要体谅孩子的苦难。尤其是生活在当今社会，年轻人的压力都很大，父母就更应当处理好家庭里的事情，不要把自己的苦难再变成孩子的苦难。

# 家里的老照片

每个人的家里都有一些老照片。之所以称之为老照片,不仅仅是因为这些照片存在了很长时间,更重要的是,这些照片所讲述的人和事能勾起我们记忆深处尘封已久的美好情感。

家里有一个老式的红边红底木相框,里面放着一些老照片。自从我记事时,就已经有这些老照片了,它们无声地讲述着我们家的故事。而这些故事现在已经成为我们家的一种美好回忆。我们就从这些老照片开始讲述吧。

父亲和母亲年轻时的照片是最引人注目的。父亲穿着当时时髦的的确良(又名"的确凉")衬衣,笔挺地坐在背景为蓝色的幕布前面,双目炯炯有神地看着摄像机。他的这张一寸相片,最后被用作他的遗像。母亲刚结婚的时候,头上还梳着两根辫子。在相片里,她一脸幸福地看着前方,像是在憧憬美好的未来生活。父亲和母亲的个人照有一个共同特点,他们都满脸微笑,精神状态都特别好。这反映出,当时的人们都对生活充满了向往。

那个年代的人特别重视人情,这从他们和好友的合照里就可以看出来。在父亲和两位好友的合照里,父亲坐在中间,好友们一左一右站在父亲的身旁。他们是父亲雇来的司机,在我们家开车跑运输。凡是在我们家当过司机的,都能在这个相框里看到。母亲也有一帮好姐妹,她们都是母亲小时候的同村闺蜜。与母亲合照的这几个人,现在已经嫁到外村。大弟和小弟结婚的时候,她们都回来看望母亲。我这才把相片上的人与站在我面前的人对上号来,她们在母亲最艰难的时候,都曾帮助过她。

我还是婴儿时的照片让我对我的童年充满了想象。听母亲说,我小时候长得好看。村里好多人下田干活时,路过水井房,都会过来抱抱我。于是,母亲在给我取名字的时候,专门翻阅字典,给我定了"帅"字。"帅"也可以解释为军队中最高级的指挥官。我在猜想,母亲是借助取名字,希望我日后能出人头地吧。照片中的我,不管是坐着、趴着、站着还是被母亲抱着,都一脸天真地笑着,这可能是我天生的习惯。直到现在,我依然爱笑,我的笔名就是"微笑天下",表达了我的一种人生态度:不管我在生活中遭遇什么样的处境,都要微笑面对发生的一切。

在这些老照片中,不得不提的是一张全家福。拍摄于1984年12月的这张全家福,记录了外公这个大家庭最辉煌的时刻。当时的我刚刚满月,被外婆抱在怀里。外婆的母亲还健在,大舅家、二舅家、三舅家、四舅家、姨妈家、父亲和母亲,还有外婆娘家的三个小家庭,近三十人。大家都精神饱满的样子被记录在了这张全家福里面。在外公的"领导"下,这些小家庭都逐渐过上了幸福的生活。父亲和母亲也为外公这个大家庭的发展出谋划策、出钱出力。这张全家福就反映出,当时大家齐心协力想过好日子的愿景。

时光荏苒。在我成长的过程中,父亲盖过三次房子。其间,家里的一些废弃旧物都被扔掉了,这个老相框及里面的老照片也险些被处理掉。尤其是在父亲去世以后,它们更是无人问津。有一年,我过年打扫房间时,在旮旯角落里发现了这些老照片。它们已经泛黄,有一些老照片还被相框底部的红纸染上了红色。我的心里顿时充满了悲凉,这些承载记忆的老照片已经被我们遗忘了。我立即找来包装袋,重新对老相框和老照片进行包装,然后把它们放到衣橱的最上面,防止以后在整理物品时被当作废旧物品扔掉。

母亲看着我把这些老照片当宝贝似的供着,就笑着说:"只有你还把这些东西当成一回事。"我理解她的心情。自从父亲去世以后,母亲就不能看旧物。她一看见这些东西,就会勾起父亲在世时的记忆。睹物伤神,我能理解她的感受。我就对母亲说:"这些老照片是家里的宝贝,里面有我们家的记忆,有我们家的故事。不管这些记忆和故事曾经带给了我们什么,都值得我们珍藏,所以我们应该把这些老照片收好!"这么多年又过去了,每当想起这些老照片,我都情不自禁地沉浸在对往事的追忆之中。

# 热炕头的温暖

北方农村的冬天，男女老少都要上热炕。热炕是用黄土高原的泥土抹成的，因而也俗称"泥炕"。山上的"泥炕"是用柴火暖炕的，每天早晨烧上几把柴火，然后把炕口一封，可以保证一天坐到炕上都是热乎乎的。山下的"泥炕"是用炭火暖炕的，必须不停地添炭，才能保证炕的温度。两种热炕的烧法不同，主要是因为烧炕的材料不同所导致的。

睡惯了热炕，就会觉得在床上睡得单薄。即便床上有电热毯，也起不到睡炕的效果。尤其是寒冬腊月，人们的主要活动都在热炕上进行。家里来客人了，首先要招呼到炕上来，主客围着炕头盘腿一坐，开始唠唠家常。

我记得，小的时候家里的平房就是盘的"泥炕"。晚上睡觉之前，父亲把炕火烧得旺旺的。母亲把被褥一铺，先让炕面慢慢地暖和起来。我们脱了衣服，就迫不及待地往被褥里钻。父亲把灯一拉，一片漆黑，就到了讲故事的时间。父亲的故事大都是恐怖故事，我们吓得就用被褥把头紧紧裹住，生怕鬼怪把我们捉去吃了。睡到半夜，炕火把身子底下烤得都不能让人睡觉了。我们就随手一掀或随脚一踢，把被褥踹到一边，也不管什么妖魔鬼怪来捉人了，又迷迷糊糊地睡着了。

之后，父亲在平房的基础上盖了两间瓦房，里面也盘着两床炕。可惜自从他去世以后，我们就睡到了西屋。西屋没有炕，只有一大一小两张床。就这样，我们结束了睡炕的生活。两间瓦房是用来给我们兄弟三人成家用的。大弟和小弟先后在其中的一间结了婚。大弟结婚之后，也没有睡炕。还是在小弟结婚以后，收拾房间的时候才烧了炕火。这个炕自从建好以后，就一直没有烧过炕火。母亲怕炕烟出不去，就连着用柴烧了一下午，才换上了炭火。小弟说，热炕睡着就是比床睡得舒服。家里就是再开空调，也比不上这个热炕。烧了热炕以后，他房间的床和空调竟然都成了摆设。

母亲有时候会过去给炕里添火。小弟多次让她也来睡睡这热炕，她就挨着炕边躺了下来。这一躺，就把以前的美好全给找回来了。她对我说，重逢这久违的感觉，心里那个美啊，不知道该用什么词来形容。母亲也叫我过去躺躺。我躺在炕上，细数了一下，我们大概有近十年的时间没有睡过家里的炕了。睡到炕上，人的心被身子底下的炕烘得暖暖的，仿佛又回到了无忧无虑的快乐童年。

我记住了热炕头的温暖带给我的那种幸福感觉，生怕忘了。原来家的滋味里缺少不了热炕头的温暖啊！怎么我以前就没有觉察到呢？

母亲就叫我赶紧结婚，这样她也能搬到上方的瓦房里睡热炕了。母亲说得我心头一热。男大当婚，我早点儿把这个正经事给办了，也就了却了她的最后一桩心事了。我就在心头暗暗使劲，一定要把终身大事当回事，为了让母亲早点儿能睡上这暖烘烘的热炕头，我也要抓紧时间了。就这样想着，我竟然在炕上酣睡了起来。

# 院子里的梧桐树

我家的院子里有一棵梧桐树，这是许多年以前的事情了。我却一直记着这棵树，它承载了我一部分小时候的记忆。

在我出生那年，父亲在院子里种下了一棵梧桐树。我想，这件事情肯定有一些说法。等我长大以后才知道，在北方，梧桐树有着丰富的吉祥寓意。传说，古代的凤凰非梧桐不栖。我们老家就有这种说法："栽下梧桐树，自有凤凰来。"想必父亲是借着种梧桐树，希望我长大以后能够出人头地吧。

日子总是过得很快。在这些飞逝的时光中，我的许多美好回忆都与这棵树有关。比如，我经常和小伙伴们在树下跳房子。这种游戏是全国各地的小孩子都必玩的。或者在树上系一根绳子，玩跳皮筋。当然了，最有意思的是在树上捉金蝉，这比跑到外面去捉要方便得多。这棵树给我带来了许多童年的欢乐。

每到傍晚，全家人会在这棵梧桐树下纳凉。这个时候，父亲就开始给我们讲故事。有一次他就讲了我们村的来历。父亲说："相传古代，一只凤凰从远处飞来。它飞过这块土地,见此地风光如此秀美,就在这里停留休息片刻。凤凰飞走之后,人们认为此地是一块风水宝地,就开始在这里安家落户。下次你们赶集的时候,可以留意观察一下我们村的地形。樊村的地形酷似一只正欲振翅高飞的凤凰。凤凰的头部就是樊村镇的文化教育和行政中心。"

直到现在,我才明白为什么村里种了很多梧桐树,许多农户的院子里也都种梧桐树,原来是想让凤凰再飞到这里来呀!

在我们家盖瓦房那年,家里急需木材,父亲就把这棵梧桐树当木料用了。我当时很伤心,可是也没有办法。家里正是用钱的时候,这样可以少花一些买木料的钱。新房盖好以后,父亲就在梧桐树生长的地方建了一泓水池,方便家里用水。可惜的是,从此以后,我们家的院子里就缺少了生机盎然的绿色植物。我童年的一部分美好回忆也随着这棵树的消失而逐渐被遗忘了。

最近几年回家我才发现,很多农户院子里的梧桐树都不在了。我问过几家以后才发现,它们遭遇了和我们家这棵梧桐树一样的命运。为了翻新房子,或者整修院子,这些梧桐树都被当作木料用了。整个村子里的梧桐树也比以前少了很多。为了增加新商铺,在扩街的过程中,主要街道两旁的梧桐树都被砍伐了。没有了这些梧桐树,村里的空气质量明显变差了,街道环境也开始变差了。

看着这些变化,我的内心充满了悲凉。这块地方原来是那么的绿意盎然,竟然引来了凤凰栖息。可是现在,没有了梧桐树,凤凰还会再次飞回来吗?人们在追求物质生活的过程中,竟然不惜破坏环境,这是需要付出沉重代价的。对我们家而言是如此,对一个村子而言是如此,对整个国家而言同样如此。

值得庆幸的是,我们逐渐意识到我们自己犯了错误。人生中有比物质享受更为重要的东西。在环境被破坏之后,我们正在重新寻找绿色。对我而言,在精神上经历痛苦之后,我在重新寻找记忆里的这棵梧桐树。它让我明白,只要葆有希望,生命就可以通过另一种方式继续存在下去。

# 记忆中的铜火锅

　　家里有一口铜火锅，这是我们家的宝贝。这口铜火锅在一定程度上反映了我们家近三十年的变化。随着时间的推移，它越来越清晰地浮现于我的脑海。在它身上，我寻找到了家人对未来的美好期盼；在它身上，我寻找到了父亲当年的辉煌人生；在它身上，我寻找到了我们家最幸福的时刻；在它身上，我寻找到了曾有的小小梦想。

　　这口铜火锅是父亲要账要回来的。他一共拿回来两口铜火锅，一口给了姨父家，一口留在自家用。只见火锅全身古铜色，底部用铜盘托着，甚为精致。细细瞧来，铜火锅的顶端有一个小锅盖。打开锅盖，就可以看到用来盛放木炭的内部结构。火锅的中部是一个铜盆，用来盛放食物。平时不用的时候，就用铜盆的盖子盖起来。铜火锅的底部还有插线接口，可以通电吃火锅，所以这口铜火锅用起来相当方便。

　　过年的时候，我们家是一定要吃火锅的。洗这口铜火锅是我的任务。我把铜火锅从包装袋里取出来，用钢丝球慢慢地擦洗。第一遍擦洗要用洗洁剂,可以把铜火锅周身有油污的地方清洗干净。第二遍擦洗就要用热水慢慢地洗上多遍,谨防洗洁剂还残留在里面。这里需要注意的是,铜火锅的底部不能沾水。因为插线接口如果被弄湿了,就没办法通电吃火锅了。洗好的铜火锅要放到太阳底下晒一晒。这时,父亲就会检查铜火锅的插线。

吃火锅前,大弟和小弟负责购料,我负责清洗肉类和蔬菜,然后母亲就把肉片和蔬菜等切好,而父亲则掌勺做火锅的底料。等到一切准备就绪,父亲就插上铜火锅电源,然后全家看着逐渐冒出热气的火锅,等待着即将到口的美味。这个时刻是最幸福的时刻。每年春节,我们都会迫不及待地向父亲叫嚣要吃火锅。吃着火锅,父亲一本正经地对我们说:"我们今后的日子会越过越红火。"然后全家人都带着对未来的憧憬,慢慢地品味父亲所说的这句话。

小孩子总是嘴馋,即使不过年,我们也会恳求父亲吃火锅。父亲就会笑呵呵地做给我们吃。要知道,在当时的经济条件下,不是每户农村家庭都有火锅,都可以在自家房子里吃到火锅的。这也就构成了我们小时候独有的美好回忆。当然了,我深深地知道,如果不是父亲能干,我们怎么能够吃到火锅呢,我们的亲戚朋友又怎么能够吃到我家的火锅呢。正是这口铜火锅映衬出了父亲当年的辉煌人生。

自从父亲去世以后,我们家就很少吃火锅了。还是在前几年,大弟刚刚结婚。在那年的大年三十晚上,他提议我们再吃一次火锅。母亲就把我们好多年没有见过的铜火锅拿了出来。顿时,我有一种想哭的冲动。我又想起了父亲,尤其是在一家人团聚的时刻。我们按照父亲在世时的样子准备着,唯一不同的是,这次由小弟掌勺做火锅的底料。小弟说:"一定要让嫂子尝尝我们家的火锅,美着呢。"我好像又从这口铜火锅上面寻找到了我们家最幸福的时刻。

　　按照母亲的说法,她原本是想让我当厨师的。亲戚朋友家里有很多人都是厨师,母亲也想家里出一个厨师。可惜的是,我小时候对教师这一行感兴趣。我当时的梦想是当一名小学老师。自从上了大学,我发现我更喜欢当一名大学老师。原因很简单,大学老师很有思想。结果母亲的想法在小弟身上成为现实,小弟在父亲去世以后就辍学了,母亲把他送到饭店学手艺。想不到几年工夫,小弟就学有所成。看着他给火锅备料的忙碌背影,我在幻想可能会发生在自己身上的另一种人生。

　　正是因为我们家吃火锅的次数越来越少了,我们才更加怀念以前吃火锅的那些日子。全家人围在这口铜火锅周围,看着热气腾腾的食物从锅底慢慢地浮上来。这时,弟弟们会迫不及待地先尝一口。母亲就说:"还没有熟呢。"我们就按捺不住地等待着,只等父亲一句话:"可以吃了。"我们就开始狼吞虎咽地抢吃。父亲和母亲在一旁笑看着,"还有好多备料呢,你们慢点吃……"

# 家门口的水井房

不管走到哪里，老家门口的水井房一直都会在我的心中。

对它的感情是从母亲的叙述中开始的。父亲和母亲结婚后就搬到我家门前的水井房居住。那时候，我家现在的房子还没有盖起来。水井房是因旁边的这口水井而建，水井房附近都是农田，农田里的水都是从这口水井里抽上来的。把水抽上来需要用电，就有了水井房。父亲和母亲结婚的时候，农村的生活条件很是艰苦。他们结婚以后，因为没有新居，就向生产队申请搬到水井房。当时的水井房旁边只有一户人家，就是我家现在的邻居连爷爷家。

我就出生在这间小小的水井房里。听母亲说，我正好午夜十二点出生。我快要出生的时候，母亲身边没人照顾，父亲就急忙跑到连爷爷家，请他的爱人董奶奶来照顾母亲。母亲常说，我生下来以后，董奶奶就经常照顾我。水井房的墙上布满电线，非常危险。水井房的外面就是一眼望不到底的水井，也非常危险。父亲要外出开车，母亲要下地干活，只好把我托付给董奶奶照顾。有时候,母亲等我睡着了,才关好门出去。偶尔睡醒的我趁大人不在的时候,不是在水井房狭小的炕上乱爬,就是爬出水井房,一直往水井的方向爬。每当我问母亲有关水井房的事情时,她就笑着回答:"你命大,老天爷保护着你哩。"

自从我出生以后,父亲就有了干劲。他为了我和母亲,要建一个像样的家。之后,就有了我家的前身,那间平房。我在那间平房里度过了我的童年。童年一直是我心中挥之不去的色彩,直到今天,董奶奶连同那间平房,还有门前的水井房构成了我的情感基调。董奶奶在我上大学的那年与世长辞,这对当时的我打击很大。董奶奶见证了我在水井房的诞生,并一直看护着我。董奶奶走了以后,不知道什么时候水井房就坍塌了。常年在外求学的我,自然不能立即知道这些事情,只能在过年回家,站在自家门口,看着残垣断壁的水井房,伤感与之有关的一切。

水井房是在这口水井荒废以后才开始破败的。这口水井是随着生产队的解体才开始荒废,之后用土填埋。时至今日,已经看不到它的模样,只有一面残存的土墙屹立在那里,似乎向人诉说着水井和水井房的过往历史。在我的记忆里,水井房和水井之间有一棵桑树。每当到了要养蚕的时候,我就意识到这棵桑树的重要性。蚕宝宝只有吃到桑叶才能吐出白丝。桑树也是孩子们的童年玩物,因为这棵树离我家最近,我一直把它当成我家的树。在桑葚成熟的季节,我们更是迫不及待地簇拥到桑树这里。不管是熟了的桑葚,还是发青的桑葚,我们都是一把抓不停地往嘴里送。美好的童年就在这说笑声中悄然飘远。

听母亲说,父亲起初给我起名字的时候,要叫我"井帅",缘由是我在井边的水井房出生。说者无意,听者有心。当母亲这么一说的时候,我的内心猛地一颤。原来许多年来，我一直眷恋着家乡，是因为家门口的水井和水井房。它们见证了我的出生，成为我生命开始的源泉。水井和水井房虽然早已不在，却一直"活"在了我的心中。每当我在外求学遇到困惑的时候，我就在想象常年流动的水井和狭小却温暖的水井房。我在想象它们能够变出许多意想不到的奇妙故事，就像童话里的阿拉丁神灯一样让人充满希望。我当然知道这不是现实，我却宁愿这样想象。在一定程度上，我就是在想象自己能够考上大学，能够考上硕士和博士。就是在这样的想象和坚持下，我成为村里第一个博士研究生。我应当感谢水井房，是这些童年的事物让我对人生充满了想象。可以说，虽然我没能叫成"井帅"，这口水井和水井房却成为我心中一生的景象。

最近回到老家，看到家门口的水井房和水井变成了饲养场地，友邻放养了十余只羊。这些羊神情各异地看着我这个"他乡异客"敲开了我的家门。顿时，我感慨万千。曾经的我出生在这块土地上。现在，这块土地又在见证它们的生命。它们作为这块土地的新主人，神情淡定地来回踱步，以示"领土主权"。我明白，我的童年不再能寻觅。自从父亲把平房翻新以后，我们家就一直洋溢在对美好未来的期盼中，水井房就逐渐被我们淡忘在历史的角落里了。直到父亲去世以后，我又开始日思夜想，牵挂上了家门口的水井房。水井房是父亲一生事业的起点，它见证过父亲创业时的艰辛，也目睹过父亲成功时的喜悦。它知道父亲供我们兄弟三人求学的不易，也从来没有忘记父亲在家忙碌的身影。直到现在，它还以泥土的形式守护着我老家中的母亲。它就这样无言地弥补我对父亲的思念，填充我对母亲的愧疚，使万里之外还在继续求学的我可以安心读书。

托马斯·沃尔夫曾经说过："寻找到故乡的办法，是到自己心中去找它，到自己的头脑中、自己的记忆中、自己的精神中以及到一个异乡去找它。"他说出了我的心声。通过家门口的水井房,我发现自己找到了心中的故乡。不管我能走多远,我的心都是从这里出发。

# 永远的黄河牌彩电

在彩电稀有的年代,看电视算是一件奢侈的事情。哪家如果有电视,人们在闲暇之余总会借着串门,一饱看电视的眼福。三十年前,我们家是村里第一批有彩电等家电用品的家庭。这样的情况就经常在我们家上演。

记得小时候,最热播的一部电视连续剧是《新白娘子传奇》。各省电视台在不同时段轮流播放这部剧。一到晚上,我们家吃完晚饭最期待的事情就是打开电视,看白娘子和许仙的传奇爱情故事。这时,不少左邻右舍陆续来到家里,父母就忙着吆喝我们给邻居搬凳子坐。他们寒暄着客套话,就坐下来和我们一起看电视。这部剧每次都放到很晚。有时候,我们都困得不行了,只见有些邻居依然没有睡意,我们也不好意思赶他们走,就这样一直熬到很晚才睡。这是在家里看电视留给我最深刻的印象。

这台电视是黄河牌彩电,当时是我们这一带有名的牌子。当周围大多数家庭没有电视,或者在看黑白电视的时候,我们就在看彩色电视。在我幼小的心灵里,它是我的骄傲。夏天的傍晚,父亲会把它搬到院子里,和邻居们一起看电视节目。大人总是带着小孩过来，这群小朋友就成为我小时候的玩伴。我们在这样的场合打闹，总是对我有许多好处。这台彩电好像无形中给我带来了威望，伙伴们在玩耍的过程中都听我的话，我们家也就成为伙伴们的基地。现在回想这些情景，我依然对它怀有感激。我童年的许多美好时光就驻足在这些已经逝去的情景当中。

这台彩电也是我儿时的伙伴。我永远忘不了电视上热播的《小龙人找妈妈》。记得有一次，父亲谈到看电视就说："帅帅小时候看电视可爱得很！一看见小龙人没有找到妈妈就哭了，还不停地喊着'为什么小龙人总是找不到妈妈？'"

我稍长大一些，就迷上了日本动画片。通过凤凰卫视开阔了我的眼界，《足球小子》《樱桃小丸子》《圣斗士星矢》《机器猫》《魔法小天使》《花仙子》《聪明的一休》等动画片让我百看不厌。长大以后，我曾试图思考为什么我喜欢这些动画片，也许是因为里面主人公的坚韧、勇敢、聪明、善良、懦弱、懒惰等特点都反映了像我这样的普通人想要的品德或者真实的心境。在日本动画大师宫崎骏的动画片中，这种对人物性格的刻画更是栩栩如生。他擅长把主人公的命运放在历史大背景中展开，《天空之城》《岁月的童话》等动画片让我看过后终生难忘。

当然了，电视里的欧美和国产动画片也伴随着我的童年。其中就有《怪鸭历险记》《蓝精灵》《猫和老鼠》《忍者神龟》以及《舒克和贝塔》《黑猫警长》等一大批优秀动画片。这些电视节目不仅滋养了我童年的心灵，让我对奇妙的世界充满了想象，而且无形之中培养了我许多的爱好，让我对生活充满了激情和向往。

也是这台彩电让我成了近视。由于我一直喜欢看电视，父亲在买家具的时候，就专门买了防近视的电视柜。有了这个电视柜，我就更加喜欢看电视了，反正有东西防着近视，还怕什么。我看得过分了，就会遭父母一顿打。过不了几天，我就本性难移，又坐在电视前面看上了。结果在我升高中那一年，父亲万般无奈，带着我配眼镜。不然坐在教室，我看黑板上的字就模模糊糊，还怎么考高中。上了高中以后，我就开始寄宿读书，自然而然地，我就远离了家里的电视。之后，我就很少在家，也很少看电视了。听母亲说，自从父亲去世后，家里的电视就更没人打开看了。

我每次回家过年，都是和母亲一起忙碌着各种事情，早就把这台彩电忘记了。有一年大年三十的晚上，小弟傍晚时分从饭店赶回来过年。他看见家里寂静无声，只有我和母亲在包饺子。他就说："你们怎么连电视都不开啊？"我们家好几年没有看过春节联欢晚会了。不是我们不想看，而是我们没有心情看。更为重要的原因是，家里的电视坏了没人修。父亲在世时，一直是他修电视。他不在了以后，母亲就很少碰电视。小弟就摆弄着这台彩电，我和母亲都没有想到他竟然把它弄好了。就在那一年，我们看了央视热播的《阳光路上》。里面讲述了一群大学生村官带领农民致富的故事。那段时间，我和母亲最期待的就是每晚的剧情发展。母亲还学着唱里面的主题曲《梦的方向》。这不正是给予我们家的一个梦，一个梦的方向吗？

这台彩电现在已经快成为老古董了。记得父亲说过，他在买这台彩电时，也给外公家和二舅家分别买了一台黄河牌彩电，可惜他们两家的彩电经过多次维修后，还是"光荣退休"了。现在他们家都安装了超薄的挂壁式数字电视。我们家这台彩电至今依然坚守在工作岗位上。尤其是现在家家户户都有彩电，有些家庭还有好几台彩电。彩电的类型也在翻新，功能也越来越先进，可是我们家依然对这台老古董情有独钟，并且随着飞逝的时光，我愈加感觉到它的珍贵。我已经把我的情感、我的记忆和我们家的故事放进了这台黄河牌彩电。每次过年回家，我都会坐在它前面发发呆。此时，我的脑海里就会浮现出以前看电视的热闹情景。在那样的艰苦年代，它不但充实了我们的生活，还为我们简单的生活增添了许多温馨。这些回忆就像这台彩电里的电视连续剧那样不停地在我的脑海里播放着，深深地触动了我内心最为柔软的地方。它让我格外怀念曾有的美好时光，使我更加珍惜虽不富裕但很幸福的家，还让我的内心充满着乡愁却又给我温暖和向上的力量。我不知道该如何感谢它，所以我会一直珍藏它，直到永远。

# 从院子里的蓄水池说起

　　院子里不起眼的蓄水池见证了家里用水的历史,也见证了村里解决用水问题的经过。虽然这些往事已经成为过眼烟云,现在回想起来,却也反映出许多问题,不加以思考,无法深刻认识这些问题的本质。

　　人们最开始都是肩挑水桶到村头取水。为了便于浇灌庄稼,村头建有若干水井房。哗啦啦的地下水被抽送到地上水渠,不仅解决了日常用水问题,而且成为我们童年嬉戏的一种娱乐方式。后来,水资源逐渐紧张起来。用水井房的水浇灌庄稼,其费用也日益昂贵。不用水井灌溉的农闲时节,人们的用水就成为一大难题。

　　为了解决这一问题,家家户户开始在自家的院子里修建蓄水池。我们家院子里的蓄水池就是父亲的功劳。从开挖地基,到水池建成,再到制作并安装好抽水阀门,父亲一个人忙完了所有工作。家里的每个人都喜形于色,这个蓄水池也极大地方便了我们的吃水和用水。每当里面的水快用完时,打一个电话就会有专门的拉水车送水到家。

随着党中央提出建设社会主义新农村的号召,属于晋南重镇的樊村就开始思考如何改善老百姓的生活状况。解决村里长期存在的用水问题,就是村委会要首先考虑的事情。给每家每户都装上自来水龙头算是为村民办理的一件好事。有了水龙头,当然就不用蓄水池了。只是一到冬天,院子里的水龙头就被冻住了。这时,蓄水池又派上了大用场。

用水紧张是北方地区普遍存在的问题,尤其是在黄河流域,水土流失使得地下水位明显地下降了。在广大农村地区,就经常出现旱灾的情况;在许多大城市,也经常发生缺水断水的现象。水是生命之源,这个道理谁都懂。为了争夺日益紧张的水资源,甚至在一些地方还发生了群体性的斗殴事件。由中国著名导演吴天明执导,张艺谋主演的电影《老井》就讲述了这样的故事。

这部富有人生哲理的影片极具现实主义意味。对我的启发是,当聚焦家里的用水问题时才会发现,不管是修建蓄水池还是安装水龙头,都是村里人现实生活的真实写照。只是解决用水问题的过程也正如影片所反映的那样,并不是一帆风顺。

吃水和用水问题还是一个生态环境问题。水资源紧张就能反映出地下水的生态环境遭到了严重破坏。黄河流域的地下水资源普遍存在着这一问题。曾几何时,黄河文化孕育了华夏大地成千上万的中华儿女。然而当黄河流域有越来越多的地方不适合人类生存时,我们就要认真思考生态保护这一重大问题。

一个小小的蓄水池对我们而言,实在是生活中算不得什么的存在物。然而为什么会出现蓄水池这样的东西,却是很耐人寻味的一件事情。如果只是从小处看这个问题,当然看不透浮在表面的问题的本质。只有深入下去,分析蓄水池到底传达了哪些东西,到底怎样影响和改变着我们的生活,或许才能为我们理解和解答生活中的诸多问题提供一把钥匙。

# 写给父母亲和弟弟们的一封信

爸爸、妈妈、弟弟：

你们好！

首先向你们致以真诚的歉意！已经两年了，都没有认真地给你们写过一封信。今年元旦，只给妈妈寄去一张贺卡，像是应付差事。

不知道爸爸在天国还好吗。人们都说，天国是一个幸福的地方。我常想，爸爸在天国一定生活得开心愉快。只是我们都没去过，也不知道爸爸在那边的真实情况。只有衷心祝愿爸爸了，也希望爸爸在天国祝福我们生活如意，身体健康。

爸爸在世的时候，我没能常回家看看，陪爸爸聊聊天、唠唠嗑，留下了终生的憾事。如今春节快回家了，可以陪陪妈妈了。妈妈现在成了孤单的一个人，儿子们都在外面或上学或工作，离家很远。纵然心有牵挂，奈何距离遥远，只能借信托寄思念。

春节就要来了，心也已经在回家的路上了。回到家里，还想再扫扫院子、理理屋子、抹抹桌子、摘摘菜叶子，打开话匣子，生活的烦恼跟妈妈说说，工作的事情向妈妈谈谈。老人们不图儿女为家多做大贡献，一辈子总操心就盼个平安团圆。

我的弟弟们，哥最想对你们说的话是：穷人家的孩子早当家。父亲早逝，母亲疾病缠身，家境艰难困苦，我们都要更加努力。大弟，我们知道你总是在一个人的时候默默流泪。哥何尝不是如此呢。远离家乡的漂泊是要经常忍受孤独和寂寞，还有工作上的不如意和生活里的不顺心，尤其是父亲的辞世对我们沉重的打击。生活不断地跟我们开着玩笑，在看我们是否能够像白杨树那样坚韧挺拔。我想说，你做到了。我们也都要更加坚强。

小弟，哥对不起你。别人求学读书的年龄，你却背负上了生活的重担；别人可以坐在明亮的教室里，你却要为每月的生计到处奔波；别人可以衣来伸手饭来张口，你却要把每月的工资一分都舍不得花地寄给家里。每次想到你，哥都深深地自责。而你却为两个哥哥什么时候结婚成家焦心忧肺。多好的弟弟啊，你应当求知奋进。

生命中的无奈一次又一次被刻画得淋漓尽致，苦难是这一时期我们家的主题。让人感到欣喜的是，今年的我在短暂的两年工作之后，又踏上了读博士的旅程。学校里的老师们和学生们都很关心我，我也可以在努力学习之余为减轻沉重的家庭负担贡献自己的力量了。大弟：妈妈和我，还有小弟都希望你能够在蛇年工作顺利；小弟：妈妈和我，还有二哥都希望你能够在蛇年学成手艺更上一层楼；妈妈：希望我的勤奋和努力能够让我在蛇年学业有成。

苦难算不了什么，无奈只是暂时的。生活永远充满着希望，我们都会向前看的。爸爸、妈妈、大弟和小弟，让我们一起努力，开创美好的生活。

# 走进农村人的教育视野

农村人普遍认为改变命运有两种方式：一种是考上大学，一种是参军服役。

自古以来，"万般皆下品，惟有读书高"。岁月已几经更迭，仕途之路不可中断。村里的家长把孩子送进学堂，为的是有朝一日高中魁元，方可扬眉吐气，光宗耀祖。蒲剧《三娘教子》是当时天下父母的盼望。只要能把子女送入仕途，父母宁可牺牲一切也无怨无悔。

这一思想在当今的农村社会仍然根深蒂固。春节回家，能够经常听到村里人议论某某家的孩子考取了哪个地方的公务员，大学没有白读。更让我深有感触的是，不止一位亲戚问我："你都研究生毕业了，为什么不考公务员？"我不知道该如何回答。他们知道我已经成为一名大学教师，却仍有此一问，这一现象引发我长久地思考。

母亲一直盼望小弟能够入伍当兵。她认为，部队就是一所学校，可以让士兵更好地学习和成长。如果在部队里面好好表现，说不定以后会一直留在部队里面。这也是改变命运的一种方式。然而小弟厨艺日渐长进,已经可以独当一面。母亲明知却固执地想把小弟送入部队。拥有这种思想的绝非母亲一人,村里的很多父母在子女不好好上学读书的情况下,都认为服兵役是孩子退而求其次的选择。

教育,这一自古有之改变命运的方式成为他们能够看到的唯一希望。他们积攒毕生的财富和精力让孩子上大学。"知识改变命运。"他们身边很多事例已经鲜明地摆在眼前。尤其是通过参加高考改变人生命运,现在已经成为社会各个领域骨干的人们。如果说这些人已经离现在有些遥远,之后走出农村的大学生也在不断改变自己的命运。即使是高考扩招,大学教育已经由精英教育转向大众教育。

给予过重可能失落更甚。现在的教育承担了很多不应当承担的东西。教育走向功利化就是教育发展的一个误区。现在很多大学都把招生视为学校生存的生命线,看到了农村社会对教育的极大需求。为了迎合这一需要,学校想方设法通过开设多种层次的学历教育吸引家长和学生的眼球。然而衡量一所大学的生存标准应当是其培养了什么样的学生,以及为社会做出了什么样的贡献。如果这个大学脱离了这一宗旨,无异于缘木求鱼,只能造成南辕北辙的笑话。

教育的一个重要目的是培养具有理想人格的人。这种人有自己的价值判断,会进行独立思考,能够自我发展对社会有用并适合自己的能力;这种人能够运用学到的知识理解生命的意义,社会存在和发展的价值,以及生活的这个世界;这种人能够理解差异的存在,他们知道正是差异渲染了生活,让世界五彩缤纷;这种人拥有理想,能够运用理性和智慧解决前进的人生旅途遇到的各种问题。他们能够平和坦然地面对生活中发生的一切,这样的人才是一个全面发展的人。

在很大程度上,农村人只看到了教育的功利作用。他们不知道教育可以深刻地改变一个人的思想。既然教育可以做到这一点,教育就改变了这个人的命运,我们称之为教育对人的塑造。我选择当一名大学教师而不是报考公务员,正是因为我认可这一职业特点。

我认为,教育的最终目的是让学生走向圣人之心。这一前提是教师先有圣人之心、圣人之德和圣人之行。恰是这一理想性的要求,才为教师在平时的生活中如何为人师表提供了有益的探索。这是一种人生追求,也是一种生活方式。在这个过程中,我的思想和心灵会不断地充实丰满,我的境界会不断地提升。

这是我从农村走出来接受高等教育熏陶的自然结果。可能这一现状不是我父母当时送我读大学的初衷。我却认为,现在的我比父母想象中的我更加理想、更加令我满意。我的父母永远不知道我在大学里面接受了什么样的高等教育,也永远不知道我在大学里过的是怎样的一种真实生活。能够让我把握的永远都是我现在应当如何去做,才能让我今后不后悔。我认为,当时的我做到了,现在的我要更加努力做好应当做好的事情。对生命永恒的追求也许就体现在这奋斗的点点滴滴当中。

# 打开农村人的精神追求

呼啸汹涌的北风挡不住祖辈老人看戏的热情,皎月花灯的社火会演集聚如潮的人流争相观看。作为走出农村的大学生,亲身体悟农村人的这种精神追求,思绪万千。

俗语有言:日出日落三百六,周而复始从头来。草木枯荣分四时,一岁月有十二圆。我每年春节都要回家过年,品着年味感受年俗,在农村才能过上隆重的春节。这或许反映了农村人的一种精神追求。

腊月二十三,是"北方小年"。春节从这一天正式开始。民谣有"二十三,糖瓜粘"。在这灶王爷上天之日,民俗要祭灶神,祈望灶神"上天言好事,下界降吉祥"。之后,掸尘扫房子、蒸馒头或年糕、贴门神春联和窗花,直到年岁将至,包饺子、放鞭炮和除夕守岁,有条不紊。初一拜本家、初二拜岳家、初三初四拜亲戚、初五送神、十五闹元宵,至此才算迎春过完年。

为什么农村人把过年看得如此重要?春节不仅是出门在外的人回家过年团圆的时刻,也体现了农村人求安惜福的这种情感,反映了农村人敬天、敬神的心态。

农村人一年到头最大的心愿就是健康,灾病全无。熬年、守岁,就是在"年关"当头,长辈给晚辈发个压"祟"钱,祈求平安过"年";农村人一年到头最强的渴望就是福寿康宁,日子过得红红火火、吉祥如意。"一夜连双岁,五更分二天。"更岁交子,全家人围坐在一起包饺子。和饺子面能让新的一年和和美美,把"交"子们放在一起享受全家相聚团圆的时刻,最后把元宝形状的饺子用手一包就把一年的福运和钱财都包进了自家的锅里。

农村人一年到头最重视的传统习俗就是敬天畏神。上元节前后,村里会请来社戏专为众神连唱三天三夜,老百姓也可大饱眼福。灯火通明的社火表演表达了人们对天神的敬畏;且看被誉为"两行文字,撑天柱地;一副对联,茹古涵今"的春联,它的原始形式即为"桃符"。神荼和郁垒,这两位门神职守仙桃树驱逐鬼魅。人们把这两位门神迎进家门,希望他们能够捉鬼擒魔,镇邪去恶。

农村人这些质朴的情感和敬畏的心态是弘扬中华优秀传统文化最坚实的中坚力量。中国的传统文化要在哪里才能让我们感同身受,中国的传统习俗要到哪里才能让我们身体力行?农村人在行动,他们用事实说话。

祖辈传下来的这些习俗也寄托了农村人的生命体验和精神追求。虽然许多习俗已经失传或无迹可寻,虽然许多习俗已不被看重,农村人却在固执地坚守。他们相信这些才是原本的生活,这些才是生活的真理。

农村人渴望自己的精神追求不被当今社会的各种"潮流"挤压,也渴望自己的精神追求能够焕然一新、绽放光芒。他们的心中拥有最纯粹、最真挚、最强烈、最美好的愿景。祈愿农村人的这一精神追求能够日久天长。

我的家乡

# 河津见闻

　　人们常说"读万卷书行万里路"方能增长见识,学以致用。这样说来,恐怕光读万卷书还不行,只有行过万里路,方能体会到生活真知。在老家过年,也会有许多见闻,让我大开眼界,受益匪浅。尤其是猴年春节,我认识了张伯伯以后,对老家重新有了一个新认识。

　　《今日河津》这一杂志每年推出一期,专门介绍当地的发展现状、历史文化、著名古迹、名人逸事和知名企业。经人介绍,我认识了这本杂志的客户经理张先生。他已年过古稀,却精力旺盛,到处打听采访,寻找写作素材。我与他相谈甚欢,他就邀我游玩河津名胜古迹。说实话,身为河津人,我对这块土地一点儿都不熟悉。从小到大,我的活动范围就仅限于自家村落,根本不知道樊村以外的风土人情。承蒙张伯伯厚爱,我才开始了解我的家乡,他利用短暂的春节假期陪我在河津走了一遍。

　　高禖庙位于河津最富裕的连柏村,是山西省文物重点保护单位。这里供奉着中华民族的远古始祖——女娲。传说农历三月十八日是女娲诞辰之日,天子会亲率后宫妃嫔到此举行求子之祭。女娲造人之后,就由上古送子之神高禖负责人间繁衍之事。高禖神掌管人间姻缘,古代青年男女每逢这一天都会相约到这里。据《周礼》记载:"媒氏,掌万民之判。凡男女成名,皆书年月日名焉。令男三十而娶,女二十而嫁。中春之日,令会男女,于是时也,奔者不禁。"久而久之,这里就成为古代自由恋爱的官方指定场所了。

据张伯伯介绍,连伯村是河津市最富有的村落,这里地处汾河和黄河交汇的金三角地带,是传统农业文明的发祥地。由于是沙土地带,灌溉极为便利,当地的韭菜也就成为闻名晋陕豫的特产,还经销全国各地。这里的每户人家光种地年收入就好几万,因此当地盛传"连伯无穷人"的说法。我想,经济富裕的结果就是文明程度的提高。因此,在古代封建思想禁锢的年代,这里的青年男女思想依然活跃,可以自由自在地谈着恋爱。高禖庙位于此处也就不足为怪了。

薛仁贵寒窑位于河津城东修仁村,是"平辽王"夫妇贫居之所。薛仁贵少年家贫、地位卑微,靠种田为业,从寒窑的旧址就可一望而知。从条条歪斜的土路往上爬,就到了窑前的牌坊式小木门。此门小而破旧,一口枯窑,就坐落在离门不远处的土院里。从古至今,这里的人都靠天吃饭。遇到刮风下雨,就赶紧打扫院墙,好让流到窑子里的雨水干净一些。经过一段时间的沉淀,人们再把窑水打上来饮用。穿过土院,就是寒窑。窑内的面积狭小,长宽高均不过三米,一床窄小的土炕盘于其中。这就是闻名全国的薛仁贵寒窑!

站在这孔窑洞前,张伯伯给我讲述"平辽王"如何从崭露头角,到战功赫赫,再到三箭定天山等故事。这些故事见证了他从贫寒走向辉煌的一生。在神州大地上,与之齐名的诸葛亮茅庐、杜甫草堂也都是普通人成就不平凡伟业的出发地。这样的文物古迹见证了寒门之子如何实现"鲤鱼跃龙门"的故事,成为我国寒门历史文化的杰出代表。对我而言,这种精神激励作用无疑非常强烈。寒门学子要想改变命运,就要不断地提升自我,还要抓住所有可以改变命运的机会。非如此不可,方能一展抱负。这就是"寒窑虽寒名远扬"给我的启迪。

中国目前有五座大禹庙,除了山西平顺县大禹庙、山西乡宁县大禹庙、陕西韩城市大禹庙和浙江会稽山大禹庙外,位于河津龙门村南的大禹庙曾是全国"七祠八庙"之首。会稽山大禹庙是大禹死后安葬之所,其余四所大禹庙都是大禹生前治水的地方。帝尧时,黄河之水泛滥成灾,命禹父鲧治水。鲧用障水法治水失败。禹吸取父亲失败的经验,采用疏导河川的治水方法,在龙门山一带(今河津、韩城、乡宁等地)苦战四年,终于开凿出一个大口子。黄河水顺流而下,咆哮如雷。集中在龙门山水下的黄河大鲤鱼,顺势向下不断跳跃,遂成民间流传的"鲤鱼跃龙门"故事。

大禹王功勋卓著,通过治水造福百姓。后人为纪念他的功德,就广修庙宇进行悼念。在我看来,纪念大禹有以下三层含义:第一,为纪念大禹不怕千难万苦,勇往直前的治水精神。这正是中华民族艰苦奋斗精神的集中体现。第二,大禹治水是人类改造大自然的早期成功案例,预示着人类文明的开端。从此,华夏大地的农耕文明绵延数千年,成为世界上唯一的一个没有中断过的古代文明。第三,人们通过大禹庙供奉他,主要还是因为他通过治水造福百姓,这对于中华儿女来说就是千秋伟业的大事,难道我们这些后辈之人不应该向他学习吗?

河津的历史文化就是一部绵延不绝的小说,我的粗浅阅读才刚刚开始。就是这些见闻,已经让我深刻地感受到了家乡文化底蕴的厚重。我会继续行走在我的家乡,发现我的家乡,热爱我的家乡。

# 河津干板腔：从地域到文化

　　干板腔是发源于山西河津的一种新兴汉族戏曲剧种。最早在河津市汾河北岸沿山一带，可以追溯到明代元宵节的"闹故事"习俗。河津北山脚下的樊村镇和僧楼镇在每年的社火表演中，干板腔是不可或缺的节目。由于它无需任何乐器伴奏，全凭演员一张巧嘴干说，因此在河津方言中就叫"摺干嘴"。直到1964年，在晋南文艺汇演中被正式命名为"干板腔"，这种曲艺形式于1973年被列入山西地方曲种。

　　经过多年发展，干板腔已经成为当地群众喜闻乐见的一种文艺表现形式。它以合辙押韵的节奏，朗朗上口的方言，使人在观赏的过程中有诙谐幽默的轻松快乐感。因在表演时不需要乐器伴奏，演员只能按"心板"这种无形的节拍进行表演。干板腔对节奏的要求较为严格，一般为七字句式、四三句式、六字句式、三三句式。其用韵为方言韵，不仅要求上下句同韵，即上平下亦平，上仄下亦仄，而且韵脚还须同一声调，在平声韵中要区分阴平、阳和，在仄声韵中要区分上、去、入，不同声调一定不能相押。

从文化传播视角来看,干板腔是河津的一种口头文学,属于板腔类。在早期,干板腔很少有文字记载,只能口口相传。据考证,干板腔就是由樊村等地的民谣演变而成的。故而干板腔的取材多为当地的奇闻逸事,反映了当地的风土人情,表达了当地的人情世故,具有极强的地方特色。再由于干板腔的表演短小精悍、生动活泼、风趣幽默,因此非常吸引老百姓。

母亲和大多数河津人一样喜欢干板腔。每年春节回家,在我的记忆中,印象深刻的事情就是陪她看干板腔。电视上只有河津新闻综合频道有干板腔的表演节目。她就让父亲按时去交光缆费用,而不用卫星电视信号接收器(老家俗称"锅"),因为后者收不到这个频道。若是我们和她的需求发生了偏差,我总是站在她这一边,极力拥护她。因为我存有私心,想要多接触和了解一点儿老家文化。

听老人们说过,早期的干板腔在表演形式上采用一个人饰演多个角色,表演难度非常大。近年来出现的干板腔剧,采取多人分饰不同角色的表演形式,既降低了表演难度,又有利于推广这一民间艺术,还丰富了这一文艺的表演形式。我发现,从最早的"撂干句"到登上大雅之堂的干板腔,或者是歌颂时代,或者是针砭时弊,不仅对宣传当地文化起到了很大的推进作用,而且极大地丰富了人民群众的文化生活。

对母亲而言,听干板腔就是她日常生活中的重要组成部分。听一听干板腔,就能知道乡土人情。她还特别喜欢看好友任国兴主持的"河津干板腔"节目。在他主持这档节目期间,母亲逢人便说,我的同学任国兴很有本事,在镜头里很是上相。我在看的过程中,也为创造者能把好人好事记录下来,通过表演者声情并茂的表演呈现出来,感到无比赞叹。智慧来自群众,这个道理果真不假。

在当今时代,地方性的文艺大都具有世界性的意义,具有特色的文化大都具有普遍的价值。河津干板腔就是地方性文艺,通过反映一方文化艺术,就为世界文明做出了自己的贡献。所以身为河津人,我们要充分认识到,正是河津干板腔的地方特色,使其具有强大的生命力,为当地百姓和全人类提供了一种独特的文化艺术形式。

# 樊村，如何找寻您昔日的辉煌？

　　樊村是河津市最古老的村镇，也是三晋地域最大的重镇，尤其是樊村的集市久负盛名。据考证，樊村在唐以前就很有名了。身为樊村人，我时常感到自豪。然而我却一直在思考这样的问题：家乡悠久的历史对我而言，到底是一笔宝贵的文化财富，还是沉重的心灵包袱？

　　村里有两个知名度非常高的古代建筑，一个是玄帝庙（又称琉璃庙），另一个是樊村明代戏台（又称樊村舞台），都是国家级和山西省的文物重点保护单位。玄帝庙建于明万历二十三年（1595 年），可惜在新中国成立后用作樊村粮站。老戏台至今也是破损不堪，无人问津。听说，就连戏台上面的浮雕也早已不知去向。如果说这两大著名建筑表明樊村曾有过昔日的辉煌，那么这种辉煌现在已无迹可寻了。

　　村里的集市早已闻名了好几个世纪。每月的农历逢一和六，都是赶集的日子，方圆三百里的周边县市老百姓就来樊村赶集，购买各种日常用品。村里有东西南北街，集市布满所有街角，买卖物品应有尽有。天还没亮，各类商贩就来设摊,一直到天已摸黑,集市上还是人头攒动,好不热闹。可惜现在周围的集市点逐渐增多,村里的集市就没有以前那样红火了。虽然集市的规模小了,就是再小也比周围的集市大。可是单靠集市已经不能让樊村找回曾有的辉煌了。

到村里赶集,当然要吃胡卜、喝羊汤了。樊村胡卜和羊汤是山西省运城市闻名遐迩的传统小吃。这两种小吃都是樊村人发明的。樊村胡卜的制作方法是:把烙熟的白面薄饼切成丝条,再加香油、葱花、红辣椒面等调料爆炒,最后加鲜羊肉汤,略滚片刻。其味道清爽,油而不腻,滋补身体,是河津市最出名的小吃。羊汤的做法就比较简单,把切成丝片的羊肉和羊杂碎等浇上滚沸的鲜羊肉汤,依个人口味添加大葱、辣椒油和大饼。其汤鲜肉美,香醇可口,还可补虚壮阳,是小吃佳品。可惜,这么好的小吃无人认真推广,终究不像沙县小吃在全国各地开花。

村里的经济不仅靠集市的效益带动,翻沙场和保德铁厂也为樊村的兴旺做出过重要贡献。村里的翻沙场曾威名远播,翻出来的渣滓,在南街和东街堆成了两座小山。我们常开玩笑地说:"再小的山也是山,绝非一日之寒。"村里的道路以前是"晴天一身土,雨天两脚泥"。村里就利用这些渣滓把道路给硬化了,方便了出行,又美化了村容。有一段时间,铁厂是村里唯一的村办企业。铁厂的烟火表演是每年正月十五的重头戏,男女老少在这一天相约到铁厂门口看烟火表演。可惜由于经营不善,翻沙场和铁厂早已倒闭,成为村里人茶余饭后的谈资了。

村里的樊村小学、初中和高中是周围人首选的上学地方。村里一条龙服务式的教育资源得益于樊村得天独厚的地理位置。樊村自古就是一个聚集点,不仅是经商往来的汇集地,而且是周围邻村的中间带,处于河津市以北的地理要害位置。在几千年的历史上，村里的学校迎来了一拨又一拨的学生，又输出了一拨又一拨的人才，奔向四面八方的世界发光发热。然而最近这些年，我听说村里的生源不断外流，好多家庭都把孩子送到外面的好学校接受更好的教育去了。

樊村的玄帝庙、明代戏台、古老集市、樊村胡卜、羊汤、翻沙场、保德铁厂、村办学校等都是樊村聚集人气的宝贵资源，它们在樊村的历史上都起过举足轻重的重要作用，以至于已经成为许多人情感中难以磨灭的重要印记。然而这些重要的非物质文化遗产和经济命脉没有受到应有的重视和保护，使得樊村这些年显而易见地落后了。如果还想恢复樊村曾有的鼎盛景象，恐怕是不大可能了，除非村里上下齐心协力，或许还能再开创出一个文化、经济与教育并举的新樊村。

樊村是我出生的地方，对我而言，有关这里的一切记忆都是一种身份认同。在我的情感里，生于斯，长于斯的地方却最让我不知该如何安放？我小时候的许多记忆在这片土地上已找不到了。在物非人也非的情形下，我心中曾有的童年美好和故乡情感又该如何安放？尤其是在听到许多人抱怨家乡的时候，我的内心就更加伤痛。樊村，如何找寻您昔日的辉煌？樊村，如何重拾我对您的爱？

# 来樊村看戏

　　晋南第一大古镇樊村不仅有着悠久的赶集历史,而且有远近闻名的戏台。樊村有两个戏台,一个是明代戏台,一个是现代戏台。前者已年久失修,就在旁边建了新戏台。两个戏台均能反映出樊村人自古至今对戏曲的迷恋和热爱。

　　樊村人爱听蒲剧。蒲剧是山西七十二种戏曲的一种。俗话说:"百里不同风,千里不同俗。"山西的戏曲艺术因各地风俗不同而存有差异,其中最著名的是北路梆子(雁剧)、中路梆子(晋剧)、上党梆子(长剧),以及南路梆子(蒲剧)。蒲剧唱腔高昂,朴实奔放,长于表现慷慨激昂、悲壮凄楚的英雄史剧,成为晋南人心中的"家戏"。

　　村里逢年过节,便请戏班来唱蒲剧,这是全村人都盼着的重头戏。这戏会连着唱好几天,附近村落的人们都赶着来看戏,因而这些天村里就特别热闹。在两个戏台的周围,各类小吃的店主乘机摆摊,吆喝叫卖声与台上的唱戏声相映成趣。人们会在这个时候,坐在小吃摊上一边看戏,同时又能一饱口福。羊汤、胡卜、油茶、薄粉、卤肉、煎饼、冰糖葫芦、花生、瓜子、瓜果梨枣等食摊一字排开。大人小孩平日里虽舍不得花钱，这时就会从口袋里掏出皱巴巴的五角一元来，买点儿小吃看着大戏，以求尽兴。

若是戏曲演到最精彩的地方，人们就把现实中诸事抛到了脑后心情随剧情起伏。人们看着《苏三起解》里的苏三蒙难，心中也怒气冲天；如果是《窦娥冤》，更是觉得在讲述自己身边的故事，就看得上瘾了。等戏演完了，他们这才回过神来，却发现小孩不见了。于是赶紧到处喊着孩子的名字，呼唤着他们回家。来看戏的不仅有老人，还有带小孩的年轻人。若是《西厢记》，这些年轻人就爱看，也许他们的爱情已经变成亲情，只能在"有情人终成眷属"的美好故事里找寻了。自然少不了正处于青春妙龄的少男少女，他们在戏台下面暗送秋波，趁没人注意的时候就悄悄退出，手牵手去人少的地方幽会去了。

可以说来樊村看戏，其热闹程度丝毫不亚于来樊村赶集。听老人们说，20世纪六七十年代，樊村的现代戏唱火了，排队买票的人特别多。就是现在，来看戏的人也是一拨接着一拨，一浪推着一浪的。老人们看戏不求新鲜，只图过瘾，所以他们爱看老戏，百看不厌。年轻人看戏多半要夹杂处理一些事情，顺便来赶集买点儿日常生活用品。少男少女来看戏，当然不是因为热爱，他们是在享受看戏的热闹氛围。只有在这样的环境里，他们才敢大胆地走到一起。小孩子就纯粹是为了嬉戏耍闹。虽然不一样的人来看戏有着不一样的需求，但大家都能在看戏过程中得到满足，这就足够了。

蒲剧在晋南这块土地上深得人心，樊村戏台因把蒲剧在方圆三百多里发扬光大，而成为当地老百姓心中极为重要的神圣地方。樊村一有红白喜事，事主家就会请来蒲剧团，答谢忙前忙后的乡里乡亲。凡是村里有其他重要的事情,也会在戏台上唱几天的戏。只有戏台上的戏才能走入人们的内心。他们在戏如人生的情境中,品味着生活的喜怒哀乐,难怪这样的精神可以自明代就在这个地方牢牢地扎根。

# 羊汤和胡卜

自离开樊村起,我就开始想念羊汤和胡卜的味道。

这是河津最负盛名的两种特色小吃,都发源于我们村,让我们引以为豪。虽说樊村不是因为小吃而有名,可羊汤、胡卜却是樊村的一张名片。

凡是来樊村赶集的人,到了饭点都想尝尝这羊汤的鲜味和胡卜的美味。但凡吃上一回,就会感觉到这佳肴回味无穷,下次再到樊村,就会忍不住还想再来一碗。

虽说这是山西省闻名遐迩的特色小吃,已经在晋、陕、豫等地遍地开花,成为当地人一年四季都离不开的美味,可是要想吃正宗的羊汤和胡卜,还是要来山西运城的樊村。樊村的羊汤和胡卜不仅做得正宗,而且来这里吃还别有一番情趣。大家边喝着羊汤,边吃胡卜,边讲这滋味是如何的美。

庄稼人一般从事苦重的活计,在地里劳作之后,都身心俱乏。走进馆子里,叫上一碗羊汤或胡卜,伴着生蒜、生葱、大饼和辣椒油,边喝边吃,不但解困,还能提神。待到尽兴之时,听上一段河津干板腔,将河津的风土人情慢慢说来。

那这里的羊汤和胡卜怎么做呢?

胡卜的做法是,先选取一定数量的鲜嫩羊肉,用大火烧滚,用小火焖至烂熟。将不加发酵粉制成的死面饼烙成半熟。接下来,把烙熟的白面薄饼切成丝条,再加香油、葱花、红辣椒面等调料爆炒,最后加鲜羊肉汤,略滚片刻。其味道清爽,油而不腻,还可滋补身体。

羊汤的做法是,选取一定数量的羊肉和骨架等,用大火烧滚,用小火熬到羊汤发白。此时,骨头里的精髓已入羊汤。接下来,把切成丝片的羊肉和羊杂碎等浇上滚沸的鲜羊肉汤,依个人口味添加大葱、辣椒油和大饼。其汤鲜肉美,香醇可口,还可补虚壮阳。

大弟儿子和小弟儿子过满月,家里就用羊汤作为主食招待亲朋好友。小弟将两副整羊骨架,以及羊的内脏等清洗干净,放入大锅,先让其慢慢熬起来。等羊汤滚沸一段时间后,羊肉和内脏就先熟了。用盘子把熟透的部分捞出来,等到不烫之时就切成丝条。不一会儿工夫,羊汤就熬好了。

想起当时的场面,每个人都心情愉悦地端起一碗羊汤,边喝边吃边聊天。这种热闹活泼的氛围,足以让我这常年在外求学的游子心生无限感动。

我记得,好友李杰来家里做客时,父亲就是用羊汤和胡卜招待他的。他是我的本科同学,家在万荣,毗邻河津。寒假时,他来河津游玩,在我家里住了几天。当时,父亲向我保证每顿都让他吃不一样的饭菜。果然还是羊汤、胡卜美味,他吃过后,连连称赞。这还是2006年的事情,离现在也已近二十年之久,我却清楚地记得,羊汤、胡卜给他带来的味觉享受。

我常年生活在上海,味觉上虽抑制不住对羊汤、胡卜的眷恋,却很少再吃到这样的美味了。

　　我去西安出差的时候,发现当地的著名小吃羊肉泡馍被制作成类似方便面的包装食品。我惊讶于当地人推销特产的智慧。不知道何时我才能看到羊汤和胡卜出现在全国各地的超市货架上,让我这老家人也能引以为豪。

津 津

# "津"生有你（一）

　　"津津"这个名字是他外公起的。这么有寓意的小名，我和孩子他妈是想不到的。

　　津津外公以前是不给自己孩子起小名的。津津他妈妈就没有小名，一个大名直接叫到大。

　　我第一次去津津外公家，他外公一个劲地用上海话喊女儿的名字，我直接把"宋敏思"听成了"宋女士"。当时的我就在心里犯嘀咕，这老爸对女儿也太客气了。按照北方人的想法，自家人还这样称呼，显得有些生分。未来的女婿第一次拜见老丈人和丈母娘，内心本来就很紧张，这样一来更显得局促不安了。

　　妈妈刚怀上津津的时候，我们都沉浸在喜悦当中，是来不及想孩子名字的。倒是津津的奶奶远在千里之外，已经为孩子的名字殚精竭虑了。虽然谁都不知道是男是女，津津奶奶却一口咬定这是个男孩。我和老婆都觉得好笑，却又不好反驳，怕伤了和气。反正孩子还没有出生，随便她怎么起名字都无所谓。

津津奶奶想的当然都是孩子的大名了。

迷信的她认为,牛年的宝宝名字里一定要有草字头,这样以后才不会愁吃喝,才会衣食无忧;名字里还要有水字旁,这样夏天出生的牛宝宝才不会缺水。依循这样的原则,津津奶奶就开始起名字了。她还真想了几个名字——任荣泽、任宋泽、任泽薇、任泽萌……

我就问她:"为什么名字里一定要带个'泽'字?"

她说:"二帅的孩子叫任泽恺、三帅的孩子叫任逸泽,你们孩子的名字里也必须有这个字。"在老一辈人的认知中,家族观念还是很重的。

临盆的日子越来越近,孩子的名字还没有确定下来,我们都有些着急。

津津奶奶这时改了主意,她说:"任薪泽这个名字如何?既带草字头、又有水字旁,还有亲人相助,以后也有钱花,要不就用这个名字吧。"她那斩钉截铁的语气透露出不容置疑的权威性。我本来有些疑虑,想不到老婆和岳母都认为这个名字好。孩子的大名就这样定了下来。真让我猝不及防啊!

但孩子的小名还没有起。

这个时候,一向不表态的孩子外公发话了。

"津津这个名字怎么样?"

我就问他:"为什么取这个名字?"

"孩子的名字最好和你老家有关,寓意饮水思源,不忘祖宗和家乡。"岳父如是说。

我瞬间觉得这个小名极好!"就叫津津,河津的津!以后不管他走到哪里,都知道'我从哪里来'。"

老婆笑着说:"你还要解决'人生三问'里的'我是谁''我到哪里去'。"

"这两个问题就等他自己长大以后解决吧",我向她眨了一下眼睛,接着说,"津津的第一个'津'和'薪'同义,是不是指以后钱很多的样子;第二个'津'和'泽'同义,是不是指父母荫庇和贵人相助的意思。"

老婆情不自禁地笑了:"财务人的眼里肯定都是钱的,我们就是这么庸俗。要不再起个奶名叫'钱多多'?"

老婆也太幽默了,惹得全家大笑不止。

撇开女儿的话,岳母郑重地说,"津不仅有'津补贴'的意思,还有'渡'的意思,与'薪火相传'的'薪'也在这个层面同义。"岳母的水平和岳父的一样高,怪不得我这个博士后常常在家老是自惭形秽。

既然大家都欣然接受,难得调子这样的高度一致,就这么愉快地敲定了。

津津一出生,我们就拿到了新生儿的《出生医学记录》和《出生医学证明办理申请表》。我在津津出生的一小时之内就和他妈妈填好了材料,交给了医院,以最快的速度拿到了津津的《出生医学证明》。拿着这份证明材料,我以最快的速度办好了他的户口和医疗保险。

当我去办他的少儿住院基金时,工作人员震惊地说:"你家孩子才出生没几天,你就过来办理了? 你这么着急干什么! 少儿住院基金是跟着学年走的,要等9月份再办比较合适。"虽然我悻悻地离开了,却是开心的,因为我把需要办理的材料都办得差不多了。

如果津津奶奶和他外公没有把孩子的名字想好,我就无法尽快填写各类材料,之后的手续更不知道什么时候才能办理好。

在孩子出生之前就把他的名字起好,还真省心不少呢!

　　他的人生帷幕刚好拉开，我们深情凝望着他，只想说："津津，今生有你，我们细细品、慢慢来，大手拉小手一起走。"

# "津"生有你(二)

从医院新生儿记录本上的那个脚印开始,津津的一生就拉开了帷幕。

假如时光能够倒流,我还想再一次经历津津出生的时刻。

在产房外面和众多焦心等待的家长一样,我根本不知道产房里发生了什么,也不知道老婆经历了什么。其他人自然也不知道情况。毫不知情的我们不安地来回走着,停不下来。偶尔抬头看到对方时,看到同样的神情,就安慰几句,像是在安慰自己。

直到护士在产房门口叫家属的名字,被叫到的家属这才缓过神来,急急忙忙跑过去,听各种注意事项,填写一些表格。这个时候,我就羡慕地盼望着,什么时候才能轮到我呢?

午时刚到,我就听到产房里有新生儿嘹亮的啼哭声,只是不清楚这又是哪家的孩子来报到了。让人始料不及的是,不到一刻钟的时间,护士就叫:"宋敏思家属在吗?"我一闻声,大气不敢喘地就跑了过来,按照护士的要求查阅津津的出生医学材料。一个可爱的小脚印赫然出现在材料的下方。这是新生命的印记!

　　津津在病房时,算得上是一个好宝宝了。除了吃喝拉撒就是睡觉,很少哭闹。老婆刚做好剖宫产手术,身子虚得很,也动弹不得。在她最需要休息调养的时候,他很懂事地陪在妈妈身边。

　　这就苦了我。我不仅要照顾虚弱的老婆,还要看护刚出生的津津。作为新手爸爸,能手忙脚乱到一塌糊涂。

　　护工在一旁诧异又鼓励地说:"隔壁家的爸爸连孩子都不敢抱,你就抱上了?"

　　"我就模仿着你的路子照猫画虎抱呗。"我苦笑着。

　　人家的新手爸爸常常找不到自己的存在感,拼命想要证明自己。我是存在感满满,两边都一刻也离不开。

　　在津津出生的第二天晚上,病房的其他小朋友像是约好了,都在半夜哭闹。小朋友们白天打过了卡介苗,到了晚上就有了反应,尤其是我们隔壁家的宝宝哭得最厉害。护工本来在我们这里陪夜,没办法就过去照顾那边了。津津本来不哭的,结果护工一走,也开始闹起情绪来了。虽然哼哼唧唧并不厉害,却死活不睡婴儿床,非要抱着才会安静下来。

　　在那个漫漫长夜,我就一直抱着他,看着他,时不时地就想起了朱自清的《背影》,又时不时地想起了电影《返老还童》的场景。

　　已经过了四个小时,护工怎么还不过来喂奶?津津的情绪明显焦虑起来,只能赶紧把他抱到妈妈这里。妈妈的奶水虽然很少,却能暂时起到安抚作用。但是过了一会儿,津津还是把妈妈推开,开始哭闹。这是饿了的表现。只好给护工打电话,然而连着两个电话,护工都没有接到。

　　我连忙到隔壁把她喊出来。她也知道该给津津喂奶了,只是隔壁的宝

宝被放下了，马上就哭，是典型的高需求宝宝，"绑架"了她，她也着实没有办法。我把火气往肚子里压，让她赶紧给津津喂奶。

有了这一次经历，护工的态度马上就变了。她对我客气了不少，也主动和我分享育儿经验。而我也更加主动帮她分担照顾老婆和津津的工作，气氛就比之前要融洽多了。

在我们要出院的时候，护工红着眼圈对我老婆说："你真幸福啊！不管有什么事情，老公都替你操心了。"

我在一旁默默地听着。

津津是剖宫产出生的小孩，对周围的环境变化比较敏感。一到傍晚时分，他就开始不安起来。新生儿对白天与黑夜的交替，总有一种莫名的恐惧。此时的津津亦是如此。

虽然我们知道他在假哭，可还是把他放到怀里抱上一会儿。大人面对这个嘈杂的世界尚且缺乏安全感，何况一个刚出生的小婴儿呢。我顺着他的脚底板轻轻地摩擦，拉着他的小手轻轻地摇晃，拍着他的后背轻轻地哼着小曲，他就若有所思地安静下来了。当时的我还不知道这个就叫抚触，是父母和孩子交流的一种重要方式。但我知道，这个下意识的动作会让津津感到安全。

到了月子会所，我才知道新生儿在生下来的一个小时之内，要和妈妈有肌肤接触，以后才不会明显地缺乏安全感。可医院的护士并没有告诉我们这些，不得不说是一种遗憾。看来入住特需病房，也不是万事大吉，事事都能顺心如意的。

到了出院的时候，医院把新生儿足印纪念册交给了我们，上面醒目地印着父亲"代帅军"的字样。我的乖乖，我就陪住了五天，我的姓氏也被改了，祖宗也被迫抛弃了。这可叫我如何是好？以后如何给任薪泽有个交代？

　　老婆这个时候挺身而出，主动联系对方，协调更改事宜。对方答应重新制作一个纪念册，可惜，在商量什么时候给我们的时候，却又一直没有回音了……

　　从这个足印开始，我和老婆就没有睡过一天安稳觉。

　　觉是没得睡了。不过，让人欣慰的是，总算抱得津津归。

　　津津，今生有你。不管爸妈有多辛苦，都无怨无悔。

# "津"生有你（三）

要说津津是世界上独一无二的，还要从他屁股上的蒙古斑说起。

护士把还在产房外等候的我叫去，第一句话就是，"你看一下孩子，是个男孩，屁股上有块蒙古斑。这个没关系的，孩子长大了，蒙古斑自然就会消失的。"

我一头雾水，刚想问什么是蒙古斑，护士就把孩子推走了。临走时撂下一句话，"有了这个蒙古斑，你就不会把孩子认错了"。

我赶紧到手机上"补课"。原来"蒙古斑"不是胎记，也不是痣，而是一种先天性的良性灰蓝色斑，常见于新生儿的臀部和腰骶部，对身体无任何伤害，不需要做任何治疗。"蒙古斑"会随着孩子的生长而在儿童期逐渐消失。

我就纳闷了。我没有蒙古斑，弟弟们也没有蒙古斑呀，津津怎么就会有呢？

原来，老婆小时候就有蒙古斑。我和她结婚的时候，她的蒙古斑早就消失了，怪不得我不知道。她也从来没有跟我提起过这个事情。

我问起她了,她就说,"假如你提前二十年和我结婚,说不定就能看到我的蒙古斑了……"

我无话可说。

她这个时候才对我推心置腹:"我妈还以为蒙古斑是人人都有的。其实不是这样,只有极少数人出生时才会有蒙古斑的。"

"那就是津津在这方面遗传了你。"我试探性地询问。

"是的,你们家没有蒙古斑,自然就是遗传了我。"老婆假装什么事也没有发生过。

原以为"蒙古斑事件"到此就会结束。

来到月子会所后,一对一传授育儿经验的吴老师说:"这里有一个小宝和你家津津长得一模一样。"随后,她就给我们发了一张两个宝宝的照片。

老婆把这张照片给她妈看。

岳母说:"我觉得两个长得一样,从衣服上看左边的是。"

老婆回应道,"宝宝的衣服每天都换的。"

"从头型、眼睛、鼻子、嘴巴来看,没有区别。我觉得是一个人。"岳母改变了"寻宝"策略。

"看屁股会直接一点",老婆友善地提醒着。

"从手也可以辨认,左边的看不到手臂。"此时的岳母已经有点儿怀疑是否自己辨认错了,连忙补话:"大手的是任帅军的?"

老婆仍不忘提醒:"把屁股拿出来看下。"

"右边的手是有点儿蓝,手臂都那么粗了?"岳母开始自我否定了,但仍然认为"我还是觉得左边的是"。

这次,我们把辨认场景切换到我妈和我弟这边来,看看会是什么样的反应。

"还是有明显区别的",大弟马上说道。

"怎么明显区别?"我不解。

"白呗！跟帅毛、帅车小时候一样。"大弟连我小时候的绰号都搬出来了。

"那哪边的才是津津呢?"我不相信他能辨认出来。

"右边",大弟果断地说。

"如果是左边的话应该不是你的基因……"大弟捂脸说着。

"算你聪明!"我还是无法相信他的精准判断。

"没有这点儿眼力功夫,怎么在社会上混。"大弟的骄傲溢于言表。

"左边孩子的爸妈应该都是南方人。饮食结构不一样,生出来的孩子就不一样。"大弟正在解释他的判断,"右边的应该是南北方结合的孩子,将来肯定聪明,而且还会是帅哥一枚、撩妹高手。"

过了一会儿,吴老师来询问我们的辨认情况。

吴老师说那个跟津津很像的小朋友的爸妈也是复旦老师,刚才也进行了辨认。但她没有马上告诉我们结果,而是急切询问我们这边的辨认情况。

老婆好不意思地说:"我和爸妈一致认为左边的才是津津,结果全部认错。"

吴老师听后哈哈大笑,马上就问,"宝爸呢?"

老婆说:"他和山西老家的家人都认对了,都马上指出右边的才是。"

吴老师更加开心了,连忙说:"你们这边是宝妈认错了,宝爸认对了;那边的情况是宝妈认对了,宝爸认错了。"

我接住了话茬儿,"也就是说,两边的妈妈都一致认为左边的才是自己的宝宝,两边的爸爸一致认为右边的才是自己的宝宝,是吧。"

"是的!"哈哈哈……

这个时候,我给津津奶奶打了一个电话。

电话那头传来了三帅小孩任逸泽的声音,"大爸生了一对双胞胎!"

顿时,我们这边大笑不止。

任逸泽也太可爱了! 大家都很可爱。

看来辨认不出这两个小朋友的时候,还得任薪泽的蓝屁屁出场救急。

津津,你的出生给爸妈带来了无限欢乐。今生有你,我们都感到幸福。

# "津"生有你（四）

津津，你这个小吞金兽。

还没有你的时候，爸妈就开始往医院"撒钱"啦。这当然和你无关，你本不该受此委屈。结果是有了你，你不得不承受这生命不能承受之重。

自从怀上了你，这花钱的力度就更大了。

爸爸给你算笔账：去医院看病和做检查，近两年的时间前前后后花了四万多，拍孕妇照花了近一万，定个月子会所花了近五万，给你留了脐带血和胎盘近四万，入住特需产房近三万。正常怀孕和生娃是花不了这么多钱的。可老爸挥金如土，还不是为了让你妈妈和你舒服，把这近二十万花掉了。

说句良心话，名义上是围绕着你来花钱的，其实在一定程度上还是为了满足你妈妈的虚荣心。

就拿拍照来说吧。

明明定了"幸孕纪"的孕妇照，就包括孕期照、新生儿满月照、百天照、一周岁照和12周岁以前共五次的拍照。可你妈妈还是在你36周+3天的时候，专门去"小树"照相馆拍了西瓜肚皮照。理由是,之前的孕期照是26周拍的,孕肚不够大、不够明显、不够醒目。

你爸不敢认为,这个花钱的理由底气很足嘛!

过段时间,等你回到家,就会发现,家里到处都是你在你妈妈肚子里的照片……

你也不要着急,等你稍微长大一点儿,月子会所会给你拍新生照,"幸孕纪"会给你拍你成长过程中各关键阶段的帅哥照。爸爸只希望你不要爱慕虚荣,还以为拍了照片就是人见人爱的小王子了。

虽然津津是爸爸眼中的白马王子,我们还是要低调,把欲望控制在一个合理的范围之内。

津津,你作为小吞金兽,天生就具有"碎钞"的能力特别强,"碎"起钞票来一点儿都不含糊。

你看你这么能吃,才一周多就吃掉了大罐的奶粉。吴老师在"弹尽粮绝"之前,赶紧提醒我们"补货"。

小野兽,你怎么就这么能吃呀。当吴老师给我们说"奶粉快没有了"的时候,你本来是很安静的,突然就开始哼哼唧唧了。你让我们都笑了,笑你这小家伙很有危机感。当外婆把一大罐奶粉送过来,放到你跟前时,你怎么又突然笑了呢。

"你说你笑什么,你这个笑是什么意思。"你知道爸爸此时在心里想什么吗? 你是不是花了爸爸的钱,开心地笑了? 还是你的口粮到了,你一下子就有安全感了? 你还真是吃饱了就心满意足的小可爱呢!

这不由得让爸爸在心里暗自琢磨:是不是你哭的时候,就是在抗议,或者在害怕,生怕爸妈囊中羞涩,拖了你的后腿?

小吞金兽,你又馋、又萌,又可爱,你不要着急哦。不管是吃奶,还是喝奶粉,你都悠着点儿。虽然你现在"碎钞"无数,可这也只能算是毛毛雨。真正的"大放血"要等你到上学的时候了。爸妈正在做这样的心理建设工作呢。

既然生你、养你,注定充满艰辛坎坷,那就在这条不平凡的路上百炼成"津"。

# "津"生有你（五）

津津，你这是要把爸爸练成育儿大师的节奏啊！抱娃、喂奶、换纸尿片，哪一样不是挑战？

还在医院的时候，我抱着津津，护工就说："你抱娃的姿势真让人害怕！"我一脸茫然，心想，"怎么让人害怕了，这不是抱得好好的嘛。"来到月子会所，吴老师又重复了同样的话。这才引起我的警觉。原来我抱娃的方式大有问题。

吴老师说："宝宝这个时候头重身子轻。你抱他的时候，一定要用胳膊腕子托住宝宝的头和颈部，另一只手托住他的腰和小屁股。千万要注意，不要只用手扶他的头，一定要同时托住他的脖子，否则会对他的脊椎造成严重伤害的。"我比小学生还认真地听着。

我以前也抱过你的三叔——三帅呀。怎么十几年不抱了，都忘记怎么样抱小孩了呢？

我看吴老师并没有花式抱津津，一直就一个姿势，但那个姿势让津津觉得特别舒服。有时候,我抱着他,他还是哭,一到吴老师手里,他就不哭了,很享受的样子。看来,抱娃不在于花样多,也不在于抱来抱去,而在于抱得要稳,要让宝宝有安全感。

比起抱娃,喂奶是更难的活。

不像其他宝妈,津津妈乳腺分泌的乳汁可能不是很多,这就给津津的吸奶造成了极大的困扰。我们当然希望他能吃到母乳了,可是没办法,母乳喂不饱,只能用奶粉给津津加餐了。

津津确实是个男子汉!

即便妈妈分泌的乳汁不多,他也绝无怨言,还是很开心地吮吸。

"这吃奶的劲真的是使上了!"我在心里给津津点赞。

这是喂奶粉之前的规定动作。不吃妈妈奶,就没有奶粉吃。这个道理,津津不懂也要懂。

其实,我们有点儿杞人忧天了。他吃奶还是很卖力的,一边吮吸了一刻钟左右,就要求换另一边开工。中间不能耽搁太长时间,耽误了津津吃饭,就要惹他不开心了。

津津,你就是妈妈最好的通乳师。

妈妈就是不断地进行乳腺疏通和乳房护理,也没有你给妈妈通一下来的效果好呀。你每隔三个多小时就嚷嚷着要给妈妈通一遍,这是多好的孩子啊。我们要到哪里才能找到这么用心的小朋友。

吃过母乳,就到了爸爸登场的时间。

爸爸要给津津喂奶粉吃了。你这小小样,每一次都是狼吞虎咽的。吮吸了这么长时间,你都不休息一下,看你急的,奶都被呛出来了。

拍饱嗝才是喂奶环节的重点。

吃好奶后,爸爸要给津津把吃奶过程中进入胃里的气体拍出来,缓解还没有发育成熟的胃的压力,从而减少溢奶和吐奶的现象。可是,爸爸并不是每次都能把饱嗝给拍出来。有时候,不管怎样变换拍的姿势,就是听不见你的饱嗝声,急得爸冷汗一阵一阵地往外冒。

你时不时还会调皮捣蛋。妈妈在给你拍饱嗝的时候,你本来安安静静地享受着。一听到爸爸的声音,就马上把头扭到另一边。是不是爸爸说话声音太大,吵到你了;还是你嫌弃爸爸,不想搭理爸爸呀。

对爸妈来说,换纸尿片可能是最具挑战性的工作了。

可怜爸爸妈妈小的时候没有纸尿片穿,一片布反复清洗反复用。轮到你,育儿装备都升级了,真是幸福啊。一个小小的纸尿片用了就扔,真的很方便。而你不管是大便,还是小便,都用哼哼两声、外加痛苦的表情来表达,我们一听一看就懂,马上就给你换。就是换这纸尿片受不了你的蹬腿踢脚,再加上两声急切的哼哼唧唧,搞得人心烦意乱的。

好不容易把纸尿片换好,可还是松松垮垮的,肯定让你很不舒服,你就愈发烦躁了,开始哇哇哭了。你长本事了,一点儿都不给爸妈面子了。看你把纸尿片揉成了什么样子,连带把衣服都穿得彻底变了形。索性就把纸尿片解开,光着小屁股,还清爽哩。

津津,你让爸爸管东管西,真的好像什么也没有管到位;你让爸爸忙前忙后,结果好像也没有忙出啥名堂;你让爸爸比来比去,最后好像也比不出个所以然来。索性我们就按部就班地长大吧。只要你能像吃饭那样津津有味地成长,你的故事就值得我们津津乐道。

# "津"生有你（六）

津津，你正在治疗爸爸眼高手低的习惯。

虽说能给你换纸尿片，能抱你，能喂奶，可让你觉得不舒服了，没有安全感了，也不是一个称职的好爸爸。

这只能说明一个问题：爸爸说得好听、做得好差。你细皮嫩肉，被爸爸布满老茧的手当成了试验场，能舒坦吗？

如果爸爸稍微熟练一点儿，你还可以接受。若是毛手毛脚地折腾，你不哭喊两声才是不正常的现象。

为什么爸爸之前抱的时候，你先是不舒服地摇头，过了一会儿就开始蹬腿，然后猛烈地扭动身体，极力想要挣脱束缚？ 现在爸爸抱你的时候，你就很安静、很享受？

因为爸爸之前抱的姿势不对，没有用胳膊完全搂住你，让你很没有安全感。当爸爸用胳膊完全搂住你了，你就会朝着爸爸这边看，是不是增加安全感了？ 爸爸还可以用腾出来的另一只手轻轻地拍拍你，哄你睡觉呢。

虽然爸爸可以喂奶给你吃,但如何把奶粉搅拌均匀,也是一项挺有难度的技术活。爸爸第一次搅拌奶粉的时候,奶瓶侧面的少量奶粉就没有完全化开。第二次搅拌时,爸爸只顾看侧面了,结果奶瓶底部的奶粉仍没有完全化开,顾此失彼了。

吴老师就教新手爸爸如何均匀地化开奶瓶里的奶粉。她说,你一定要用手腕发力,轻轻地摇晃奶瓶。结果我是用手腕发力了,力气却没有用到奶瓶上,全部用到了腕子上。手腕倒是转得很溜,奶瓶却没有被转好,直接导致奶粉没有被彻底化开。

最要命的是换纸尿片。

吴老师还专门拿过来一个假娃娃让我这个新手爸爸练习。

吴老师告诉我,要拿纸尿片的一角,手不要碰到纸尿片的里面,防止它被污染了。要轻轻地按住小朋友的小腿,侧一下小屁股,留出一个空间,把纸尿片放到屁股底下,然后轻放小腿,缓缓地把另一面的小屁屁侧一下,调整好纸尿片的位置。

在新生儿的脐带没有长好并脱落之前,纸尿片一定不要遮盖了脐带,怕影响它的愈合。扣住纸尿片的两边后,一定要用一个手指头把纸尿片两侧里面的防侧漏顺出来,才能起到预防侧漏的效果。

最重要的是,津津是男孩,一定要再用手调整一下纸尿片的宽松度,让"关键部位"的前端突出来,这样男孩尿尿就会朝前尿,而不是朝上尿,以免增加感染脐带的风险。

这个道理我都懂,流程也很清楚,在假娃娃身上也练得很好。可一旦用到津津身上,就不奏效了。因为假娃娃不会动,随便你怎么摆弄都行。可每次给津津换纸尿片,他都在动,尤其是两条小腿踢得那个欢快劲,让人头大得不行。

头几次换，他也感觉到不舒服了，不仅不配合地乱蹬乱踢，还哼哼唧唧地抗议。多换上几次后，他就开始默认我了，安静地配合了。

吴老师就在一旁连忙说："津津真乖，知道这是爸爸的活，以后要让爸爸干的，就很认真地配合爸爸，让爸爸多练练手。真是个不错的小宝贝！"

实践出真知，我发现一个真理……

不管是抱他、喂奶，还是换纸尿片，只要在做动作前先和他沟通一下，跟他说一声，他就会很配合。如果直接就上手，小朋友会觉得不舒服，认为你不尊重他，就容易哭闹。

现在的小朋友真是聪明得不得了！不仅轻易不被骗，还"有奶便是娘"。谁伺候他，让他舒服了，他就跟着谁走。一点儿都不顾及别人的感受……

所以，我和津津他妈妈要抓紧时间补课了。要是我们再不称职，津津就要"炒"我们的"鱿鱼"了。

# "津"生有你（七）

津津，你是个好学生，爸爸不是个好老师。

我们来到月子会所的第五天，会能就给新手爸妈安排了一次育儿课程，既有育儿理论知识的传授，又有育人实践的操作，为我们打开了一片全新的天地。

育儿老师站在讲台上，就问我们："哪些因素会影响宝宝的大脑发育？是不是宝宝脑细胞越多越好呢？"

我们面面相觑。

"在宝宝出生后的0岁到3岁，会完成25%~85%的大脑发育。宝宝的大脑发育和他们的脑细胞多少没有太多关系，但和宝宝脑细胞的连接有很大关系。宝宝脑细胞连接得越多，他们的专注力、记忆力和听觉敏感度都会跟着有很大程度的提升。"育儿老师开始传道授业解惑了。

"那如何锻炼宝宝的脑细胞连接能力呢？"已经有宝妈迫不及待地发问了。

"问得好！今天我就教大家几招，马上回去就可以练起来了。"

"新生儿在出生后60天之内就可以练习观察能力，能起到锻炼脑细胞连接能力的效果。如何训练宝宝的观察能力呢？可以利用家里的窗帘和台灯。白天拉帘关帘六次，晚上开灯关灯四次。做动作时，有四个要点：第一，确保宝宝处于清醒状态，眼睛是睁开的；第二，确保宝宝大人和窗帘台灯处于同一房间；第三，不需要管宝宝的眼睛看哪里；第四，只做动作，不说话，确保宝宝全神贯注地学习。"

就有宝妈问："孩子一出生就练习吗？"

"我说得很清楚，在新生儿出生后60天内都可以练习的。"育儿老师的回复一点儿都不拖泥带水，倒是我们这些新手爸妈过于紧张了。

育儿老师继续发问："大家听说过分离焦虑吗？"

她看没人回答，就盯上了全场唯一的宝爸。

我看逃不过这一劫了，就直接迎难而上，马上回答道："分离焦虑就是宝宝和大人短暂分开后，会在情绪上表现出明显的紧张不安。"

育儿老师很满意我的回答，就说"这个宝爸功课做得很棒！分离焦虑是婴幼儿常见的一种不愉快的情绪反应，多见于学龄前儿童。虽然分离焦虑是暂时现象，但如果处理不好会影响宝宝今后的社交活动"。

"那如何避免分离焦虑呢？"有宝妈就焦虑地发问。

"分离焦虑能够说明，宝宝的大脑细胞在连接中出现了自主意识，宝宝开始有记忆和选择能力了。这个时候，就是训练宝宝自控能力的关键时期。如果引导得当，可以让他养成良好的生活习惯，今后宝爸宝妈带孩子会轻松很多。"

"那如何面对分离焦虑呢？要训练宝宝与大人的分离承受能力，可以通过亲子游戏来完成。在每天和宝宝短暂分离之前，一定要提前和宝宝沟通，告诉他爸妈要短暂出去一会儿，马上又会再回来的。通过反复的'离开-回来'训练，让宝宝逐渐明白爸妈离开了不是再也不回来了，还是会回来的。如果宝宝生活的环境出现明显变化，就要提前一周跟宝宝说今后的生活环境，通过不断描述要让他心里知道。每天连说三次，这样宝宝一旦察觉到环境有所变化，也不会马上焦虑，还能在新环境中很快培养起安全感的。这个道理对于带宝宝的大人同样如此，要提前一个月就让准备接手的人一起带宝宝，宝宝才不会有突然的违和感。"

这堂课收获满满！

我和津津妈一回来，就准备给津津上课了。

这把吴老师搞得有点儿措手不及，她估计没有想到，这个训练立马就要开始了。

刚开始关窗帘，津津有明显的情绪波动，哼哼了一下。接着就适应了，因为他在观察，观察这突如其来的变化，还来不及思考应该如何应付这棘手的场面。

在第二天关窗帘时，津津就不开心了。我在时间上也选得不太好，选在近傍晚时分，正是将要黑白交替之时。津津烦躁地感受着窗帘的开合，用哼哼唧唧来表达强烈不满。

接下来，这项常规活动就是他每天必须上的课程了。

有时候，我真想他一吃完饭就"上课"。

他几乎所有时间都在睡觉，醒着的时间很少。我不厌其烦地催促，吴老师就说："津津真可怜，一生下来就要上课。这个当老师的爸爸真是无时无刻不在教人上课……"

有一次,我在津津刚吃完饭没多久又给他"上课"了,其实这也是没有办法的事。

他吃完饭后很乖,情绪很稳定,又醒着,最适合上课了。当我连续给津津开合窗帘六次+开关台灯四次后,津津突然发出了一声悠长而响亮的叹息声:"哎!"

他只能用这种方式隐秘地表达被无视的心情……

就在那个瞬间,津津妈和吴老师都无奈地大笑起来。

吴老师马上说:"这是津津的抗议,多可怜又可爱的小宝贝。"

津津妈妈接着说:"津津的一声长叹,我们都听见了……"

然而我忙着做扫尾工作,没有听清楚津津的这声呐喊。这难道就是对津津爸的"惩罚"吗?连这声叹息都没有听见,这是爸爸工作的失职啊。看来,爸爸以后要更加用心给你上课了。这样你才能更好地管控情绪,更快地适应这魔鬼般的训练。谁叫你是爸爸生活课堂的主角呀。

津津,有你真好。

# "津"生有你（八）

　　津津的心情千变万化，让人捉摸不透，随时可以出现不同的情绪反应，还呈现出大相径庭的面部表情和行为举止。

　　这极为丰富的情绪表达，在他晚上睡觉的时候表现得淋漓尽致。

　　他不开心时，会用急促而短暂的哼哼唧唧来表达。比如，大小便没被妈妈爸爸发现，他先用哼哼唧唧试探一下，观察是否会有人注意到。如果我们觉察到了，他就先耐着性子等我们换纸尿片。如果我们没有注意到，他就开始用升级后的哭声表达不满。等收拾干净换好纸尿片，他又一脸满足地睡着了。

　　最可怕的还不是他的不舒服，而是他饿肚子的表达。

　　他是不能饿肚子的。只要肚子饿了一刻也不能等，必须马上吃到东西，否则就大哭大闹，中间没有任何哼哼唧唧的环节。

　　等他吸上奶后，一边会卖力地吸着，一边用尖细的哼声发泄不满情绪，意思是说："为什么现在才让我吸上了？你们之前都在干吗？还有没有人知道我饿了？"

要是吸了一会儿,他吸得舒服了,就会再次发出轻微的哼声。可这个哼声轻柔而和缓,像是在说:"真舒服啊!让我再多享受一会儿吧。"

这个时候,要是有人前来打扰,他就会一边用脚乱蹬乱踢来表达愤怒,一边会赶紧快速地吸几口母乳,防止自己的"粮食"被人抢走了。

他的动作就是他的态度,也是他对外界的回应。真是赤子无忌,最为真诚地表达了自己的内心感受。

要是他把一侧母乳吃好了,就会把含着的乳头退出来,用手一推妈妈,此时就需要让他吃另一侧的了。

津津确实惹人喜爱,若是两边的乳房疏通程度不一样,导致一边的好吸、一边的难吸,他就愿意吃容易的,而不愿意吃难的。吴老师就叮咛我们,一定要让他每次吃奶时,先吸费力的、再吸容易的,最后加餐喝奶粉。若是不给他这样安排,没有让他养成吃饭的好习惯,他以后就不会再吸难的一边了。这也是很多宝宝只吃一边奶的原因。

津津表现得很勇敢。

尽管妈妈的两边难易程度不一,津津还是愿意两边都吸。只不过他这个人的时间观念有点儿强,难的一边最多只吸一刻钟,超过这个时间就开始有自己的小想法了。但是容易的一边他却愿意多吸一会儿,虽然有时候,他真的不是为了吃奶,我们也不清楚这是为什么。

津津吃奶的过程也是和妈妈肌肤接触的过程。哪个小宝宝不愿意多在妈妈身边停留一会儿呢?即便是在妈妈身边睡着了,也是香香甜甜的。

更要命的是,他吃奶的过程似乎很享受和妈妈在一起的感觉,喝奶粉的时候更享受和爸爸在一起的感觉。尤其是喝完奶粉,爸爸要给拍饱嗝,这是津津最开心的时刻。爸爸一边拍着饱嗝,小家伙就一边发出哼哼声,摆出一副很享受的样子。结果总是在爸爸拍饱嗝的过程中,津津就睡着了,还边睡边笑,似乎梦中发生了什么好事。

吴老师就说:"你看,你拍饱嗝拍得他很放松。他的小拳头也不攥了,小情绪也没有了。你想把他咋样就咋样,他也不反抗了。"

听到这里,爸爸和津津一样,脸上也露出了两个甜甜的酒窝……

和津津相处稍微久一点儿,自然就会知道,他的情绪多变其实都事出有因。他要愤怒,是因为他想要吃饭的需求没有得到满足。宝宝的世界其实很简单,只要吃饱了就不太会闹了。他在笑,是因为他没有感到不舒服的地方,没有打扰他睡觉的理由,他自然就安安稳稳地睡了。

津津有一点遗传了爸爸,就是他不管在什么样的情绪下睡觉,都会发出两声哼唧声。他爸就是这样的人。晚上睡觉,翻个身也哼唧一下。睡得不舒服了,还要大叫一声。津津妈就是因为受不了这一点,才会在睡觉的时候拿耳塞隔绝这烦人的声音。

现在好了,一个人的哼哼唧唧变成了两个人的交响曲。这边还没哼完,那边就唧唧上了。那边刚安静一会儿,这边又闹开了。津津妈每天晚上的美梦就这样被两个男人阻止了,这得多么坚强的女性才能容忍下去!好在津津妈已经习惯了,再多一个人也无所谓。

其实,我暗中观察了一下。津津的哼哼唧唧是偶然的,是在他情绪上比较波动的时候才会有。大部分时间津津还是在安安静静地睡觉。我想,我晚上睡觉的时候也是这样吧。这个当成笑话可还行,要是真被看成笑柄就太糟糕了。

说到底,津津和爸爸一样,也是一个情感丰富、表达细腻的人。真希望津津以后能把这个特点变成人生中大有用武之处的优点。

# "津"生有你(九)

　　津津能否健康成长,关键取决于津津妈。

　　这从月子会所提供的母婴同室服务项目就可一目了然。除了入住礼包、基础服务和增值服务外,最主要的就是妈妈服务和宝宝服务了。妈妈服务的项目有别于宝宝,以产后恢复为主,而宝宝服务的项目以健康检查和吃喝玩乐为主。

　　妈妈的恢复直接影响宝宝的成长。

　　津津饭量大,是否能吃饱直接影响他生长发育的好坏。而妈妈服务里就有每日按需的科学母乳哺喂指导协助和乳房护理,还有专门的乳腺疏通项目。津津妈妈最需要的就是这个乳腺疏通服务了。她每次做好回来,都感觉乳房软了下来。紧接着,津津吃奶时就很安静,一点儿也不吵闹。这说明他吃得不费劲,也就间接证明乳腺疏通对于缓解她的小叶增生,帮助下奶很有帮助。

　　津津每天都在茁壮成长,可他妈妈恢复的速度就没有津津长大的速度快。最明显的例子是,津津妈妈的肚子依然是怀孕时的样子,只不过稍微小下去了一些。这个时候不仅需要精准绑腹,还需要子宫腹灸。肚子太大就会导致津津吃奶时,一不小心,小脚就会踢到妈妈的肚子上,增加妈妈的疼痛。要是踢到肚皮留下的瘢痕处,就更疼了。还好,津津妈妈的瘢痕恢复得很好。这既得益于大夫的高超手术水平,又与产后护理分不开。据津津妈妈讲,产后护理就是尽快使瘢痕处软化,加速新细胞的生成,使肌肤快速更新。

如果是在家里,也许津津妈妈的恢复就不会有在月子会所里这么好了。这里每天都有对宝妈的产后健康指数测评和宝宝健康指数测评,让门外汉的宝爸随时可以知道老婆和孩子的身体状况。

最令人感动的是,津津从医院出来后,黄疸指数虽然正常但在正常值里属于偏高型的。当时我们都很担心这个问题。来到月子会所后,这里的儿科专家根据津津的情况制定了相应的护理措施。在最初几天,吴老师就给津津每天晒太阳,不出几日,津津的黄疸就没有了。津津妈妈就和吴老师聊起了这个话题。

"有的家长是不知道如何预防黄疸的,根据自己的想法乱作为。有一个外婆就把宝宝裹得严严实实的,再戴上帽子,放到太阳下暴晒,结果没有把宝宝的黄疸治好,却把宝宝晒伤了。"津津妈妈疑惑地说着。

"把宝宝拉出去晒太阳,是要选时间的。不是任何时候都可以的,更不能把宝宝裹得严严实实的。一般是选在早晨七八点钟或者傍晚四五点的时候,太阳光线比较柔和,不会晒伤宝宝。晒宝宝的时候,要把宝宝的衣服全部解开,露出胸膛和四肢,让温暖的阳光直接照在宝宝的身体上。宝宝也好直接和太阳公公交流,长大以后一定是一个特别阳光的大帅哥。而把宝宝捂得严严实实的,阳光照不到宝宝的身体上面,是起不到预防黄疸的效果!"吴老师略带幽默地在一旁讲解道。

看来,想要把宝宝和宝妈都照顾好,绝不是一件轻松容易的事情。

还好,吴老师是一个乐于交流的人。我和老婆在育儿方面是零起点,什么都不懂,只能想到哪里就直接问了。吴老师知无不言,很热情地解答我们的疑惑。在育儿初期,有吴老师在旁边帮上一把,我和老婆就没有那么紧张了。

津津,你虽懵懵懂懂的可爱,爸妈却在跌跌撞撞地前行。

爸妈的慌乱反倒映衬了你的可爱,增添了喜欢你的千万种理由。你这个小可爱,叫人如何不爱你!

# "津"生有你(十)

孩子大了不由爹娘,倒不是因为他开始具有"自我意识",而是他想用自己的方式与最亲近的人进行交流。他有他的脾气秉性,爸妈也有自己的个性习惯。在尚未摸清对方"底细"的情况下,就这样过早地开展如此坦诚的"对话",一些意想不到的故事就诞生了。

把津津从月子中心抱回家的时候,我整个人是焦虑的。怕他的生活环境改变了,一时半刻不习惯家里的新环境,让我们无从下手,无法好好护理他。

果不其然,津津回家后,天天晚上莫名其妙哭闹,怎么哄也哄不下来。老婆赶紧在各种群里求救,有人指点迷津,说这可能是小朋友在二月里肠胀气的表现,可以喝点儿益生菌,还可以飞机抱,实在不行就用婴儿奶嘴试一试,说不定能有效舒缓小朋友的情绪。可惜我们用尽各种办法,就是不能平复他"受伤"的心灵。一到傍晚六点多,他就开始"津津式哭泣"。这对我们而言,简直比自己哭还要伤心难过。

可奇怪的是,他刚进入三个月,马上就不哭了。正当胜利向我们招手,马上要欢呼雀跃的时候,一场"噩梦"又开始了。

小家伙吃奶的状况一直很好,却在某一个时刻死活就是不肯吃奶了。难道他要绝食?我们在心里不停嘀咕着,"也没有做什么对不起他的事情,他为什么这样对我们?"

这可是比哭闹更可怕的事。

他一不吃饭,家长就彻底束手无策了。他连续两顿不吃饭,就把我们吓得不轻,我们自己连饭都不想吃了。总得先解决他吃饭的问题吧,不然谁还有心情吃饭呀。

老婆又一次求助别人,才知道原来是"厌奶期"在作怪!有些小朋友存在可怕的"厌奶期",短则数天,长达数月。大家给我们支了一招,在他刚睡着、正迷糊的时候给他喂奶,他是不会反抗的。这个办法果然奏效!虽然他睡着的时候吃奶的速度远比清醒状态下慢了许多,总算是吃进去了。

最要命的是"津津式拒绝"。

奶吃了一半,他不想吃了,马上用粉嫩的小手推开,"津津式拒绝吃奶";抱到一半了,他不舒服了,马上用小脚拨浪鼓似的踢着,"津津式拒绝抱抱";睡了一会儿,他不想睡了,嘹亮的哭声马上响彻云霄,正式宣告他醒了,"津津式拒绝睡觉";不想玩玩具了,马上把玩具扔到一旁,毫不顾忌玩具的感受,"津津式拒绝玩玩具";不想在家乖乖待着,就故意吵闹着要出去玩,"津津式拒绝居家"。总而言之,一切都可以通过"津津式拒绝"达到不言而喻的目的。

"津津式躺平"就是"津津式拒绝"的后遗症。

只要他不想干什么了,就直接"躺平"。这是真正的躺平,就直挺挺地躺在床上，吃着自己的小手，小眼珠子还滴溜溜地转着看看你。你让他练会儿爬吧，他摇身一变"不动明王"，一动也不动。你推他一下，他还会不耐烦地假装哭一哭，意思是说："你不要推我，我正好好待着呢。"既然不想练爬，就练练翻身吧。你把他从平躺的姿势换成侧身的状态，想让他翻过来或翻过去。他直接从侧身转回平躺，而不是翻过来趴着。我想只有继续保持他很是舒服的"躺平"状态，他的人生才是圆满的……

他就是这样一个人，一点儿也不虚假。你看吧，所有的"津津式"都是如此的真实和自然，既让人心烦，又能安慰人心。随着时间的推移，也不知道他还能自创出多少"津津式"的绝招用来对付我们。当然了，这些都是后话，能否应对目前的"津津式"对我们造成的严重挑衅都成了问题，我们恐怕是无暇顾及后面的"暴风雨"了。那索性就让"暴风雨"像幸福一样来得更猛烈一些吧。

# "津"生有你（十一）

　　津津，你到底是小乖乖，还是小坏坏。

　　我记得在你"肠胀气"的阶段，每次喂完奶后都要拍你好长时间。现在想想都觉得搞笑，就几十毫升的奶，竟然能喂一两个小时。"奶爸"长时间保持一个喂奶姿势，胳膊肯定是不听使唤的。喂好奶后，拍饱嗝的过程才真正考验一个人。

　　为了让你舒服一点儿，减少你吐奶的次数，"奶爸"自创了拍嗝大法：第一步，缓缓地竖抱，把你的下巴轻轻放到"奶爸"的肩膀上，嘴巴就高于肠胃，不容易回奶了。第二步，从下往上拍嗝，从腰开始一路轻轻地往两侧肩胛骨的中间处拍。我一般拍一刻钟，有时候会拍一个多小时，主要看你当时的情况。最佳状态是直接把你拍睡着了。如果大家觉得这个过程很枯燥，不妨在心里默默数着拍嗝的次数。第三步，顺时针轻轻地揉揉你的后背，让津津的享受再次升华到一个全新的高度。

　　即便过了"肠胀气"的阶段，你依然要求享受这个过程。我想你的待遇提升上去了,怎么还会接受降下来的可能性。

你这个小坏坏!

你现在已经大了,竟然还在拍睡。一把你放下来,你就大哭大闹。马上重新把你抱起来,你就当什么事也没有发生过,又安安静静地睡觉了。如此反复,你以前不是这样的,怎么突然就不乖了。你是从什么时候开始,染上了抱着睡的"恶习"。

最近一段时间,你越发得意了。你连自己的小床都不满足了。一放到自己的小床,就各种不满。再把你抱起来,放到爸妈的大床上,你就心满意足了。是不是爸妈的床更香?

你倒是好了,安安稳稳地睡在爸妈的床上。可苦了爸爸和妈妈,为了给你腾个地方,在床上侧身睡觉,一晚上动也不敢动一下,因为我们一动,你马上就会知道的。

要是妈妈动一下,你是无所谓的。但要是爸爸动了,那就不得了了。爸爸偷偷摸摸地出去上一下厕所。人还没有走到厕所门口,就听见你哇啦哇啦的哭声,赶紧折回来把你抱起,重新拍你入睡。再把你放下来时,你是安静的、祥和的、可人的。本以为你已经睡着了,可爸爸刚走出房间,你又开始闹了。你这是不让爸爸上厕所啊!

你这个小霸王,大概是不会有这个顾虑的。

"反正任何人都可以在晚上出去,我只要爸爸陪在我身边。"你就是这样想的。你是吃定爸爸一个人了。你简直坏透了。

让人震惊的是,你的花样还多着呢。

自从上次你打了麻腮风疫苗和乙脑疫苗后,就发了一次烧。你第一次发烧,把我们都吓坏了,赶紧抱你、哄你。什么摇一摇啦,走一走啦,唱歌啦,十八般武艺统统用上，可你还是大哭大闹。你难受啊！我们都知道。正因为我们都知道，我们可能比你更加难受，可你是不知道我们的难受的。

只是在这个哄你的过程中，发生了一些不可控的事情，或者说让我们意想不到的事情。在生病期间，你享受到了之前从未享受过的待遇，这就养成了你挑挑拣拣的坏习惯。

现在抱你的时候，你不停地要求变换抱的姿势。吃辅食的时候，面条你不好好吃，现在连米粉也不好好吃了，你之前不是很喜欢吃米粉吗？吃水果的时候，香蕉不要吃，草莓不要吃，苹果只吃黄色的，你还打算拒绝多少种水果？

我看你是生了一次病，大大地变"坏"了一次。

当然了，无论你怎样，爸爸妈妈会一直爱你。在爸爸妈妈的眼里，你永远都是最可爱的小乖乖。所以爸爸妈妈希望你一直保持住自己的风格，在漫长的人生路上就这么自信地走下去。

# "津"生育你（十二）

津津，你越大就越难管教了。你由谁来管，成了摆在我们面前的一道难题。

让爸爸管吧，那我就不用上班了，得时刻盯着你。即便如此，我还是忙里抽闲，该写论文就写，该改书稿就改，该去上课就上，该辅导学生就沟通。我要把自己当成永不停歇的"机器"。

在这里，我们就非常羡慕德国的家长了。老婆的堂哥曾在德国生活过一段时间，向我们讲了"在德国，生孩子会有哪些福利政策"的信息。这个不听不要紧，一听确实让我们羡慕不已。

德国人认为，孩子在刚刚出生的前三个年头最需要父母的陪伴，所以应该给父母和孩子创造出更多的相处机会。基于这样的考虑，德国《联邦子女补贴金法》允许父母双方都休产假，而且是连续休三年。这三年里，父母都可以停职留薪，专职在家带孩子，直到孩子满3岁。在这段时间里，父母可以向德国联邦政府申请"育儿假"补贴，也就是家长金，标准为休假前平均净收入的65%至67%,每月最低保障300欧元、补贴上限1800欧元。德国法律鼓励父母同时都休产假,而不是一方休产假。如果父母双方都休假,总计可以领取最多14个月补贴;如果只有一方休假,则最多只能领12个月补贴。除了家长金,孩子妈妈还可以拿到专门的津贴——产妇津贴,孩子也有专门的津贴——儿童金。听了她堂哥的话,我就问老婆享受了哪些福利政策。老婆对我说,上海刚刚发布了2022年度生育津贴领取条件及标准,在原有基础上增加了一个月的产假。津津妈妈在128天的产假基础上增加了30天。当这些产假用完后,宝宝只有5个月,还在哺乳期,可妈妈就要离开宝宝去上班了。看孩子这个重担就落在了外公外婆身上。

外公除了抱着津津,还要教他学一些东西。刚开始喊"津津"的时候,他一脸茫然地看着外公,好像在说:"这是在叫谁?"外公就不厌其烦地对着他喊"津津"。有一天,外公对我们说:"你们叫津津试试看,他有反应的。"

"津津?""津津?"

当我们叫他时,他有意识地回过头来找人。他确实明显意识到,有人在喊你。这说明,他已经明白"津津"是什么意思了。

在洗澡的时候,外公教他如何坐起来。一听到"津津,汏背背了",他就对着外公笑一笑。外公再说几遍"汏背背了",他就反应过来了,坐起来让外公给他洗后背。洗好澡、穿好衣服,就要抱出去了。

外公看着津津的小手,反复地说,"津津开开门"。他就有意识地用手推开门。

外公把他抱到小床上,通过各种玩具逗他玩,在和他玩游戏的过程中锻炼他的反应能力,结果还真有效果。

有一次,家里要换灯泡,把一直关着的总闸盒给打开了。津津看到后,朝着总闸的方向不停地对着外公"哎哎",意思是说,"外公,那里不是平时的样子,你要注意了!"外公顿时很感动。

外婆除了在家做饭,打扫家务,还得帮助外公一起看管津津你。在外公午休的时候,外婆就抱着他一起玩。津津就是喜欢外婆做鬼脸。外婆一做鬼脸,他就哈哈大笑。他还喜欢和外婆玩捉迷藏。外婆拿一块布,挡在他的前面,在喊"猫"的时候拿开,他就很开心。这样反反复复,只要我们不累,他就不累。他希望我们能这样一直和他玩下去,是不是?津津这个永远都不知疲倦的家伙!一颗童心就是这么容易得到满足。这是人类最本真的状态,怪不得人们常用"赤子之心"来形容人非常干净、非常通透时候的样子。

准备津津的辅食,是外婆每天必做的事情。除了上午一次的苹果泥,下午一次的橙子汁,或者苹果泥,外婆还要准备早上的营养粥和晚上的米粉糊。营养粥里不时地要换一些内容,而米粉糊里则要蔬菜和肉类均衡搭配。

这是一项很有挑战性的工作。

津津能否茁壮成长,在一定程度上就看吃得如何了。吃得好,就白白胖胖的;吃得不好,不但个子长不起来,还会影响整个身体的发育,不知不觉中给成长拖后腿。

还好宝妈盯着这件事,只等她下了命令,"今天吃什么、明天吃什么、后天吃什么",外婆就可以具体操作了。

大到衣食住行,小到吃喝拉撒,一个孩子要想健康地长大,有多不容易啊。大家还好有心理准备,都只顾着服务,也就不感觉辛苦了。

津津,你成长的每一天,像过山车一样紧张而又刺激。你的成长对我们而言,还像不断打开"盲盒"的过程。我们谁也不知道,你接下来会发生什么,也就不太在意了。只是想不到,你就在这不经意间,慢慢地长大了。而我们,从来没有为你的成长停下来过,这就是千千万万父母在生活中的常态。

# "津"生有你（十三）

　　"津不郎当，你又想野在外面了？"

　　之前就听说小朋友都喜欢往外跑，爸爸还不太相信。家里才安全呢，野人有什么好当的，天天嚷嚷着要去外面。

　　那是大人的想法，小朋友们可不这么想。

　　对你们来说，外面的世界就是不一样的——可以呼吸新鲜的空气，可以接触绿油油的植物，可以看见飞奔而去的汽车，还可以与好多人进行交流。

　　即使"津不郎当"不会说话，也不妨碍你与社区的阿姨们交流。

　　"甜津津，你出来了！"一位阿姨笑呵呵地迎接你的到来。

　　你就在爸爸的怀里扑腾着，一边激动、一边灿烂地笑着。阿姨的热情，你自然是知道的。你也喜欢和阿姨们交流。

　　阿姨逗逗你，你就"哎哎、哎哎"，"婴语"说得特麻溜。可惜岁半过后，"津不郎当"，你怎么就变了？阿姨见到你，还是很热情地打着招呼，你却不那么兴奋了，安安静静地看着阿姨，再看看其他地方。因为你瞄上了其他对象,对身边的小朋友可能更感兴趣了,尤其是会在地上走和跑的小哥哥和小姐姐们。你一直盯着他们,眼神里流露出羡慕的表情。当然了,你还太小,还不懂得嫉妒……

"津不郎当",你现在还不知道,以后其实你也会走、会跑的,还会与人合作,一起玩游戏呢。但你现在就开始不满足了。

一到了外面,你就不让人坐。不管爸爸抱着你走了多少路,你都不允许坐下来休息的。爸爸必须像会跑的轮子,一刻不停地走动,这样才好方便你"一览众人小、唯有津崽高"。

当然了,在外面耍酷的时间长了,你总是会犯困的。爸爸抱着你走啊走,走啊走。走着、走着,你的小脑袋一歪,就靠在爸爸的肩膀上睡着了。这时,爸爸就要像脚踩风火轮一样,以最快的速度将你抱回家。你要是被风吹感冒了,宝爸可不敢担这个责任的。

赶紧把"津不郎当"放到量身定制的小床上,让你舒舒服服睡觉。

"津不郎当,外面好玩吗?"当你对着车窗朝爸爸开心一笑,爸爸就已经知道答案了。

老话说得好,"海阔凭鱼跃,天高任鸟飞"。你长大了,有的是机会在外面闯荡。不管你以后在外面生活得如何,爸爸妈妈这里永远都是能给你遮风挡雨的地方。而你现在要做的事情,就是健康地长大。

在此之前,你就在家里乖乖哦。

# "津"生有你(十四)

"这娃脾气好大!"

这是在说津津的脾气,我们被他的大脾气折磨得苦不堪言。

他的脾气是怎么来的?我们讨论过好多次。有人说,津津的脾气像爸爸,爸爸就是个暴脾气。这绝对是"阴谋论",爸爸的脾气是不好,但从来不会无缘无故地随便乱发火。

要说津津的脾气从哪里来?我看,确实有遗传方面的原因,但这个遗传也可能来自另一方。据爸爸的观察,这"另一方"做事情很认真,也很较真,可惜也是个急性子。但凡遇到点儿事,马上就要处理掉,要是被身边的人耽搁上一会儿工夫,情绪立马就上来了。

要我说,这也是津津的作风。

有一次半夜喂奶,津津就闹个不停。那还是一个冬天的夜晚,北风呜呜地吹,雨点哗哗地下,雨声那个大,天冷啊!在这么冷的天,谁都不愿意从暖和的被子里爬出来。可你听,津津又在哼哼了,还不停地乱踢他的小被子。

津津,你是不是又在暗示自己饿了。妈妈赶紧起床吧,要冲奶了。我摇了摇孩子他妈妈,同时飞速把你抱起来,赶紧拍拍,防止你醒了。这个时间之紧凑,以至于我都忘记穿上外套了。

喂了你一会儿,我才想起来要披件外套,不然要着凉感冒了,再传染给你可不太好。我就让妈妈把外套拿过来。我很自然地把奶嘴先从你的嘴里拔出来,等穿好衣服,接着再喂。

想不到,这小伙子不满意了,开始大哭大闹!

我再怎么把奶嘴往你嘴里放,你就是不吃。你的哭声越来越大,表达出来的愤怒越来越强烈。不吃就不吃呗,爸爸拍拍你,消消你的怒火。可不管怎么拍,你就是继续哭。看来你是饿了,还饿得厉害。可再怎么喂奶,你就是不肯吃。你是真的怪爸爸在你吃奶的过程中不经过你的同意就擅自中断了你享受的过程吗?

你哭了这么长时间,就连外公在外面都听不下去了,过来要安抚你的情绪。还是外公抱了你一个多小时,才把你哄睡着了。

爸爸就穿了一下衣服,还是特别麻利地穿上了,可你就是不让穿。这件事过去以后,爸爸就穿着外套睡觉了。为的是尽可能不刺激你,尽可能不把你吵醒。因为你半夜醒来的杀伤力真是太大了,谁受得了!

可就是半夜,也要在喂好奶后给你换纸尿片。把你的衣服解开,你能感受到阴阴地冷,扭来扭去就是不让我们好好给你换。扭的结果多半是不好的,本来睡眼惺忪的你,莫名其妙就醒了,真是糟糕透顶。接下来,就是一个多小时的折腾。爸爸妈妈要挤出笑脸陪你玩,直到把你玩累,再次入睡。这个过程真是太可怕了。

一句话,你在半夜里醒来就是爸妈的"噩梦"。

爸妈晚上睡不好,白天就没有好精力,不管干什么都无精打采的。长此以往,有个黑眼圈、鱼尾纹、白头发之类的,都是家常便饭,特别是看管你的过程中把你弄伤了才要命呢。

爸爸就在无意中把你弄伤了两次。

第一次是在卧室的沙发上,爸爸抱着你,你本来安安静静的。可你突然扭动身体,要抓自己的小床围栏。你本来抓得牢牢的,可你下一秒就把手松开了,整个身体往前倾,把你的头给磕碰了一下。被磕到的地方离眼睛很近,幸好没有碰到眼睛,这可吓坏爸爸了。只听见你号啕大哭,感觉方圆十里都能听见。

第二次是在客厅的沙发上,爸爸扶着你,你本来坐着玩的。可你突然身体朝后倒,爸爸是把你扶住了,可你的头还是磕到了护栏处,又是一次号啕大哭。看把你伤心的,眼泪簌簌地往下掉。过了数天,才在给你理发的时候,发现已经快好了的疤痕。

小孩子在成长的过程中难免会磕磕碰碰,可你的脾气就是大,哭也比别人更加委屈,叫我们如何是好。

若干年后,当你长大了,再回过头来看看自己小时候的样子,会不会害羞,会不会脸红。可能你反而会觉得爸爸应该脸红,干吗把你这些趣事都记录下来。

其实,大脾气也是"津不郎当"的一部分。

爸爸妈妈会像爱你一样,好好关注你的大脾气。希望你的大脾气以后能够成为人生的优势,为你扬帆起航注满动力。

# "津"生有你(十五)

老家张伯伯是书法家,勤于练笔,精于书法,有不少佳作在全国各类书画大赛上获奖。他一直让我写一个关于津津的古文,拿来练练笔。我一方面孤陋寡闻,哪敢造次;另一方面才疏学浅,哪敢班门弄斧。张伯伯说过好多次,只好应承下来,硬着头皮写一写,权当自娱自乐吧,还请专家们当作笑料,尽情批评指正。

## 津崽前传

不惑之年,有求于天,心诚意正,方求子得子。辛丑年,择黄道吉日,津降生午时。

年老得子多神童,非也。初生之时,赤色天然。汤饼之期,鲜有哭啼。岁至襁褓,未见与常人有异。

津喜郊游,常出门,好交流,小区义士多有结交。散步于安康小道,成长于教师公寓。时人曰:"津生于此,乃汝父之功也,可安逸生活,免于苦难。正所谓上顺天意,下合地理,中应人心。津生从此定矣。"

汝父何人,厥有此功?

有言道,汝父生龙门,幼贪玩不好学。落地即为长子,勤习家务,汝祖母之帮手。汝祖母命苦,命运多舛。爱情寥寥,然腹生三子。三人成团,吊儿郎当至二十,门庭尚无喜事,更遑论成家立业。是岁,汝祖父辞世,汝祖母执手而泣曰:"人已亡,家已破,一朝失怙,余恐命途多舛。"汝父跪于母前,泣泪涟涟,纵寸断肝肠,亦无回天之力,长恨于此,悲戚一生。

有鉴其情,当忠告数语,盼汝上心。

汝之人生尚未展开,在世一生要称意。乱汝心者,朱墨近远定当有别;弃汝去者,不必挂怀自逍遥;爱汝才者,一场相逢一世情;惜汝命者,四海比邻骨肉亲。此皆汝父之生平见闻也。言之诚否,天地能做证。

汝父游学于沪,井底之蛙方破人生困境,家舍亦渐除阴霾。

牛郎织女之乡,烟霞彩云红光。仙花奇草喷香,悬崖峭壁古长。鲤鱼龙门一跃,鹤鸣九皋翱翔。汝叔父喜结良缘,守和顺,了却父母心愿,众人喜气洋洋。

古耿龙门地,大禹神工存。谦谦君子有,窈窕淑女求。汝季父虽小,饱受磨难亦二十年之久。幸雨过天晴,也喜结连理,全家其乐融融。

唯汝父一人,孑然一身,不胜悲凉。天怜小子,终有峰回路转之时。三十年磨一剑,汝母慧眼识金,将其纳入囊中,如获至宝,故有汝也。

汝乃南北合璧之物,当齐聚众人心力。

　　汝外祖父疼爱有加。汝尚在腹中,汝母上下班,汝外祖父迎来送往定亲力亲为,无虑舟车困顿。观世风日下,无有此心。唯盼生活如意,晚景儿孙绕膝,尽享天伦之乐。

　　汝父母虽司文职,无栋梁之材,虚浮于世,盼汝摘魁夺冠,一生闪耀。遥想文曲星下凡,撼天动地,辨清识浊,于造福众生中激扬人生,大为痛快。然人心不古,福祸不定,既明且哲,已属难矣,能保其身,存其下限,亦难哉。故可独善其身,与世不争也。

　　夫君子慎其闲居,待人心怀诚意,处世心存敬畏,方能求全。汝父时运不济,年不成学,意与岁驰,悲守此生,与世不接。今汝生于沪,命途多有不同。当笃志而学博,广才华,怡性情,终其一生,通晓事理,达天地之妙,岂不美哉。


　　按照老家排资论辈的风俗,津津在我母亲这里就是孙辈的第三个男孩。大弟的儿子已经上小学了,小弟的儿子也上幼儿园了,津津只能当两个哥哥的小弟弟了。

　　自你出生到现在,还没有见过老家的亲戚们,不知祖籍之地是什么地方。以后要回老家,估计还要好多年。

　　家乡未见,家的味道倒是很浓。每次和奶奶视频聊天,津津都异常兴奋。你虽不会说话,却总是隔着屏幕叽叽喳喳,好像奶奶能听懂你的话。这份亲切是无法用言语来形容的。

　　母亲不止一次对我说:“我多想抱抱孙子啊！实在是离得太远了!”

　　既然你奶奶过不来,我们也回不去,那就索性把这份乡情写下来,读给你听,也算是寻根祭祖,不忘先辈了。

只盼你长大以后,把我的乡愁转化为你的乡情,能为老家的发展添一块砖、加一片瓦,爸爸也会心花怒放的。

# "津"生有你（十六）

津津，你的"婴语"说得这么好，就叫一声"爸爸"吧。

你这个爱与人交流的家伙，为什么这么讨人喜欢？我看奥秘就在于你的"能说会道"。你在外面不放过任何与人"说话"的机会。上到爷爷奶奶，下到比你还小的小婴儿，你都能搭个话。

"哎哎"，这是发出命令，让爸爸不要定在一个地方，到处走走，随便交流一下。

你还只愿意跟大朋友在一起玩。和你一般大的小朋友也很可爱，可你怎么就有一搭没一搭的？你是不是嫌弃他们和你一样，不会走、不会跑，也不会说话？

我抱着你出去玩很辛苦的，那你回到家就认真地叫声"爸爸"，就算是犒劳，好不好？

可你就是不喊。

每当爸爸教你的时候，你就嘿嘿笑着。宝贝，快跟爸爸说一个："爸爸"

"爸爸"。你就来一个嘛！爸爸脸上堆满笑容,迫切地盼望着你能接个活儿,可惜是没有下文的。

奈何你就是不说,谁能拿你怎么办。

"爸,你先抱一下津津,我去趟卫生间。"

爸爸先让外公抱一下你,可你马上就抓住机会回应了一下。你本来在吃手,一下子就不吃了,回头看了一下我。你是不是觉得,刚才那句话是爸爸对你说的,是爸爸在叫你"爸"了。你这算是亲切地进行了回应?

站在一旁的外公偷偷地笑着。

"妈妈"早就说过爸爸了,"你都叫了他八个月的爸爸了！这到底是谁管谁叫爸！"

当时听了这话,外婆在厨房做饭,都扑哧笑出声了。

津津,让你叫声"爸",有这么难吗?

当我把这话讲给你奶奶听时,奶奶笑着说,"你太着急了！娃一般都要到一岁以后才会开口说话呢。你们兄弟三人开口说话都很晚,都是到了一岁半左右才开始说话的。小娃娃都有自己成长的时间,到了什么阶段,就自然而然会做什么事了。你不要心急!"

既然奶奶都这么说了,爸爸还能说什么。

可我分明记得,你在三个月左右的时候,真的开口叫了"爸爸"的。当时,爸爸的幸福感满满,还以为你是个小小神童。

现在看来,你只是在无意识地喊"爸爸"。你模仿爸爸的声音,还真有模有样的。你现在长大了,有自己的想法了,反而不太愿意叫了。

那你不叫"爸爸",就叫"妈妈"吧。你也不喊,妈妈也从来没有让你叫过。因为她知道,你现在是不可能会喊的。

妈妈就天天看着爸爸的笑话。

那你不叫"爸爸""妈妈",就叫"外公""外婆"吧。这就更不可能了,这发音也太有难度了。可爸爸怎么记得,你在月子期间就会叫"奶"了呢?

你当时肚子饿了,就大叫着,"奶""奶",无师自通啊! 奶奶当时是不在你身边,要是在你身边,听着你喊"奶""奶",心里可能乐开花了。

会喊"爸爸""妈妈""爷爷""奶奶""外公""外婆",是你成长为人的关键性环节,所有的教育都是为了让你成为一个人。

成人的路上总是无比艰难的。还好你身边有这么多爱你的人。让我们一起努力,为你的成长加油!

# "津"生有你(十七)

"津不郎当",你好像还不太会玩玩具。

为了防止你吃手,外公给你的小手手里塞了两块奶糖。爸爸在陪你玩的时候,想用其他玩具把奶糖替换了,防止你吃进嘴里。爸爸就拿着婴儿沙锤逗你玩,你看了一会儿就想要了。可你手里有东西,不愿意放弃手里的糖果,就拿不到沙锤。你想拿又拿不到,就心急了,开始大喊大叫。

爸爸观察你半天了。你就不能先把手里的东西放下来,再拿想要的东西吗? 你之前不就是这样玩玩具的吗? 是不是你长大以后,心变"贪婪"了,什么都想要,什么都不愿意放弃? 如果是这样的话,那就搞不好了。

你应该听一听"小猴子掰玉米"的故事。小猴子掰了一个玉米,很开心。结果它看到桃子树以后,就把玉米扔掉了,又摘了一个桃子,也很高兴。走到西瓜地里,它看到又圆又大的西瓜,就把桃子扔了,抱了一个大西瓜往回走。走着走着,看见小白兔,西瓜也不要了,追小白兔去了。虽然小猴子最后空手而归,但它在这个过程中收获到了快乐。享受这种追逐的乐趣,就是小猴子最大的收获,比起玉米、桃子、西瓜、小白兔都要重要。

津津,你玩玩具其实也是这样一个过程。重点不在于这些玩具是不是你的,而在于你在玩的过程中有没有很快乐。如果在感受快乐的同时,还能锻炼你的手眼协调能力,那就是意外收获了。

我们都知道,八个月的你对玩具还没有太多的概念。比起有形的玩具,你更喜欢与人说话。家里有这么多的玩具,有的是其他小朋友送的,有的是妈妈买的,可你对哪样都不是特别感兴趣。我们知道你还不太会玩,就玩给你看。结果你还上瘾了,就喜欢我们给你玩,连自己玩的过程也给取消了。那就让爸爸再重温一遍美好的童年时光吧。

爸爸小时候,家里可没有这么多的玩具,甚至可以说,家里就没有什么玩具。我们闹腾得厉害了,爸妈就随手拿个擀面杖,只要塞到手里,我们也能玩上老半天了。

现在的小娃娃,似乎不缺玩具,也不缺寂寞,缺的是陪伴,所以才这么喜欢和人讲话。这怎么就突然间活成了大人的模样。

你玩玩具的时候还有一个特点,就是有点儿喜新厌旧。刚看到新玩具,你会爱不释手,等这股子新鲜劲头过去了,你就对其视而不见了。再怎么给你玩,你都提不起神来。难道又要我们通过购买新玩具刺激你吗?这样做的结果就是家里的玩具堆积如山。可你是不太可能有这个顾虑的。你只会认为,玩具多多益善,至于我玩不玩,那是我的事,说不定以后我还会重新再感兴趣呢。

我们都希望,你能多一点儿时间和玩具在一起,可你就喜欢黏着大人。

# "津"生有你(十八)

"津不郎当"有一个名叫"环抱宇宙"的表哥。

这俩人同龄,相差一个半月,在家里都是"小皇帝",出了门就是好哥们。他们俩已经"神交"大半年了,其实才真正见过一次面。这次见面还是在春节团拜会上,一起给他们的(外)曾祖父过一百岁生日的时候。

津崽表哥是这个大家庭的姓氏继承人。在他表哥的父亲这一辈人里,就只有一个男孩;到了他表哥这一辈,也是只有这么一个男孩,自然就升级成了"香饽饽"。

给这个"香饽饽"起名字确实费了一番功夫。

按道理说,他表哥的父母掌握着此次抉择的"生杀大权"。可真实的情况是,他的名字既不是爸妈起的,也不是爷爷奶奶、外公外婆起的,而是一位精通风水和易理的先生给起的。这位先生根据小朋友的生辰八字,起了一个霸气的名字。从这个名字的字面意思就可以看出来,只有"环抱宇宙"才能所向披靡、无往不胜。

我们给津津起名字的时候,还参考过这个名字,想起一个与之关联的名字。什么"星辰大海""浩瀚无边""朗朗乾坤""薪火相传""泽被天下",均在我们的考虑范围之内。我们想来想去,最后还是采纳了"薪火相传"和"泽被天下"的意思。"薪火相传"是对"环抱宇宙"大无畏精神的一种肯定和鼓励,"泽被天下"是对"环抱宇宙"胸怀天下的一种认同和继续。

其实这俩人对父母而言,都是姗姗来迟的小天使。我们生"津不郎当"的时候有点儿晚,"环抱宇宙"也不属于早生贵子的行列。

"津不郎当,爸爸妈妈再给你生两个弟弟好吗?"如果他知道这是什么意思,估计会不开心。那就问一下你表哥,看他是怎么回答的。

"环抱宇宙,家里就你一个孩子,你会不会觉得有点儿孤单?"他肯定也会摇摇头说,"我志在天涯,以后还要遨游宇宙。你们想多了,我是不会觉得孤独寂寞的。"

那要是爸爸和妈妈以后给你们再生两个弟弟或者妹妹,你们怎么办呀?

其实,你们的母亲怀孕一次历经了千辛万苦,是不大可能再有精力生孩子的。在现有的条件下,能把你们看管好,让你们能够快快乐乐地长大,就已经很吃力了。

看看津崽就知道了。我们让你练练翻身,都被折腾得够呛。现在又想让你练练爬,结果家里被你闹得鸡飞狗跳,妈妈被闹得犯了牙髓炎。可你表哥"环抱宇宙"就练得很好,不管是翻个身、爬一爬,还是坐一坐、走一走,都有模有样的。有一次,"环抱宇宙"在练站的时候,还指着自己的满月照片喊爸爸,这么小年纪就想当爸了? 还有一次,这小家伙在听到书里的音乐时,不停地上下晃动着身体,一看就是个逍遥派。这小小年纪就幽默细胞十足,长大了还不得成为人中龙凤啊。

津津,你要主动向身边的标杆看齐。

不过话说回来,你也有你的长处。

虽然你在动手能力上仍有较大提升空间,却在与人交流方面毫无障碍。很多和你一样大的小朋友都认生,不敢出门,也不敢与人交流。你却乐于结交朋友。

我们对你今后的发展也就只是想一想了,你的路怎么走,谁也不知道……

那就先定一个小目标吧。

向你表哥学习,先练好爬,然后本着"友谊第一"的精神,在婴儿奥林匹克运动会上和他一起参加爬的比赛,看谁能够顺利获胜。

# "津"生有你(十九)

　　儿歌是宝爸、宝妈安抚宝宝情绪的一大利器,用在"津不郎当"身上再合适不过了。

　　早在你肠胀气阶段,爸爸就使出了浑身解数。爸爸自信心满满,原以为给你唱歌,你一定会很满意的。想不到你根本不买账,大哭大闹的,闹得家里鸡犬不宁。最后还是婴儿白噪声出来救场,稍微缓和了你的愤怒和不满。

　　你稍微大一点儿的时候,就开始懂得欣赏音乐了。晚上把你抱在我的怀里,不给你唱几首儿歌,你还不太满意呢。终于到了爸爸一展歌喉的时间了。在给你献歌的时候,发现了一些有趣的现象。很多儿歌中都体现同情心和上进心。

　　比如,儿歌《卖报歌》:"啦啦啦! 啦啦啦! 我是卖报的小行家,大风大雨里满街跑,走不好,滑一跤,满身的泥水惹人笑,饥饿寒冷只有我知道。啦啦啦! 啦啦啦! 我是卖报的小行家,忍饥耐寒地满街跑,吃不饱,睡不好,痛苦的生活向谁告,总有一天光明会来到。"这首儿歌真实地描绘了普通人的生活,也在这种讲述中道尽了世间百态,深刻地反映了老百姓对光明的追求和对美好生活的向往。

比如,儿歌《小二郎》:"小呀嘛小二郎,背着那书包上学堂,不怕太阳晒,也不怕那风雨狂,只怕先生骂我懒呀,没有学问喽,无脸见爹娘。小呀嘛小二郎,背着那书包上学堂,不是为做官,也不是为面子光,只为穷人要翻身哪,不受欺辱嘿,不做牛和羊。"这首儿歌是满满的正能量,道出了求学的真正目的,既不是为做官,也不是为了面子,而是为了穷人能够过上好日子。不管是从立意和意境来说,还是从表达手法和教育方式来看,都是不可多得的上乘佳作。

当然了,这样的儿歌还有很多,只能靠家长自己好好品、慢慢悟,才能真正从中挖掘出优秀的作品来。

我经常给津津唱两首儿歌。

一首是《蓝精灵》,比较符合他的个人特征。"在那山的那边海的那边,有一群蓝精灵。他们活泼又聪明,他们调皮又灵敏。他们自由自在生活在那绿色的大森林,他们善良勇敢相互多关心。噢,可爱的蓝精灵;噢,可爱的蓝精灵。"我们津津就是一枚可爱的蓝精灵。

另一首是《卖汤圆》,也比较符合他的个人特征。"卖汤圆,卖汤圆。小二哥的汤圆是圆又圆。一碗汤圆满又满,三毛钱呀买一碗。汤圆汤圆卖汤圆,汤圆一样可以当茶饭。"我想,这个汤圆的颜色指的就是津津又白又嫩的皮肤,这个汤圆的形状指的就是津津的大个子,这个汤圆的价钱指的就是津津的平易近人。

当然了,外公给津崽唱与爸爸不一样的歌。

比如,《白毛女》:"北风那个吹,雪花那个飘,雪花那个飘飘,年来到。"又如,《十五的月亮》:"十五的月亮,照在家乡,照在边关宁静的夜晚。你也思念,我也思念。我守在婴儿的摇篮边,你巡逻在祖国的边防线,我在家乡耕耘着农田,你在边疆站岗值班。啊!丰收果里有你的甘甜,也有我的甘甜。军功章,有我的一半,也有你的一半。"外公这是让你以后好好奋斗,好日子是奋斗出来的。

反正不管听什么歌,你都来者不拒。你就喜欢我们把你抱在怀里,哼着曲子舒舒服服地进入梦乡,果真是有小神仙的作风。

只要你愿意听,我们就天天给你唱小曲儿。

# "津"生有你(二十)

津津,爸爸妈妈有十万个不太爱你的理由,怎么呢? 你白天不好好吃饭,晚上不好好睡觉,还整天不好好学习,真让人头疼。

在吃奶方面,别人家小朋友都是乖乖的,很听话的,就你会非要睡着了才肯吃奶。那就睡着了再吃奶吧。可你有时候饿得不行了,也要先把你哄睡觉。关键是你饿得睡不着,还暴躁地大喊大叫。这不就是一个悖论吗?

在睡觉方面,别人家小朋友也是尽量不给爸妈添麻烦,就你要求特别高。最早要抱睡,紧接着要抱睡+睡爸妈床,再接着要抱睡+睡爸妈床+听歌,最后要抱睡+睡爸妈床+玩游戏+听歌。目前唯一不能确定的是,之后你还会再开启什么样的模式,还会不会有新的需求。

按照常理来说,你想要睡觉了,就乖乖睡吧。可你偏偏不是这样的。你的逻辑是,我想要睡觉了,哪能这么轻易地就去睡了,先搞点儿事情出来。哭一声试探一下,看看有效果吗? 如果效果不大,就哭声再大一点儿。如果还没引起关注,就号啕大哭,就是要摆出一副肆无忌惮的样子,看看到底谁怕谁。

　　在学习方面,已经没办法说你了。练抬头的时候,你就是不抬。吃着你的小手,摆出一副若无其事的样子。紧接着,让你练翻身,把你摆成什么姿势就成了什么姿势。然后让你练习爬,你不开心了。一把你放成爬的姿势,你就各种抗议,又是哼、又是扭,还不停地敲打床。

　　你整天吃吃喝喝,就是不学习。你觉得这样好吗?

　　别人家小朋友都是求知若渴,天天"十万个为什么",而你天天是没有"十万个为什么",可怜爸妈落了个英雄无用武之地的悲凉。

　　你也不是整天无所事事的,在抢东西吃的事情上,你是家里最厉害的。

　　外公抱着你吃个面包,你一把抓住,就是不放手,还火急火燎地要别人往你嘴巴里塞。你会吃面包吗? 反正你不管,会不会吃都要先尝一尝。别人吃了,你却吃不到,内心就很不舒服,是吧?

　　"卖津津,卖津津,这个津津要出售。"妈妈已经开始唱"卖津津之歌"了。你能体会到妈妈的心酸吗?

　　恐怕外公外婆是坚决不会同意这种论调的。那你就好好黏着心疼你的人,长大以后要好好孝敬外公外婆哦。

# "津"生有你（二十一）

　　每个小朋友都有自己独特的表达方式。津津的独特之处就在于一双小手。

　　开始爸爸并没有在意过这双小手。还是在刚过去不久的冬天，有一次，我和你妈妈带着你出去玩。小区阿姨看见津崽的手发青，就问我们是不是给你衣服穿少了。我们给你衣服穿得是不太多，可你也没有打喷嚏、流鼻涕、发烧感冒的症状，就表明你是可以承受的。阿姨们也是出于好意关心你，我们就说回去多给你穿几件衣服。其实，爸和妈都知道，你的这双小手发青不是因为你冷，而是因为不太明显的蒙古斑。

　　这是一双天赐之手。津崽大部分时间都在反复欣赏这双小手。

　　你是一只、一只地欣赏着。一般是先从一只手开始欣赏，看看这只手的手心，感觉看得很满足了，再转过手来，瞅瞅这只手的手背。就像克服各种困难得到了一件好宝贝一样，你看得痴迷。我们看着你，也看得津津有味。然后你把这只手放下，另一只手就自然而然地伸了出来。你不仅重复之前的动作,还在嘴里不停地"哎哎"喊着,感觉是看出了不一样的端倪。

我们都知道,这正是你形成注意力的阶段,也是你乐于表达自己的阶段。在这个阶段,手势是你表达自己情感和意愿的重要方式。当你吃好饭还想吃的时候,就用手紧紧地抓住小碗不放。我们就一边晃动自己的手,一边说:"津津,你看没有了。我们下次再吃吧,好不好?"一边重复地摆动双手,你就知道饭是吃好了,什么你也就不闹了。

你的小手也是自娱自乐的工具。爸爸把你抱到镜子前面,你就用小手拍打着镜子,镜子里面的小可爱也用小手拍打着你。你马上就来精神了,开心得不得了。你不厌其烦地拍打镜子,要和镜子里的小朋友玩。外公外婆都被你爽朗的笑声吸引过来了。看来,这是一双神奇的手,把人世间的欢乐送给了你,从此爸妈都可以不用刻意地逗你玩了。

你的小手还是学习的好助手。把你放到床上,在你的前面放上有颜色的玩具让你伸手去抓。你本来不会爬的,可为了拿到眼前的物品,你就尝试各种动作往前爬,结果还真有点儿爬的感觉了。看来爬行不应该成为训练任务,而应该成为有趣的游戏。如果有彩色的玩具和物品在你附近,你就会伸手去拿。老爸确实是太心急了,要不是有教育专家专门进行点拨,呆笨的爸爸还在生搬硬套呢。

看来对你是不能急于求成的,要创造出让你感兴趣的外在条件,激发让你爬的兴趣,然后任其自然地让你探索,只怕到时候我们挡都挡不住你探索、发现和体验的冲动。

在你还不会说话以前,你的小手就是表达想法的主要工具。有时候,妈妈给你擦一擦小手,你都有点儿不太高兴呢。我们碰你的小手之前,也要反复给你打报告,先征求你的意见。只有等你心情好了、同意了,才能再来清洁你的小手。

问题是,你的肢体语言主要就是通过小手来完成的。你会挥手说再见吗?你会用手表达害怕吗?你会挥手飞吻吗?这个阶段正是你通过小手指指认的时候。你指认的越多,就越容易听懂大人的讲话,生活中的交流才会越顺利。

接下来,我们要训练你通过小手准确指出日常生活用品的能力。我们说一个东西的名字,就让你用小手指出来。这对于八个月的小婴儿可能会有些困难,但我们准备迎难而上。

# "津"生有你(二十二)

人总是要有希望才能活着。津津的到来,就给我们平淡的生活带来了希望、快乐和喜悦。

对妈妈来说,小家伙不管怎么看都是可爱的。对外公外婆来说,小伙子就是调剂退休生活最好的灵丹妙药。而这份快乐对我而言,更多的是让我看到了生活的希望,也给我沉闷的生活增添了不少喜悦和乐趣。

但有时候我总感觉到,生活中有不能预料一些意外。

许多人在特殊时期或多或少地感受到了一种无力感。一种无可奈何又无能为力的感觉、一种拼命挣扎又无济于事的感觉、一种担惊受怕又软弱无能的感觉⋯⋯

津津在这段时间确实也受了委屈,可他还是半岁多的婴儿,又不可能明白什么是委屈,自己正处于什么样的生存环境当中。尤其是奶粉告急的时候,我们只能想点儿其他办法,总不能让他饿着。

当时的我还想炸点儿油饼吃。已经好久没有吃过油饼了,肚子里没有油水,总感觉整个人都不太舒服。可外公说,家里仅剩的一点儿面粉是留给津津的,我们都不能用掉。

我就好奇了,小婴儿怎么能吃面粉呢?医生不是建议,宝宝一般不要吃炒面粉吗?宝宝的肠胃还没有发育好,吃炒面粉不利于消化。

外公看我不解其意,就告诉我,他还是小婴儿的时候,经常没有东西吃,就是吃这个的。有面粉吃已经很不错了,在当时,很多小人连这个都吃不上呢!

外婆还真做给我看了。

她先把锅子烧热,放入面粉,连续翻炒。等面粉慢慢被炒熟了,就可以关火了。炒熟的面粉放在锅里晾干,盛出来装袋。吃的时候,用勺子挖几勺出来,边注入开水边搅拌成糊状,等稍微凉下来,就可以用勺子喂给宝宝吃了。

津津第一次吃炒面糊的时候,不知道这是什么,就不明不白地吃下去了。当吃了几次之后,他就明显不太喜欢吃这个。估计是他本能地感觉到,这个东西没有奶粉好吃。到了最后,他直接就拒绝了,一看到这个东西,他就连连摇头。

小伙子,我们没有教过你摇头啊。你是怎么知道通过摇头表达拒绝呢?

其实,津津的奶粉还没有到弹尽粮绝的时候,但我们已经有了明显的危机感。

随着津津的成长,我越来越感觉到自己在加速变老,也越来越感觉到了生活的沉重。只要在生活中能有一点点的快乐,我都愿意为了儿子勇敢地活下去。

可是,我的生活竟然跟不上这个世界的节奏。这个节奏总是压得人喘不过气来。可即便如此,很多人都在负重前行。为了津津能够健康长大,即使再多苦难来袭,我也只能把它当成人生的历练。只是现在唯一不能确定的,就是不知道若干年后,津津看到这些日志会作何感想。管它呢!先写了再说,把以后的事情当成一种值得期许的美好,用数十年的陪伴期待那一时刻的到来。

# 后　记

对于文学这一爱好,我一直有些执着和不舍。

从大学本科时期开始,我就不满足于阅读文学作品,而是尝试着进行文学写作。我把自以为好的作品拿去投稿,结果可想而知,就是一次又一次杳无音信。

按照常理推测,我应该浅尝辄止,就此罢休,不要再动这方面的脑筋了。自己不是这根"葱",既然把玩过了,就要果断放手。这样做,既不会丢人现眼,又不会遭人耻笑。可是我硬要把自己当成那根"葱",非要把自己的文字搬到众人面前,搬上大雅之堂。这不是妄自尊大,还能是什么?!

这么多年过去了,我竟然从未统计自己到底写过多少随笔。我遵循"爱写什么,就写什么"的原则,随心所欲地写。写了散文,写了诗歌,写了杂文,还写了小说。人要是真把自己当成一回事了,还可能会吓着别人的。

我一边写,一边把自己一个字一个字写出来的文章在网络上公开出来。刚开始压根儿没有什么人关注,也引不起别人的一丁点儿注意。这份失落,无异于一次又一次的打击。

虽然如此，我还是继续写了下去，一段时间不写，就情绪不佳，感觉整个人都神情恍惚。再这样下去，搞不好就骨瘦如柴，一命呜呼了。看来，还得硬着头皮"厚颜无耻"地继续写下去。

靠这个"精神鸦片"而活，是我的特殊怪癖。我有这个认识，也是事后才感悟到的。

刚开始，简单的文字涂鸦纯粹只是一个爱好，连文学都谈不上。我只觉得写着好玩，权当调剂生活的一味药。可是当看过王小波的《一只特立独行的猪》，我才意识到，人要活出属于自己的独特性，是很难的一件事。然而就是这种独特性，才为每个人提供了安身立命的根本。在千篇一律的人群中，我是不是一个独特的人？能否在格式化的人群中间，仅凭别人的一种直觉，马上就被感知出不一样的地方来？这引起了我的反思……

于是，我一直思考，一直写。

这些年来，一不小心就写了这么多字。这些字既是我引以为傲的精神财富，又是让我倍感压力的精神负担。在我成长的关键阶段，本应把有限的精力投入到学业和工作当中，可这些文字"浪费"了我太多的时间，注入我太多的情感，以至于我产生了一种执念，就是一定要给它们找到一个好的归宿。只有这样，才能既对得起它们，又对得起我自己。

它们既见证了我的青春，温暖了我的情感；又"消耗"了我的精力，"耽误"了我的正业。我对这些文字又爱又恨，简直不知道该如何处理。于是，就在对这些年写作的总结中想到，该是与它们以另一种方式相处的时候了。

以什么样的形式"告别"，这对我而言是一个极大的挑战。

要是告别得随意了，就是对这些文字的不负责任，也是不尊重过去的自己;要是告别得隆重了,显得自己有些轻浮,还以为自己真有几斤几两,闹成笑话,那可就成为别人茶余饭后的谈资了。

可是,我有这个隆重告别的本事吗?答案是显而易见的!这让我头疼得不行。我要是本领强,早就为它们寻觅到好的去处了,还用得着年复一年的苦恼吗?

我该如何放下这份割舍不掉的情感呢?经过一番思来想去,还是觉得要简单一些,同时也正式一些。只有正式对待它们,才能真正赋予它们另一种生命和另一种意义。也只有正式告别过去,我才能真正开始新的未来。于是,就有了呈现在大家面前的这套丛书。

这套丛书比起正规的文学作品,无疑会显得幼嫩、质朴。但这套丛书耗费了我数年的心血,表达了我对待这个世界的真情实感,是我看待人生的独特视角,因此它绝对是原创性质的作品。

可以说,这套丛书的独特之处就在于:

第一,这套丛书属于原创性质的校园文学作品。校园文学是校园文化建设和校园文明创建活动的重要组成部分。这套丛书讲述了一个普通的年轻学子如何通过求学阶段的所思所想、所感所悟,成长为一个向往真理、追求理想、获得思想的年轻教师。因此,从加强校园文化建设和营造文明校园的角度来看,这套丛书可以作为加强高校校园文化建设的重要抓手,成为建设文明校园和解读校园文化生活的重要读物。

第二,这套丛书可以作为高校青年大学生成才的育人载体,成为培养青年教师、助力青年教师成长的重要途径。青年兴则国家兴,青年强则国家强。青年一代要有理想、有本领、有担当,中国才会有前途,中华民族才会有希望。全社会只有关心和爱护青年,为他们实现人生价值创造机会、搭建舞台，广大青年才能更好地坚定理想信念。这当然也要求当代青年志存高远，脚踏实地，勇做时代的弄潮儿，在实现人生价值的生动实践中放飞青春梦想，在为推进全人类文明进步的不懈奋斗中书写人生的华章。青年在发展中既有机遇，也有挑战。这表明，青年施展才干的舞台非常广阔，实现梦想的前景并不遥远。这套丛书愿意以文字形式做青年的知心人、热心人、引路人，让青年怀抱梦想又脚踏实地，敢想敢为又稳扎稳打。我作为从事高校通识教育和研究工作的青年教师，通过出版反映青年教师成长成才的读物，希望能给那些和我一样渴望得到成长的人提供一个现实参照。

第三，我在高校里从事"思想道德修养与法律基础"（现为"思想道德与法治"）、"社会主义核心价值观"、"马克思主义基本原理"等课程的教学和研究工作。这套丛书是否可以作为这些通识教育课程的教辅、教参读物，乃至成为新时代公民道德建设的一个重要读物，为全社会的求真、向善、审美发出萤火之光，还请大家尽情指教。我一定会根据大家的反馈，优化今后的日常工作，争取把教书育人的事业做得更好。若是这套丛书能把通识教育所要求的培养"四有新人"案例化、生活化、生动化，把显性的道德要求隐性融入学子日常生活的体悟当中，帮助高校学子树立信心、坚定理想、把握人生、健康成长，就真的太好了。

第四，这套丛书自带启蒙的性质，旨在从通识教育和思想启蒙这两个立足点发力，实现立德树人的目的。每个人都是先明白事理，才能去做正确的事情。教育的目的，就是尽量使越来越多的人能够明白事理，摆脱愚昧和迷信，这就是教育的启蒙作用。这套丛书展现了我在求学的过程中，如何用理性之光驱散笼罩在自己身上的愚昧和黑暗，如何用爱克服人生中的挫折和生活中的苦难，如何用思想充实贫瘠的生活，如何用理想照亮迷茫的命运。

可以说,这套丛书为我的未来作了情感和思想上的准备。我真心期盼,这套丛书也能照亮千千万万的学子,为这个大千世界增添一份属于我的温暖。

我还想说的是,呈现在大家面前的这套丛书,凝结了许多人的汗水。在此,感谢上海大学陈新汉教授、复旦大学肖巍教授、上海大学校报退休职工王怡老师和许昭诺老师、感谢岳父宋贤杰教授和岳母罗君逸女士,以及爱妻宋敏思女士,感谢天津人民出版社的编辑王佳欢女士。没有你们的辛勤付出,想要出版这套丛书只会遥遥无期。

最后,谨以这套丛书作为礼物,送给我的儿子任薪泽。愿他在成长的路上,能够勇敢地闯出一片自己的天地!

任帅军

2025年春

写于上海市杨浦区兰花教师公寓南区